벚꽃 내리던 날

벚꽃 내리던 날

초판 1쇄 찍은 날 | 2019년 3월 21일
초판 1쇄 펴낸 날 | 2019년 3월 29일

지은이 | 문희
펴낸이 | 예경원

편집 | 주승아

펴낸곳 | 예원북스
등록번호 | 제396-2012-000132호
등록일자 | 2012. 7. 25
YRN | 제1-0247호

주소 | 경기도 고양시 일산동구 호수로 646-24 위너스21-Ⅱ 206A호 (우) 10401
전화 | 031-819-9431 팩스 | 031-817-9432
http://cafe.naver.com/yewonromance
E-mail | yewonbooks@naver.com

ISBN 979-11-6424-217-7 03810

※ 이 도서의 국립중앙도서관 출판시도서목록(CIP)은 서지정보유통지원시스템 홈페이지(http://seoji.nl.go.kr)와 국가자료공동목록시스템(http://www.nl.go.kr/kolisnet)에서 이용하실 수 있습니다.

19세 미만 구독 불가
문희 장편 소설
벚꽃
내리던 날
YEWONBOOKS
ROMANCE
STORY
예원

Contents

프롤로그

요즘 계속 날이 안 좋아 추적이는 봄비가 내릴 줄 알았는데, 오늘은 선산 주변의 만개한 벚꽃 나무들이 꽃비를 내리고 있었다. 얼마나 많은 꽃이 내리는지 선산이 꽃잎으로 덮여 버렸다. 세상이 온통 하얗게 물들어 있었다.

눈꽃과는 다른 따뜻함이 가득했다. 꽃을 밟고 서 있는 순간에도 벚꽃은 바람을 타고 내려와 슬픔에 젖어 있는 사람들을 위로하듯이, 그들의 어깨 위에 말없이 앉았다.

오늘은 한국경제의 별이 져서 하늘이 아닌 땅에 묻히는 날이었다. 많은 사람의 존경과 사랑을 한 몸에 받은 경제의 거목이 이제는 세상의 모든 걸 내려놓고, 처음 세상에 나왔을 때처럼 빈손으로 떠나갔다.

수백 명의 사람이 그가 떠나는 자리를 함께 지켜보았다. 참석한 사람 모두가 우리나라의 주요 인사들이었다. 그들은 송 명예회장의 죽음만을 애도하기 위해 온 것은 아니었다. 모두가 그의 아들인 송시원 회장의 눈도장을 찍기 위해 이 자리에 참석했다.

우리나라 3대 기업 중의 하나인 효산그룹의 실세와 눈도장을 찍는다는 건 그만큼 힘든 일이었기 때문에 그들은 슬픈 척하며 시원의 시선을 잡기 위해 노력하고 있었다. 하지만 시원은 그들을 전혀 신경 쓰지 않았다.

그의 시선은 온전히 아버지의 무덤을 향했다. 시원의 눈엔 슬픔보다는 분노가 담겨 있었다. 그의 분노는 추모가 아닌 다른 이유로 이 자리에 참석한 주요 인사들을 향한 것이 아니라, 돌아가신 아버지를 향해 있었다.

시원의 롤모델이었던 아버지와 그의 관계는 1년 전부터 악화됐다. 곪을 대로 곪은 그들의 관계가 터지기 일보 직전에 아버지가 간암으로 갑자기 세상을 떠나신 것이었다.

"반칙입니다."

그는 아버지의 무덤을 보며 낮게 중얼거렸다. 이제는 원망할 대상이 사라진 상황이었다. 모든 식이 끝나고 조문객들이 다 가고 난 뒤에 가족들끼리 모여 잠시 아버지와 작별의 시간을 가졌다.

어머니는 얼마나 우셨는지 얼굴에 핏기 하나 없이 창백했다. 평생을 아버지만 보며 살아오신 분이었다. 그 슬픔은 말로 다 할 수 없었다.

"고생했어……."

물기 가득한 목소리였다. 고개를 돌려 보니 동생에게 몸을 의지한 어머니가 그를 바라보고 계셨다. 40년을 함께한 사람의 죽음이었다. 처음엔 사랑으로, 후에는 끈끈한 동지애로. 그들은 삶을 함께했었다.

"어머니, 저기서 좀 쉬세요. 5일 동안 밥도 제대로 안 드시고 잠도 못 주무셨잖아요."

"난 괜찮다."

"다솜이가 어머니 모시고 먼저 들어가."

여동생을 보며 말하던 순간, 그의 얼굴이 굳어졌다. 그의 그런 표정을 보고는 다솜과 어머니의 시선도 자연스럽게 그를 좇았다.

"여기가 어디라고……."

장례 내내 평정심을 유지하시던 어머니가 목덜미를 잡았고 여동생의 눈은 증오로 불타오르고 있었다.

"다솜아."

모든 장례가 끝이 났고 사람들도 거의 자리를 떠났기에 망정이지 또다시 사람들의 입방아에 오르내릴 장면이 연출되고 있었다. 그들을 보지 못했는지 검은 상복을 입은 여자가 아버지의 무덤 앞에 서 있었다.

검은 옷을 입었지만, 눈에 띄는 외모의 여자는 안 그래도 슬픈 그의 집안사람들을 발칵 뒤집어 놓고 있었다. 여자는 담배에 불을 붙이더니 무덤에 꽂았다. 아버지가 평소에 애연가였던 걸 아는 모양이었다. 하긴 내연 관계였으니 모를 리가 없었다.

아버지의 여자.

그가 기억하는 아버지는 가족을 위해 평생을 사신 분이었다. 재벌가의 수장이라는 게 믿어지지 않을 정도로 가정에 충실하고 다정했던 아버지였다. 그런 아버지가 작년에 돌연 스캔들을 터트리고 말았다.

그것도 40살이나 어린 여배우와 말이다. 어머니와 동생에겐 말하지 않았지만, 그는 아버지가 여자와 함께 있는 사진을 여러 장 가지고 있었다.

그리고 지금 그녀가 사는 집 또한 아버지가 해 준 것이라는 것도 그는 알고 있었다.

"저렇게 뻔뻔할 수가……."

"어머니!"

평소에 차분한 성격의 어머니는 화를 참지 못하셨다.

"다솜아!"

"오빠, 저대로 내버려 둘 거야?"

다솜도 흥분하기는 마찬가지였다. 다솜의 곁에 그녀의 비서이자 그의 후배인 김 비서가 서 있었다. 힘들 때 다솜에게 버팀목이 되어 주는 친구였다.

"김 비서, 어머니와 다솜이 데리고 가."

김 비서가 어머니를 다솜의 반대편에 서서 부축했다.

"내가 알아서 할 테니까 어머니 모시고 돌아가."

"오빠……."

"어서, 김 비서 뭐 해?"

그의 말에 김 비서는 다솜과 어머니를 모시고 산에서 내려갔다. 시원의 시선이 다시 한 번 여자에게로 향했다.

한벼리. 이 세 글자만으로도 그는 똥물을 뒤집어쓴 기분이었다.

"회장님."

그의 비서가 곁에 다가왔다. 아무래도 벼리 때문에 온 것 같았다.

"어떻게 할까요?"

"내가 알아서 할게."

"기자들이 보기라도 한다면……."

"알았으니까, 주변 경계해."

"네."

그의 비서를 보내고 시원은 벼리가 서 있는 곳으로 무거운 발걸음을 떼었다. 한벼리는 남자의 심장을 움직이게 하는 여자였다. 아버지도 그녀의 믿기지 않는 아름다움에 흔들리셨을 것이다.

그리고 그 또한 그녀에게 아버지와 같은 일을 할 뻔했었다. 단번에 마음을 빼앗긴 여자가 아버지의 여자라니. 기가 막힐 노릇이었다.

"여긴 왜 온 거지?"

그의 목소리가 잠겨 들었다. 1년 만에 그녀와 마주하게 되자 그의 심장은 이성과는 별개로 미친 듯이 뛰기 시작했다. 눈물이 가득한 눈으로 그를 바라보는 벼리의 얼굴은 지독히도 아름다웠다. 벚꽃잎이 그녀와 그 사이에서 눈처럼 내렸다.

"마지막 인사……."

그녀가 말끝을 흐리며 말했다. 마치 슬픔에 북받치는 것 같은 연기를 하고 있었다. 하긴 돈줄이 사라졌으니 슬프긴 할 것이다.

"오지 말았어야 했어."

시원은 자신의 떨림을 감추기 위해 차갑게 말했다.

"아뇨, 오길 잘했어요. 다만 시간을 맞추지 못한 건 잘못이지만요. 그렇게 벌레 보듯 보지 말아요. 나도 마지막 인사니까요."

벼리의 얼굴에서 주르르 눈물이 흘러내렸다.

"왜, 외국에라도 나갈 거야? 그렇게 가라고 말할 때는 움직이지도 않더니?"

"이제 한국에 있을 이유가 없어요."

벼리의 눈이 공허했다.

"아버지에게 목돈이라도 받은 모양이군."

"아니라고는 못해요."

지독하게도 솔직한 벼리였다.

"언제? 어디로 가는데?"

마치 심문하듯 물었다.

"곧 떠날 테니 너무 등 떠밀지 말아요."

천박하게 행동하는 것과 다르게 벼리의 음성은 차분했다.

"스캔들이 터지기 전에 떠났어야 했어."

"송석민 회장님이 계셔서 안 떠난 거예요."

"한벼리!"

"날 어떻게 생각하든 상관없어요. 난 송석민 회장님을 사랑하고 존경했어요. 그건 지금도 변함없고요."

"뚫린 입이라고 잘도 지껄이는군."

"그랬나요? 어쨌든 이제는 사라져 줄 테니 너무 걱정하지 말아요."

"……."

"그동안 고마웠다는 말은 못하겠고, 안녕히 계세요."

벼리가 허리를 숙여 인사를 하고는 그의 곁을 떠났다. 사라지는 벼리를 보며 그는 인상을 찡그렸다. 안심이 돼야 하는데 뭔가 찜찜했다.

왜 그런 마음이 드는지 알 수 없었지만, 그의 촉은 언제나 정확했다. 그게 불안한 시원이었다.

다음날, 본가에 식구들이 모두 모였다. 유산상속에 관한 이야기를 듣기 위해 모인 것이었다. 아버지의 오랜 친구이자 변호사인 추 변호사가 아버지의 유언장을 읽기 위해 식구들을 소집했다.

그 속의 내용은 추 변호사만이 아는 내용이었다. 넓은 서재에는 아직도 아버지의 온기가 가득했다. 서재에 모인 사람들은 모두 10명이었다. 모두가 상속 대상자들이었다. 삼 남매인 아버지는 숙부와 고모, 그리고 사촌 동생들에게도 재산을 상속하신 모양이었다.

시원은 다른 건 신경 쓰지 않았다. 그는 오로지 회사 주식이 얼마나 그에게 오는지가 중요했다. 그가 보유한 주식으로는 회사 경영이 어려웠다. 아버지의 주식 중에 절반 이상이 와야 경영을 하는 데 어려움이 없을 것이다.

"돈이 뭐라고. 오빠 죽은 지 하루도 안 돼서……."

고모가 눈물을 닦았다.

"마음에도 없는 소리는."

숙부는 언제나처럼 빈정거리며 말했다.

"오빠는 언제쯤이면 얄미운 말을 안 할까?"

"난 가식이 없어서 그래."

숙부와 고모는 앙숙이었다. 나이가 들어도 그건 변함이 없었다. 그 중간 역할을 아버지가 하셨는데 이제 아버지도 안 계시니 예전보다 더하면 더했지 덜하진 않을 것 같았다.

"다들 모이셨습니까?"

추 변호사가 서재로 들어오자 모두가 긴장한 얼굴이었다. 다들 돈이 싫진 않은 모양이었다. 시원은 그런 그들을 보며 씁쓸

한 표정을 지었다.

"송석민 회장님의 유언을 발표하겠습니다. 여기에 계시는 분들이 유언의 대상자입니다. 그리고 유언의 내용은 이미 공증을 마친 상태입니다."

숙부의 얼굴이 가관이었다. 효산건설의 사장인 숙부는 호시탐탐 그의 자리를 노리고 있었다. 그런 숙부에게 회사의 주식을 준다면 그가 경영하는 데 어려움이 있을 게 뻔했다.

"우선 송석민 회장님이 보유하고 계신 회사 주식의 40%는 장남인 송시원 회장님께 드리고……."

시원은 망치로 머리를 한 대 맞은 것 같았다. 최소한 60% 이상은 그에게 올 거라고 기대했었다. 아버지의 주식 40%와 그가 보유한 주식을 합해도 전체 주식의 30%가 되지 않았다. 다솜의 주식과 어머니의 주식, 그리고 고모의 주식까지 모아야 겨우 50%가 될까 말까 했다. 그것도 나머지 주식을 받는다는 전제였다.

"주식의 10%는 송다솜 양에게 드리고 이 집은 이경희 여사님께……."

다솜도 놀란 얼굴이었다. 어머니는 아예 주식을 하나도 받지 못했다. 뭔가 불길한 예감이 들었다. 숙부의 얼굴에 기대감이 가득했다.

"송철민 사장님께는 청주의 땅과 송성희 사장님께는 인천의 건물을 상속하셨습니다."

그리고 조카들에게도 땅을 조금씩 상속해 주셨다.

"그럼 주식의 50%는 설마 사회에 환원하거나……."

"아닙니다."

숙부의 실망 섞인 말을 추 변호사가 단번에 잘랐다.

"아니야?"

"네, 아닙니다. 이 부분은 다른 분에게 상속하셨습니다."

"그게 누군데?"

숙부가 버럭 화를 냈다.

"연락이 되지 않아서 못 오신 분이 있는데 그분은 한벼리 양입니다."

"그년?"

숙부의 입에서 거친 욕설이 튀어나오기 시작했다.

"형님이 단단히 미치셨어. 어떻게 그렇게 젊디젊은 년에게 수천억을 줘. 미친 게 분명해. 미쳤어."

어안이 벙벙하긴 그도 마찬가지였다. 한벼리라는 말에 화가 난 어머니는 서재를 나가셨고 다솜이 그런 어머니의 뒤를 따라 나섰다.

"말세야 말세."

숙부가 떠들어도 아무도 대꾸를 하거나 말리는 사람이 없었다. 다들 충격을 받은 상태였기 때문이었다.

"이건 무효야, 무효라고."

숙부의 고함에 추 변호사가 한숨을 쉬더니 그에게로 왔다.

"송 회장님 저랑 이야기 좀……."

추 변호사와 그는 잠시 다른 방으로 갔다.

"이건 회장님이 남기신 마지막 유언입니다."

"……."

"주식의 50%를 받으시려면 한벼리 양과 결혼을 하라는 말씀을 마지막으로 남기셨습니다."

처음엔 잘못 들은 줄 알고 다시 추 변호사에게 물었다. 하지만 같은 말만 되돌아왔다.

"그건 말이 안 되는 얘기입니다."

"마지막으로 남기신 편지가 있는데, 그 편지는 한벼리 양과 결혼해서 아기를 낳고 나면 전달하라고 하셨습니다."

주식을 받으려면 벼리와 결혼을 하고, 편지 내용이 궁금하면 아기를 낳으란 말이었다.

"이건 말도 안 됩니다."

너무 어이가 없어서 큰소리가 절로 나왔다.

"추 변호사님, 지금 주십시오. 이건 말이 안 되는 일입니다."

하지만 추 변호사는 끄떡도 하지 않았다.

"허 실장!"

그가 신경질적으로 자신의 비서실장을 불렀다.

"네, 찾으셨습니까?"

"한벼리 어딨는지 찾아봐."

"한벼리 씨를 요?"

갑자기 벼리를 찾으니 허 실장도 의아한 얼굴로 다시 물었다.

"찾으라면 찾지 뭐가 그렇게 말이 많아?"

평소와는 다른 시원의 반응에 허 실장은 어안이 벙벙한 얼굴이었다.

"네, 당장 찾아보겠습니다."

정신을 차린 허 실장이 얼른 대답하고는 부리나케 밖으로 나갔다.

일단은 벼리부터 만나야 상황이 수습될 것 같았다. 지금 이 상황은 말도 안 되는 상황이었다. 돌아가실 무렵 아버지의 정신 상태가 의심스러웠다. 아무리 그와의 사이가 틀어졌다고 해도 이건 아들에게 너무 가혹한 일이었다.

"제정신이 아니야."

벼리를 만나 해결을 보겠다던 그의 생각은 한 시간 만에 무너졌다. 벼리가 외국으로 사라져 버린 것이었다. 아무도 벼리의 행적을 아는 사람이 없었다. 소속사도, 그리고 그녀와 친한 지인들도 모두 벼리가 어디에 있는지 알지 못했다.

그녀가 사라졌다.

1. 인연의 시작

1년 전.

매니저는 강남의 번잡한 도로를 요리조리 잘 피해 가며 어디론 가로 서둘러 이동하고 있었다. 밤샘 촬영에 종일 제대로 먹지 못한 벼리는 빈혈이 온 것처럼 어지러웠지만 평소처럼 내색하지 않았다.

어릴 때부터 배우로 살아온 덕에 벼리는 자신의 감정을 속이는 데 익숙했다. 남에게 피해를 주는 것도 싫었기 때문에 벼리는 모든 일을 속으로 삭이며 살았다. 그게 여러 사람을 위하는 길이자 그녀도 편한 길이었다.

"오빠, 우리 어디 가는 거예요?"

"……."

촬영장을 빠져나오자마자 스타일리스트 언니가 한숨을 쉬며 그녀에게 옷을 입혀 주었는데 그 옷이 상상 이상으로 노출이 심했다. 마치 샤워를 끝마치고 검은색 수건 한 장 두르고 나온 것 같은 느낌이었다.

톱 위로 가슴골이 보이고 의자에 앉으니 팬티 선까지 치마가 올라갔다. 차 안에서는 윗옷으로 가리고 있었지만, 차에서 내리고 나서가 문제였다.

"우리 촬영하러 가는 거예요?"

"……."

"인터뷰?"

"……."

오늘따라 매니저 오빠가 말이 없었다. 아역 시절부터 함께해 온 회사가 부도가 나면서 옮긴 기획사였다. 대형 기획사는 아니었지만, 예전 소속사 사장님의 형이 운영하는 곳이어서 자연스럽게 오게 된 곳이었다.

그래서 아직 매니저와는 그리 친하지 않았다. 하지만 이렇게 어딜 가는지조차 말하지 않은 적도 없었다. 왜일까? 불안했지만 그렇다고 무작정 매니저를 의심할 수도 없었다.

"다 왔어."

"……."

어두운 벽면의 건물에 도착하자 매니저가 차를 세우며 다 왔다고 말했다.

"여기가 어디예요?"

"사실 나도 잘 몰라. 다만 사장님이……."

드르륵—

밴의 문이 열리더니 소속사 사장이 앞에 서 있었다.

"사장님."

"어, 왔어? 최 매니저는 가도 좋아. 벼리는 뭐 해?"

박 사장이 어리둥절해 있는 벼리에게 내리라며 손짓했다. 차에서 벼리가 내리자 박 사장이 벼리를 위아래로 훑어보더니 아주 만족스러운 표정으로 벼리를 보았다.

"아주 좋아."

"……."

"빨리 안 오고 뭐 해?"

박 사장이 앞서가며 빨리 따라오라는 손짓을 했다. 영문도 모른 채 벼리는 건물 안으로 들어갔다. 건물이 미로처럼 되어 있어서 처음 오는 사람은 길을 잃을 것 같았다.

"이리 와."

하지만 박 사장은 자주 온 사람처럼 자연스럽게 목적지를 찾아가고 있었다. 이곳에 한두 번 온 게 아닌 것 같았다.

박 사장과 함께 방에 들어서자 같은 소속사의 여배우 세 명이 앉아 있었다.

"사장님, 여기가 어디예요?"

이상함을 느낀 벼리가 박 사장을 보며 물었다.

"뭐 그런 것까지 알려고 해? 조금 있으면 귀한 손님들이 오실 건데 잘 모셔."

"네?"

손님을 모시라니? 꼭 접대부에게 하는 말같이 느껴졌다.

"벼리는 여기가 처음이니까 명진이가 잘 가르쳐 주고. 오늘 잘만 하면 대박 스폰서를 만날 거니까 잘하라고."

"……."

사장이 밖으로 나가자 방에는 화장을 고치며 아무렇지 않게 앉아 있는 그녀의 동료들과 벼리만이 남아 있었다. 스폰서라는 말에 벼리는 머리가 멍해졌다. 26년을 살아오면서 남들에게 손 한 번 내밀지 않은 벼리였다. 열세 살에 아버지가 자살하셨고 스물한 살에 어머니마저 암으로 세상을 떠나셨지만, 벼리는 아역 배우를 하면서 집안의 가장 역할을 톡톡히 해냈었다.

그런 그녀에게 스폰서라니 기가 막힌 말이었다. 벼리는 방에서 나가려고 자리에서 벌떡 일어났다. 더 이상 여기 있을 이유가 없었다.

"앉아."

그때 나이가 가장 많은 명진이 벼리를 차갑게 보며 말했다.

"전 그만 가 보겠습니다."

"처음이지?"

"……."

"나도 처음엔 그랬어. 그런데 말이야. 한번 이렇게 불려 나오면 배우를 그만두지 않는 이상은 계속 와야 해."

"네?"

그녀의 말이 선뜻 이해되지 않았다.

"여기서 나가는 순간 아무리 인기 있는 배우라고 해도 박 사장이 배역을 주지 않아. 한마디로 밥줄이 끊기는 거지."

"그런데 왜 제가……."

"오늘 여기 온 손님 중의 한 명이 널 선택한 거지."

듣고도 믿기지 않는 일이었다.

"그거 알아? 여기 있는 애들 모두 부모님이 없어. 한마디로 이런 데 불려 와도 누가 뭐라 할 사람이 없는 거지."

머리가 멍했다.

"그러니까 그냥 마음 접어. 어차피 우리는 돈 벌러 일하는 거 아니야? 조금 야한 영화 찍는다고 생각해."

당장 이 방을 나가고 싶어도 그동안 엄마의 병원비로 돈이 다 들어갔고, 그것도 모자라서 대출까지 갚다 보니 도저히 일을 그만둘 수는 없었다.

"그냥 앉아. 사연 있는 건 여기 있는 사람들 다 마찬가지니까."

명진의 말이 끝나기가 무섭게 웨이터로 보이는 남자가 들어왔다.

"오늘은 각별하게 신경 써야 합니다. 저희 쪽 아가씨들 안 부르고 외부에서 부른 경우는 우리로선 VVIP니까요."

웨이터가 눈을 번뜩이며 그녀들에게 말했다. 그리고는 나오라는 손짓을 했다. 벼리는 쉽게 발이 떨어지지 않았다. 그러자 명진이 그녀의 손을 잡아 주었다.

"가자."

"……."

벼리는 파랗게 질린 채 명진의 뒤를 따랐다. 말로만 듣던 일이 그녀에게 벌어지고 있었다. 방문이 열리고 조금 전 대기실과는 비교도 되지 않게 화려해 보이는 방이 눈에 들어왔다. 그 안에는 네 명의 남자들이 앉아 있었다.

그리고 어느새 그녀들의 뒤를 따라 들어온 웨이터가 각자의 자리를 말해 주었다.

"명진 씨는 우리 최 회장님 옆에……."

머리가 멍해졌다. 오십이 훨씬 넘어 보이는 배 나온 아저씨들이 침을 흘리며 그녀들을 보고 있었다.

"규리 씨는 홍 사장님 옆에……."

점차 그녀의 차례가 다가오는 것 같았다. 아무리 생각해도 이건 아니었다. 다른 동료 배우들은 마치 로봇처럼 남자들의 옆에 가서 앉았다. 벼리의 눈길이 명진에게 향했다. 최 회장은 명진이 옆에 앉자마자 바로 명진을 안더니 가슴을 주무르기 시작했다.

"성아 씨는 오 사장님 옆에……."

이제는 벼리 차례였다. 언니들 모두가 똑같이 남자들에게 온몸을 맡기고 있었다. 벼리의 손이 떨리기 시작했다. 극도로 긴장했을 때 나오는 신체적인 반응이었다. 홍 사장이 규리의 치마 속으로 손을 넣는 게 보였다.

이렇게 공개적인 장소에서도 저러는데 만약에 2차까지 가게 된다면 벼리는 오늘 강제로 처음을 내주게 생겼다.

"우리 벼리 씨는 특별하게 조 회장님의 옆에 앉으면 됩니다. 조 회장님, 통합건설 하 사장님께서 신경 많이 쓰셨습니다. 박 사장님에게 특별히 부탁하셔서 벼리 씨 데려온 거라고, 하 사장님이 꼭 전달해 달라고 하셨습니다."

"알지."

생긴 것처럼 조 회장은 목소리까지 느끼한 남자였다. 벼리가 그의 옆자리에 앉자마자 역시나 그가 벼리의 허벅지를 손으로 잡았다.

"안녕?"

아버지뻘 되는 남자가 그녀의 허벅지를 잡고 있으니 기분이 좋을 리가 없었다. 허벅지의 손은 한 수 더 떠서 점차 위로 올라오고 있었다. 온몸에 소름이 돋았다.

"실물이 더 예쁜데?"

"……감사합니다."

벼리가 조 회장의 손을 잡아 허벅지에서 뿌리치며 말했다.

"앙칼진 구석이 있네. 난 순한 애보다는 벼리처럼 이렇게 앙칼진 여자가 좋아."

"악!"

그가 벼리를 소파에 눕혔다. 나이가 들어도 남자는 남자였다. 벼리는 그의 힘을 당해 낼 수가 없었다.

"오늘 말을 잘 들으면 내가 편하게 살 수 있게 해 줄게. 실물로 보니 더 꼴려."

조 회장의 얼굴이 그녀 얼굴에 거의 닿을 듯이 가까웠다. 넓은 모공이 다 보일 정도의 거리였다. 입을 벌릴 때마다 입안의 금니가 번쩍이고 있었다.

"으읍!"

우려했던 일이 현실로 다가왔다. 그가 벼리의 입술에 그 느끼한 입술을 덮었다. 벼리는 발버둥을 쳤지만, 소용이 없었다. 진한 위스키의 맛과 그의 느끼함이 버무려져 구역질이 나는 맛이 그녀의 입안에 느껴지기 시작했다.

조 회장의 손이 벼리의 가슴을 거칠게 잡았다.

"으으윽!"

벼리는 있는 힘을 다해서 조 회장을 밀쳤지만, 소용이 없었다. 그녀가 고개를 돌려 보자 옆에 위스키 병이 있었다. 벼리는 손을 뻗어 위스키 병을 간신히 잡았다. 그리고 가차 없이 조 회장의 머리에 내리쳤다.

그리고 어떻게 그 방을 나왔는지도 모르게 뛰쳐나와 무작정 달리기 시작했다. 하지만 미로처럼 된 이곳에서 빠져나가기란 쉽지 않았다.

"거기 안 서!"

뒤에서 소리가 들리고 벼리는 잡힐 위기에 있었다.

퍽!

돌처럼 단단한 무언가와 충돌한 벼리는 그 자리에서 넘어질 뻔했지만, 누군가 그녀를 잡아 주어 넘어지는 건 면했다.

"제발 저 좀 도와주세요……."

그때였다. 그녀를 방에 넣어 준 웨이터가 그들 앞에 다가왔다.

"제발……."

벼리의 눈엔 남자의 가슴만 보였다. 그녀가 힐을 신은 걸 고려하면 남자는 굉장한 장신이었다. 벼리는 발을 동동 구르며 남자에게 매달렸다.

"부회장님……."

웨이터가 남자를 부회장이라고 말하며 쩔쩔매고 있었다.

"뭐지?"

"아무 일도 아닙니다."

"아무 일이 아니긴."

"저희가 처리할 테니……."

"아니, 이 여자는 내가 데려갈 테니 너희는 신경 쓰지 마."

웨이터가 남자의 말에 꼼짝도 하지 못했다. 남자가 그녀의 어깨를 잡고 나가는데도 웨이터는 그녀를 잡지 못하고 발만 동동 구르고 있었다. 남자는 이곳의 지리를 잘 아는지 금방 출구로 벼리를 데리고 갔다.

"감사합니다."

벼리는 남자에게 인사를 하고 가려고 했지만, 남자가 벼리의 어깨를 놓아 주지 않았다.

"그 꼴로 강남 한복판을 돌아다니다가는 내일 검색어 1위가 될 거야. 한벼리 씨."

"……."

남자가 그녀의 이름을 알고 있었다. 멍하게 남자를 올려다본 벼리는 남자의 낯이 굉장히 익숙하다는 생각을 했다.

"저를 아세요?"

"나도 TV는 보니까."

그때 남자의 차가 그녀 앞에 섰다. 벤츠의 최신형 리무진이었다. 대통령들이나 탄다는 방탄차이기도 했다. 이 사람은 도대체 뭐 하는 사람일까? 벼리는 너무나 궁금한 생각이 들었다.

"타."

그의 말에 그녀는 마치 훈련이 잘 된 강아지처럼 차에 올랐다. 해외에 촬영을 갔을 때 리무진을 탄 기억이 있었지만 이런 리무진은 처음이었다. 그때는 영화에 많이 등장하는 기사가 운전하는 아주 긴 리무진이었고, 오늘 그녀가 탄 차는 길지는 않지만 고급스러움으로 중무장한 리무진이었다.

거기에 운전석과는 완전히 차단되어 있었다. 그들이 차에 타자 차가 움직이기 시작했다. 그녀는 목적지를 말하지 않았고 그도 묻지 않았다.

"왜 이곳에 있는 거지? 놀러 온 건 아닐 테고?"

"소속사 사장이 데리고 왔어요. 이런 곳은 처음이라……."

너무 서러운 마음에 벼리는 눈물을 쏟아 내고 말았다.

"모르고 왔다?"

"네……."

남자가 말없이 그녀에게 티슈를 건넸다.

"감사해요."

그다음부터 벼리는 서럽게 울었다. 화장이 다 지워졌지만 상관하지 않았다. 이렇게 감정을 쏟아내지 않으면 정말 미칠 것 같았다. 그런데 갑자기 그가 손을 뻗어 그녀의 어깨를 토닥여 주었다. 다정한 말은 건네지 않았지만, 왠지 모르게 위로가 되었다.

한참을 울다 보니 그제야 차가 멈춘 걸 알았다.

"여기가……."

"집 주차장이야. 술이나 한잔하고 가겠어? 보아하니 오늘 나처럼 기분이 엉망인 것 같은데 말이야. 사실 거기서 술은 입에도 못 대고 나왔거든."

그녀 때문에 술집에서 그냥 나온 모양이었다.

"아뇨, 전 그냥 돌아가고 싶어요."

"싫다? 이해해. 그런 일을 겪었으니 누구든지 못 믿겠지."

남자의 말에 벼리는 자신을 구해 준 남자를 못된 놈들과 동급으로 취급하는 것 같아서 미안한 생각이 들었다.

"그쪽을 그렇게 생각하는 건 아니에요."

"그렇다면 같이 가. 술만 마실 거니까."

"……."

그가 차에서 내렸고 망설이던 벼리도 그의 뒤를 따라 내렸다. 나쁜 사람 같아 보이지는 않았고, 남자의 제안을 거절하기엔 커다란 신세를 진 것 같았기 때문이었다.

"괜찮을 거야."

벼리는 그렇게 혼잣말을 하며 그의 뒤를 따랐다.

"와!"

그의 집을 본 순간 절로 탄성이 나온 벼리였다. 그의 집은 벼리가 촬영장에서 본 세트보다도 더 넓었다.

마치 거대한 성에 들어온 기분이었다. 주차장에서 나오자 넓은 정원이 나왔고 그 옆에는 수영장까지 있었다. 놀라긴 했지만, 티를 내지는 않았다. 그가 집 안으로 들어서자 자동으로 조명이 켜지고 블라인드가 올라갔다.

집은 깔끔했지만, 인간적인 느낌이 들지는 않는 곳이었다.

"화장실은 왼쪽 끝이야."

"네? 아, 네."

하긴 지금 그녀의 몰골이 말이 아닐 것 같기는 했다. 서둘러 화장실로 간 벼리는 왜 그가 화장실부터 가르쳐 줬는지 알 것 같았다. 거울 속의 그녀는 아이라이너와 마스카라가 요란하게 번져 있었고 눈은 토끼 눈처럼 붉게 변해 있었다.

화장실 안에는 다행히 손님을 위해 비치해 둔 폼클렌징이 있어서 얼굴을 깨끗하게 지울 수 있었다. 뽀드득 소리가 날 정도로 화장을 지운 그녀는 일회용 칫솔로 입에서 피가 나도록 양치질을 했다.

하지만 조 회장의 역겨운 느낌이 입안에서 여전히 느껴지는 것 같았다. 그녀는 하나로 묶은 긴 머리를 풀어 어깨 위로 늘어트렸다. 예쁘게 보이기 위해서가 아니라 조금이라도 노출 부위를 가리기 위해서였다.

그녀가 거실로 나오자 그는 소파 위에 위스키와 과일을 올려놓았다. 사실 벼리는 보이는 것과 다르게 소주가 더 좋았다. 술을 잘 마시진 못했지만 속상한 일이 있거나 아주 좋은 일이 있을 때 마시긴 했다.

"앉아."

그는 명령을 내리는 데 익숙한 사람인 것 같았다.

"집이 굉장히 멋져요."

"지을 때 신경 썼으니까. 평생을 살 집이라고 생각하고 지었어."

"지은 지 얼마 되지 않은 것 같아요."

"2년. 독립한 지 2년 됐지. 마셔."

벼리는 위스키 잔을 받아 들었다. 얼음 잔이 오늘따라 시원하게 느껴졌다. 벼리는 단숨에 잔을 비웠다. 생각보다 위스키가 입에 맞았다. 알싸하게 퍼지는 스모키향이 조 회장의 역겨움까지 지워 주는 것 같았다.

"술을 잘하는군."

"아뇨, 잘 못해요."

"그런데?"

"입안을 헹구고 싶은 마음에서요. 양치질을 그렇게 오래 했는데도 역겨운 느낌이 지워지지 않아요."

"'역겹다.' 라."

"원하지 않는 키스를 당했거든요. 지우고 싶어요."

그가 다시 따라 준 위스키를 그녀는 지체하지 않고 단번에 비워 버렸다.

"모르는 남자와 이렇게 편하게 술을 마시다니 웃겨요."

"날 모른다?"

"알아야 하나요?"

"아니."

벼리는 남자를 뚫어지게 보았다. 혹시나 아는 인물인가 해서였다. 낯은 익은데 떠오르는 사람은 없었다. 그를 봤다면 그녀가 기억을 못할 리가 없었다. 뚜렷한 이목구비에 상당히 고급스러운 느낌의 남자는 배우인 그녀가 봐도 아주 잘생긴 얼굴이었다.

숱이 많은 짙은 눈썹에 커다란 눈. 그리고 그 안에 짙은 검은색의 눈동자는 블랙 다이아몬드처럼 반짝이고 있었다. 오뚝한 코와 적당히 두툼한 입술은 잘생긴 그의 얼굴에 중심을 잡아 주었고, 놀라울 정도로 윤이 나는 피부는 그가 얼마나 귀하게 자랐는지를 말해 주고 있었다.

"감상은 끝났어?"

"아뇨, 눈으로는 끝났지만……."

"그럼, 이제는 느끼면 되는 건가?"

"……."

노골적인 그의 답에 벼리는 아무런 말을 못하고 있었다. 남자는 상대역밖에 경험이 없는 그녀로서는 남자와 단둘이 있는 지금이 굉장히 불편한 상황이었다.

그녀의 표정을 보고는 그가 피식 웃었다.

"몇 살이지? 스물하나? 둘?"

"스물여섯이에요."

"생각보다 많군. 스물여섯의 아름다운 여배우가 남자와 처음 있는 것 같은 표정을 짓는 건 연기인가? 대단하군."

그녀의 표정이 연기라고 생각하는 모양이었다.

"남자친구가 오늘 일을 알면 화가 나겠어."

"남자친구 없어요."

"……."

그녀의 말에 그는 알 수 없는 표정으로 벼리를 보고 있었다.

"누군가를 만날 시간이 없었어요. 다들 나름의 이유는 있는 거죠."

"그런데 오늘 같은 일이 벌어졌고?"

쨍그랑!

방금 전 일이 떠오르자 벼리는 갑자기 손을 심하게 떨어 잔을 놓치고 말았다. 극도의 공포감이 몰려들었다.

"죄, 죄송해요."

대리석 바닥에 잔들이 산산이 부서졌다. 이번에는 몸까지 사시나무 떨리듯이 떨렸다. 그런데 갑자기 남자가 그녀를 와락 끌어안았다. 너무 당황한 나머지 몸을 뺄 생각조차 하지 못했다. 왜 이러는 걸까?

하지만 그는 더 이상의 행동은 하지 않았다. 위로를 위한 포옹의 느낌은 아니었다. 심장이 터질 듯이 뛰었다. 남자와 포옹 한 번 안 해 본 건 아니었지만 기분이 아주 묘했다. 탄탄한 그의 가슴에서 느껴지는 심장의 움직임도 그녀만큼이나 빨랐다.

쿵쿵쿵.

그녀의 온몸이 심장 소리를 내고 있었다. 고개를 들어 그의 얼굴을 올려다보니 그 또한 그녀의 얼굴을 내려다보았다. 둘의 시선이 묘하게 얽혀들었다. 누가 먼저 시작한 것일까? 벼리의 입술과 그의 입술이 뜨겁게 부딪치고 있었다.

그들의 입술이 어떻게 부딪치게 되었는지 기억나지 않았다. 벼리는 처음으로 아무 생각 없이 오로지 키스에만 매달렸다. 남자의 입술이 그녀의 입술을 거칠게 빨아들이고 그의 혀가 입술문을 열기 위해 그녀의 입술을 집요하게 파고드는 이 순간만을 느끼고 있었다.

그가 벼리의 턱을 강하게 잡자 입술이 저절로 열렸다. 아프긴 했지만 그만큼 다급하단 걸 말했다. 그의 혀가 미친 듯이 그녀의 입안을 파고들었다. 그의 거친 힘 때문에 목이 거의 꺾일 정도였다.

벼리의 가는 몸은 남자의 힘을 이기지 못하고 그대로 소파 위로 쓰러졌다. 한동안 그는 미친 듯이 그녀를 탐하기 시작했다. 혀를 뽑을 듯이 빨아들이고 그녀의 입안 구석구석을 핥아 댔다.

키스의 농염함에 비교해 그의 손은 여전히 그녀의 목과 허리에 가만히 있었다.

섹스에 관해 일자무식인 벼리도 알 만한 일들을 그는 하지 않았다.

"헉헉헉."

그가 거친 숨을 몰아쉬며 벼리를 놓고는 몸을 벌떡 일으켰다.

"오늘은 여기까지. 이만 돌아가."

"……."

바보처럼 남자가 놓아둔 그 자세로 벼리는 멍하게 있었다. 갑작스러운 일에 몸과 생각이 따로 놀고 있었다. 남자를 잡아야 하나? 어찌해야 하는지 이런 경험이 전혀 없는 벼리는 남자를 멍하게 보고 있었다.

"밖에 차 대기시켜 놓을 테니까."

그는 이렇게 말하고는 자신의 방으로 들어가 그녀가 걸칠 만한 카디건을 가지고 나와 그녀의 어깨 위에 걸쳐 주었다.

"다시는 그런 자리 가지 마."

"안 갈 거예요."

"소속사도 바꾸고."

"네."

그는 친절했고 뜨거웠다. 벼리는 남자의 차에 올라 그의 모습이 보이지 않을 때까지 창밖을 보았다. 최악의 하루라고 생각했는데 끝은 해피엔딩이었다. 차에서 내리며 그녀는 운전기사에게 자신의 개인 핸드폰 번호를 적어 주었다.

꼭 전해 달라는 부탁과 함께.

하루하루가 숨이 막힐 정도로 바빴다. 연속된 회의와 중간에 이어지는 시찰, 그리고 저녁 시간에는 쉬지 못하고 매일같이 사람들을 만났다. 만나는 사람들의 부류에 따라 간단히 저녁을 먹는 경우가 있었고 술까지 대접하는 때도 있었다.

그러다 보니 날이 갈수록 피곤이 쌓이고 싸여 결국에는 병원 신세까지 지게 된 시원은 틈이 나는 대로 운동을 시작하게 되었다.

이렇게라도 하지 않으면 정말 큰일이 날 것 같다며 허 실장이 생각한 방법이었다.

아침이면 그는 회사 근처의 피트니스센터에 가서 운동했다. 회원들이 오는 시간보다 1시간 일찍 나가 운동을 하는 시원이었다. 그를 알아보고 달려드는 사람들이 싫어서 그는 이렇게 조용히 운동했다.

"안녕하십니까?"

그의 전담 트레이너가 도착했다. 얼굴은 주먹만 하고 몸은 헐크 같은 전직 보디빌더 출신의 하진이었다. 소위 몸매가 좋다는 남자 연예인들은 다 그의 손을 거쳤고 운동을 해 보니 시원도 하진이 왜 최고 소리를 듣는지 알 것 같았다.

"오늘은 스트레칭을 좀 하셔야 할 것 같습니다. 어깨가 너무 많이 뭉쳤어요."

그의 어깨를 손으로 만지며 하진이 인상을 썼다.

"적어도 일주일에 4일은 나오셔야 그동안 만들어 놓은 명품 복근을 유지하실 수 있습니다."

"알아."

"그리고 저녁에 술 드셨죠? 술과 야식은 운동의 최대의 적이라고 그렇게 말씀을 드렸는데……."

하진은 잔소리가 심한 스타일이었다. 생긴 건 헐크인데 입만 열었다 하면 잔소리였다. 안 그래도 오늘 시원은 머리가 복잡했다.

"부회장님?"

"어?"

"오늘 왜 이러십니까?"

"아니야. 오늘은 뭘 하면 된다고?"

"스트레칭이요."

그는 하진이 말하는 스트레칭을 하고 어제 술을 마신 만큼 근육운동을 해야 했다.

"헉헉, 오늘 일해야 해."

"졸리지 않을 만큼만 시킨 겁니다."

말이나 못하면 밉지나 않지. 그 후로도 시원은 수없이 많이 덤벨을 들었다 놓아야 했다. 운동이 끝이 나고 샤워 후, 출근하기 위해 옷을 갈아입은 그는 주머니 속에 들어 있는 메모장을 만지작거리고 있었다.

어제 그의 운전기사가 준 메모지였다. 감사하다는 말과 함께 적힌 전화번호를 시원은 말없이 보고 있었다. 여자들은 그에게 갖은 방법을 동원해서 접근하려고 했다. 그래서 여자들을 더 만나지 않게 되는지도 몰랐다.

종이를 만지작거리던 그가 핸드폰을 꺼내 들었다.

[여보세요?]

"……."

상대방이 기다렸다는 듯이 단번에 전화를 받자 선뜻 말이 나가지 않았다.

[보험은 사절입니다.]

게다가 엉뚱한 말까지 하니 기가 막혔다.

"보험 아닌데……."

[보이스피싱도 사절입니다.]

여자는 그가 누군지 모르는 눈치였다. 하긴 그의 번호를 알 리가 없었다.

"나야."

[…….]

이제야 알아차린 모양이었다. 벼리가 긴장한 게 전화기 너머로도 느껴지고 있었다.

"어제 잘 들어갔나 해서."

[딸꾹, 네……. 딸꾹.]

그의 전화에 놀란 모양이었다.

"물부터 마셔."

우당탕하는 소리가 나더니 곧이어 물을 마시는 소리도 들렸다. 시원은 웃음이 터지려는 걸 간신히 참았다. 섹시하기만 한 줄 알았는데 귀여운 구석도 있었다. 어제 시원이 본 벼리는 보내고 싶지 않을 만큼 그를 자극했었다.

마른 몸에 믿기지 않을 만큼 풍만한 가슴을 가진 벼리는 분위기까지 묘해서 그가 정신을 차리지 못하고 키스까지 하게 만들었었다.

[어제 덕분에 잘 들어왔어요. 감사합니다.]

"다행이군."

[…….]

"……."

둘 사이에 정적이 흘렀다. 숨이 막히는 긴장감이나 김빠진 콜라 같은 종류의 정적이 아닌 마음이 편안해지는 정적이었다. 마치 매일같이 통화를 하는, 그런 사이에서만 느껴질 편안함이었다.

"오늘 뭐 해?"

정적을 깬 것 그였다.

[오늘이요?]

"오늘."

[오늘은 촬영 없어요. 어제 일로 소속사 사장에게 깨진 일 빼면 아무 일도 없어요.]

그녀의 순수한 떨림이 그에게까지 전해지고 있었다.

"이따 저녁에 보지. 차 보낼 테니."

[……네.]

벼리는 거절하지 않았다. 그렇다고 좋아서 오버하지도 않았다. 이런 벼리의 차분한 느낌이 참 좋은 시원이었다. 모처럼 기분 좋은 하루의 시작을 맞이한 그였다. 그래서일까? 오늘 하루 그의 일은 순조롭게 진행되고 있었다.

청바지에 티셔츠, 그리고 운동화 차림의 벼리였다. 어제 도망칠 때 느꼈지만 구두, 특히 힐은 위급한 상황에 그리 좋지 않은 아이템이었다. 오늘 박 사장이 어떻게 나올지 모르지만 우호적이진 않을 것이다.

"왔어?"

매니저의 얼굴이 부어 있었다.

"맞았어요?"

"아니야."

"아니긴 뭐가 아니에요? 오빠가 뭘 잘못했는데……."

"난 괜찮은데, 벼리야 들어가지 마."

그래도 몇 달 같이 일한 사이라고 매니저가 들어가지 말라고 말렸다.

"괜찮아요."

그녀는 매니저가 말리는데도 박 사장의 사무실 안으로 당당히 들어갔다.

휙! 탁!

그녀가 들어감과 동시에 뭔가 그녀를 향해 날아와 벽에 부딪혔다.

"미친년, 여기가 어디라고 들어와!"

"말씀이 지나치시네요."

"지나쳐? 내가 죽이지 않는 것만 해도 감사하게 생각해."

아주 적반하장이었다.

"내가 하 사장님하고 조 회장님한테 얼마나 시달린 줄 알아?"

정말 어이가 없었다. 이런 사람이란 걸 왜 진작 알지 못했을까? 라는 생각이 들었다.

"뭘 그렇게 봐?"

"사장님은 미안한 마음이 없어요?"

"미안? 미안은 네가 미안해야지, 내가 왜?"

"그만두겠어요."

"누구 맘대로?"

"우린 아직 정식 계약도 안 했어요."

"미쳤구나?"

"미친 건 내가 아니라 박 사장님이죠. 왜 사람을 때리고 그래요?"

박 사장이 몸을 부르르 떨며 그녀 곁으로 다가왔다.

"뭘 믿고 까부는 거야? 이제 매장당하고 싶어?"

"매장은 박 사장님께서 당할 수도 있죠."

"이게 확!"

박 사장이 벼리를 때리기 위해 손을 들었다.

"다른 사람들은 쉬울지 몰라도 전 아닐 겁니다. 만약에 제가 이곳을 그만두지 못한다면 고소할 겁니다."

"뭐?"

"전 그날 박 사장님이 어떤 일을 하셨는지 아는 증인도 있어요."

"……"

증인이라는 말에 박 사장이 입을 다물었다. 벼리가 누구와 나갔는지 아는 모양이었다. 그가 지닌 차나 집을 보고 짐작하긴 했지만 그 남자는 그녀의 생각보다 더 대단한 사람인 것 같았다. 약간의 거짓말이 필요했다.

"그분이 도와주시기로 했어요."

"……"

박 사장이 왜 가만히 있는지 벼리는 알 수 없었지만, 지금의 상황에선 감사할 따름이었다. 믿기진 않지만, 그 후로 그녀는 별 탈 없이 소속사를 나올 수 있었다.

저녁이 되고 그는 벼리를 만나기 위해 그녀의 집으로 향했다. 여자를 데리러 집으로 간 건 그의 인생에서 한 번도 없었던 일이었다. 그녀의 오피스텔 지하주차장에서 그의 차는 단연 눈에 띄었다.

그녀가 보였다. 어제와는 달리 오늘은 고급스러운 분위기였다. 베이지색 스커트에 흰색 민소매 블라우스, 그리고 짙은 브라운 컬러의 클러치까지. 가벼운 차림이었지만 그가 좋아하는 차분한 분위기였다.

거기에 길게 늘어트린 머리는 벼리의 여성스러움을 더하고 있었다.

"안녕하세요."

차 문을 열자마자 그녀가 미소를 지으며 그에게 인사했다. 그런 그녀를 시원은 넋을 놓고 보고 있었다. 세상에 이런 천사도 있구나, 라는 생각이 들 정도였다. 이렇게 첫눈에 반한 여자는 처음이었다. 자신의 심장이 주체할 수 없을 정도로 뛰는 걸 느낄 수 있었다.

그녀가 그의 옆에 앉을 동안 시원은 넋 나간 사람처럼 벼리를 바라보았다.

"어제는 감사했어요."

"……."

"저기요?"

그녀는 아직도 그를 모르는 것 같았다. 안다면 이런 표정을 지을 수는 없었다.

"난 '저기요?' 가 아니라 송시원이야."

"……."

벼리의 눈빛이 눈에 띄게 변하고 있었다.

"설마, 그 효산그룹의……?"

"그래, 효산그룹의 송시원 부회장이야. 놀랐나?"

"……."

놀라지 않는 게 더 이상했다. 그를 본 사람들의 반응은 한결 같았다. 높은 곳에서 사는 사람이고 가까이할 수 없는 사람들이란 생각들 말이다.

"휴, 제가 요즘 기억력이 이래요."

뜻밖의 반응이었다.

"사람 얼굴을 봐도 잘 기억을 못하는 것 같아요. 숫자 기억은 잘하는데……."

"……."

"안 그래도 처음에 봤을 때 낯이 익었어요. 너무 잘생기셔서 배우인가? 라고 오해를 했지만. 웃기죠?"

벼리가 코를 찡끗했다. 그 모습에 하마터면 어제처럼 그녀를 덮칠 뻔한 시인이었다. 몸이 이렇게 반응하는 건 처음이었다. 그는 짐승이 아니었다.

"으흠, 오늘 소속사 사장하고는?"

"그만두기로 했어요. 마침 정식 계약을 한 것도 아니었고요. 전에 회사가 망해서 임시로 들어갔던 곳이거든요. 그리고……

부회장님을 좀 팔기도 했어요."

"뭐?"

"아까는 박 사장이 왜 그렇게 놀라나 했는데, 이제야 알 것 같아요. 부회장님이 증인을 서 준다고 거짓말했는데 꼬리를 바로 내리더라고요. 처음엔 영문을 몰라 어리둥절했는데 이렇게 대단하신 분이어서 그랬구나, 라는 생각이 드네요."

"증인이라니……. 잘했어.

"그런 사람과 일을 한다는 것부터가 잘못된 거죠. 좀 힘들긴 하겠지만 다른 소속사 알아보려고요."

"생각보다 쿨하군."

"그런가요?"

또다시 벼리가 코를 찡긋하며 웃었다.

"하지 마."

"네?"

"그런 표정 짓지 말라고."

"무슨 표정이요?"

정작 본인은 아무것도 모르는 것 같았다.

"……아니야."

그들은 그의 집으로 향했다. 대중들에게 얼굴이 알려진 사람들이라서 마땅히 갈 곳도 없었다.

"정말 멋진 집이에요. 어제는 경황이 없어서 그랬는지 오늘 보니까 더 멋진 것 같아요. 뭐랄까? 갤러리 같은 느낌이 들어요."

"그래?"

"네, 너무 크기는 하지만요."

벼리는 편안하게 집 안을 돌아다니면서 구경했고 그는 그녀를 바라보고 있었다. 어제와는 다르게 집안 곳곳에서 유니폼을 입은 사람들이 각자의 일을 하고 있었고 벼리는 그 모습이 신기한지 사람들도 함께 구경하는 것 같았다.

시원에게는 익숙한 모습이었지만 일반인들에게는 이런 모습은 영화에서나 나오는 신기한 일일 것이다. 주변을 둘러보다가 일하는 사람과 눈이 마주치면 벼리는 어색한 미소를 지었고 그들은 표정 없이 고개를 숙여 인사를 했다.

어쩐지 그녀에게 버거운 분위기였지만 그의 눈에는 귀엽게만 보였다.

"저녁은 금방 준비될 거야."

어느새 그녀의 옆으로 온 시원은 그녀의 향기 때문에 다시 심장이 두근거리기 시작했다. 왜 이렇게 이 여자만 보면 떨리는 것일까?

"어제는 사람들이 한 명도 없었는데 오늘은 많네요?"

"어제는 다 퇴근했고 오늘은 손님이 온다니까 다들 기다리고 있는 거지."

"아."

벼리는 다시 그에게서 몸을 돌려 정원을 응시하고 있었다. 조명 때문에 그녀의 몸매가 그대로 보였다. 아름다운 라인이었다. 마치 예술품 같은 그녀의 곡선을 그는 한동안 말없이 보고 있었다.

"준비 다 됐습니다."

집사의 말에 그는 벼리를 데리고 식탁으로 향했다. 언제나 혼자서 밥을 먹는 자리에 누군가가 같이 앉아 있으니 기분이 아주 묘했다. 여자를 집에 데려온 것도 처음이었고 이렇게 단둘이 밥을 먹은 것도 처음이었다.

"이렇게 맛있는 음식은 처음이에요."

보기와는 다르게 벼리는 음식도 맛있게 잘 먹었다. 마른 몸에 어떻게 저 많은 음식이 들어가는지 신기할 정도였다.

"대식가군."

"아니라곤 못해요. 엄마가 음식 솜씨가 아주 좋으셨어요. 그래서 잘 먹고 자랐죠."

"살이 안 찌는 체질인가 봐."

"아뇨, 피나는 노력을 하고 있죠. 제 친구가 트레이너인데,

이거 알면 저 죽어요."

"비슷한 처지군."

"운동하세요? 어쩐지 몸이 좋으시더라. 우리 하진이보다 더 좋은 거 같아요. 걔는 너무 근육질이라서 징그러울 때가 있거든요."

벼리가 분명히 하진이라고 했다.

"서하진?"

"어? 어떻게 아세요?"

트레이너 친구가 그의 트레이너일 줄이야. 세상은 참 좁았다.

"내 트레이너가 서하진이지. 근육 덩어리."

"빙고. 근육 덩어리에 잔소리 폭탄."

벼리가 몸서리를 쳤다. 벼리에게도 어지간히 잔소리를 하는 모양이었다.

"하진이는 어릴 때부터 단짝 친구예요. 지금은 제 몸매를 관리해 주고 있죠."

"여자 연예인들은 안 한다고 하던데?"

"남자 연예인들만 해요. 걘 여자들은 운동시키면 재미가 없다고 안 해요. 전 여자가 아니니까 봐 주는 거고요."

기가 막힌 인연이었다. 대화가 자연스럽게 이어지고 있었다. 일밖에 모르는 그였다. 여자들과는 많은 이야기를 하는 편이 아니었다. 동생 다솜이는 그가 너무 말이 없다고 재미없는 남자라며 대놓고 핀잔을 주곤 했다.

하지만 이상하게 벼리와는 편하게 이야기를 하게 되었다. 벼리도 그가 누구라는 걸 안 지금도 그를 재벌이 아닌 사람으로 상대하고 있었다.

"그거 아세요? 하진이 고등학교 때까지 굉장히 말랐었어요."

"설마."

"정말이에요."

그들은 밥 먹는 내내 하진을 반찬 삼아 많은 이야기를 나누었다. 밥을 다 먹고 커피를 마시고 나니 그녀와 그 둘뿐이었다.

"다들 조용히 사라지셨네요."

"그러네."

"저도 이제 조용히 사라질까 합니다."

그녀가 간다고 하니 서운한 마음이 들었다.

"왜?"

"내일 오디션이 있어요. 그리고 만날 사람도 있고."

"만날 사람?"

"개인적으로 중요한 일이죠."

그녀가 소파에서 몸을 일으켰고 그가 벼리의 팔을 잡았다.

"어머!"

순간 몸의 중심이 무너져 벼리가 그의 무릎에 앉아 버려 그에게 안기는 상황이 되고 말았다. 둘의 시선이 어제처럼 묘하게 부딪쳤다. 그는 남자들에게 모진 일을 당할 뻔한 여자를 안고 싶진 않았다. 그래서 어제는 자제하고 또 자제했다.

하지만 더는 참을 수가 없었다. 시원은 벼리의 얼굴을 잡고는 입을 맞추었다. 어제의 짜릿함이 오늘은 안 느껴지길 바랐지만, 그의 기대와는 다르게 그의 온몸에 전율이 흐르고 있었다. 여자와 입술을 부딪친 단순한 동작만으로 그의 영혼에 불이 지펴지고 있었다.

"으읍!"

시원은 정신줄을 놓아 버리고 벼리의 입술을 탐하기 시작했다. 부드러운 입술을 빨아들이고 혀로 그녀의 고른 치아를 쓸며 그는 입술 문을 열기를 요구하고 있었다. 그의 키스에 벼리도 반응을 보이며 입술을 열었다.

순간 흥분한 그는 벼리의 입안으로 거칠게 혀를 밀어 넣었다. 그는 급하게 여자를 안는 스타일이 아니었다. 부드러운 섹스를 했지만, 이상하게 벼리를 안으면 마음이 급해지고 행동도 거칠어졌다.

많이 자제하려고 애를 쓰고 있지만, 그는 이미 고삐 풀린 망아지가 되어 버렸다. 그녀의 입안으로 혀를 밀어 넣고는 구석구석을 핥았다. 벼리도 그의 혀를 건드리며 키스를 받아들이고 있었다.

키스만으로도 갈 것 같았다. 하지만 그의 몸은 좀 더 강한 자극을 원하고 있었다. 그는 벼리의 얼굴에 있던 손을 점점 아래로 내리기 시작했다. 그녀의 가는 목선을 지나 어깨를 잡은 그는 조금 더 손을 아래로 내려 그녀의 가슴을 쓸어내렸다.

"흡!"

벼리가 놀랐는지 키스하는 도중에 호흡을 멈추어 버렸다. 하지만 그는 멈추지 않고 둥글고 풍만한 그녀의 가슴을 손안 가득 담았다.

"아아앙."

벼리의 신음이 더해지자 시원은 점점 더 강한 자극을 받았다. 멈출 수가 없었다. 손에 가득한 가슴을 눈으로 확인하고 싶어 벼리의 하얀 블라우스를 위로 끌어 올렸다. 눈부시게 하얀 브래지어는 벼리의 풍만한 가슴을 다 담아내기엔 턱없이 작아 보였다.

시원은 브래지어를 위로 올리고는 벼리의 가슴에 입을 맞추기 시작했다. 부드러운 마시멜로가 입술에 닿는 느낌이었다. 그는 그녀의 핑크색 유두를 혀로 핥기 시작했다. 황홀하다는 말로는 다 표현할 수 없는 환상적인 느낌이었다.

"아흐."

벼리가 몸을 활처럼 휘며 뜨거운 반응을 보였다. 처음 섹스를 하던 날보다 그는 더 긴장했다. 벼리가 만족하길 원했다. 왜 이런 마음이 드는 것일까? 그동안 시원은 한 번도 섹스를 하면서 여자를 먼저 생각했던 적이 없었다.

이처럼 자신을 배려하게 만드는 여자는 처음이었다.

벼리의 가슴을 빨면서 그의 한 손은 그녀의 허벅지를 만지며 치마를 위로 올렸다. 그녀의 부드러운 곡선이 그의 심장을 태웠다. 단단한 손이 그녀의 팬티라인까지 다다를 즈음, 요란하게 핸드폰이 울리기 시작했다.

Rrrrrrr—

시원의 손이 벼리의 팬티 안으로 들어가 촉촉하게 젖은 여성을 감쌌다.

Rrrrrrr—

신경을 쓰지 않으려고 해도 핸드폰이 끊이지 않고 계속해서 울리고 있었다.

Rrrrrrr—

"전화 받으세요."

"……."

벼리가 그를 보며 말했지만, 그의 손은 여전히 벼리의 여성을 만지고 있었고 그의 입술은 벼리의 가슴을 빨고 있었다.

Rrrrrrr—

"제길!"

그는 몸을 일으켜 전화를 받았다.

"여보세요?"

[도련님, 지금 회장님께서 쓰러지셨습니다.]

"뭐?"

[방금 구급차가 와서 한국병원으로 갔습니다. 사모님과 아가씨도 병원으로 가셨습니다.]

"알았어요."

벼리는 벌써 옷매무새를 바로잡고는 소파 옆에 걱정스러운 얼굴로 서 있었다.

"무슨 일이에요?"

"아버지가 쓰러지셨어……. 가 봐야 할 것 같아."

걱정이 가득하기도 했지만, 그의 목소리엔 아쉬움이 더 컸다.

"알았어요. 얼른 가세요."

벼리도 걱정 가득한 눈으로 그를 보았다.

"전 신경 쓰지 마시고요."

"아니야, 나가는 길에 큰길까지는 데려다줄게."

"알았어요."

벼리를 내려준 그는 병원으로 향했다. 고혈압과 당뇨가 있는 아버지였기 때문에 걱정이 컸다. 병원에 도착해서 응급실로 간 시원은 검사를 받기 위해 대기 중인 아버지를 멍하게 보고 있었다.

수많은 의사와 병원장까지 와서 아버지를 보고 있었지만, 아버진 아직 눈을 뜨고 계시지 않았다.

"평소 고혈압과 당뇨가 있으셔서 혈압 때문에 기절하신 것 같습니다."

"왜 안 깨어나시는 겁니까?"

"아직 검사를 해 봐야 알겠지만, 현재까지 뇌출혈은 아닌 것 같고 깊은 수면 상태에 계시니 곧 깨어나실 겁니다."

의사들도 알지 못하는 것 같았다.

"오빠!"

"아버지 어떻게 되신 거야?"

다솜을 보자마자 시원은 아버지가 왜 이렇게 되신 건지 상황을 물었다.

"서재에 계시다가 갑자기 저렇게 되셨어."

"뭐?"

"다행히 쓰러지실 때 집사님이 계셔서 빨리 병원에 오게 된 거야."

"고혈압 약은 잘 챙겨 드시지 않은 거야?"

"그건 아닌 것 같아. 집사님이 얼마나 꼼꼼한 분이신데 약을 안 챙겨 드렸겠어."

답답할 노릇이었다.

"어머니는?"

"차에 계시라고 했어. 엄마도 너무 놀라서 안정이 필요한 상태거든."

모두가 놀란 상황이었다. 아버지가 빨리 깨어나셔야 하는데 걱정이었다. 시원은 침대에 누워 있는 아버지에게서 눈을 떼지 못하고 있었다.

시원은 걱정이 되었다. 아직 아버지는 그의 든든한 버팀목이신데 이렇게 아프시다니. 마음이 아팠다.

2. 언제나 행복은 다른 곳에

가슴이 뛰는 나날이었다. 매일같이 그에게서 오는 문자 한 통은 벼리에게 활력소가 되었다. 밥은 먹었는지, 지금 뭐 하고 있는지, 오늘은 하늘이 모처럼 맑다든지, 뭐 그런 사소한 내용의 한 줄짜리 문자였지만 이상하게 벼리는 가슴이 뛰었다.

그래서인지 그를 못 본 지 일주일이 지났지만, 그가 그녀의 곁에 있다는 느낌이었다. 너무 힘든 상황에 놓인 벼리였다. 소속사 박 사장이 그녀를 놓아주지 않고 있었다. 그래서 다른 소속사로 옮기는 게 너무 힘이 들었다.

그날 명진 언니의 말이 맞았다. 이 방에서 나가면 배우 생활을 하는 게 쉽지 않을 거라 했던 것 말이다. 오디션을 보는 족족 떨어졌다. 주연급인 그녀가 조연에 도전해도 마찬가지였다. 박 사장이 뒤에서 일일이 막고 있었다.

시원이 무서운지 드러내 놓고 하지는 못했지만, 뒤에서 들리는 소리가 그랬다.

친한 스텝이 그 사실을 알려 주기도 했다. 모든 게 다 막힌 상황이었다.

"뭘 그렇게 생각해?"

하진이 멍하게 있는 그녀를 보고 물었다.

"아니다."

"너, 소속사 사장한테 까였다며?"

"어떻게 알았어?"

"태준이 그러던데?"

같은 소속사 남자 배우인 태준이 하진에게 말한 모양이었다.

"뭐래?"

"사장 말 안 들어서 까였다고."

"미친……."

"왜 그런 건데?"

벼리는 더는 말을 하지 않았다. 좋은 일도 아니고 해서 그냥 입을 닫을 생각이었다.

"빨리 말하지?"

"안 해."

차라리 입을 다물고 당분간 지내는 게 나을 것 같았다.

"그래 이참에 조금 쉬면서 몸이나 만들어."

"나도 그럴 생각이다."

돈이 없긴 했지만 그래도 몇 달은 견딜 수 있었다.

"밥하고 김치만 먹어야지."

"삶은 달걀만 먹어. 탄수화물은 줄이고."

"야!"

"밥은 탄수화물이다. 그것도 한 공기에 300칼로리가 넘는 거 알지? 그것도 고탄수화물이라서 더 안 좋고. 닭 가슴살을 배 터지게 먹고도 남는 수준이지."

"난 닭가슴살 300그램에 배가 터지진 않는다."

"그럼 달걀흰자로 하자."

"야! 정말 죽을래?

남의 속도 모르고 잔소리만 하는 하진에게 소리를 질렀지만, 벽에다 대고 지른 것과 매한가지였다. 운동을 마치고 나온 벼리는 낯선 남자와 마주했다.

"한벼리 씨?"

남자는 그녀를 보더니 정중하게 인사를 하고 명함을 그녀에게 건넸다.

"효산그룹?"

"안녕하십니까. 전 효산그룹 회장님 비서인 서찬우입니다."

"네……."

벼리는 혹시나 그녀와 시원의 관계를 회장이 알아차렸을까봐 걱정되었다. 이거 무슨 막장 드라마에서처럼 물잔 샤워에 돈 봉투가 왔다 갔다 하는 게 아닐까 하는 걱정이 들었다.

"지금 회장님께서 기다리고 계십니다."

"저를요?"

"네."

우려했던 일이 현실에서 벌어지니 어안이 벙벙했다. 남자의 뒤를 따라간 곳에는 시원의 차와 같은 종류의 리무진이 서 있었다. 그녀는 차를 타고 그들을 따라 회장이 있다는 곳으로 향했다.

두려움이 앞서긴 했지만 저질러 놓은 일이 있기에 벼리는 군소리 없이 그들을 따라갔다. 그들은 한참을 이동해서 서울을 벗어나 강원도로 향했다.

"얼마나 더 가야 하나요?"

"다 왔습니다."

그렇게 말한 지 10분쯤 지나자 나무밖에 안 보이는 숲길을 달리고 있었다. 낮이라 망정이지 밤 같았으면 더 무서웠을 것 같았다. 숲속 도로를 따라 얼마나 들어갔을까? 그 가운데 거짓말처럼 집이 나타났다.

아니 집이라기보다는 요새 같은 느낌의 집이었다. 경비원으로 보이는 사람들이 철문을 열자 차가 그 안으로 들어갔다.

이곳은 별장 같은 곳이었다. 차에서 내려 비서라는 사람의 안내를 받은 벼리는 트레이닝복 차림으로 송 회장을 보게 되었다.

"회장님, 한벼리 씨 왔습니다."

"그래?"

생각과는 다르게 송 회장은 벼리를 아주 반갑게 맞아 주었다.

"네가 벼리구나."

"……."

"이렇게 만나게 됐어……. 그렇게 찾았는데 곁에 두고도 몰라봤구나."

무슨 말을 하는 건지 도통 알 수 없는 벼리는 멍한 얼굴로 송 회장을 바라보고 있었다.

"그렇게 있지 말고 앉아."

벼리는 송 회장의 얼굴을 보며 경계의 눈빛을 하며 그의 앞에 앉았다. 지난번 조 회장 같은 일이 벌어질까 두려웠다. 시원의 일은 송 회장이 아직 모르는 것 같았다. 안다면 이런 반응을 보일 수는 없었다.

아들과 여배우의 관계를 좋아할 재벌가는 없기 때문이었다.

"아버지 함자가? 한성광?"

"네."

하지만 이야기의 방향은 전혀 예상치 못한 방향으로 흐르고 있었다. 아버지의 이름이 왜 나오는지 벼리는 알 수 없었다.

"그래, 어릴 때라서 날 기억하진 못하는구나."

"……."

"날 기억한다고 해도 좋은 기억은 아닐 테지만 말이다."

"……."

"많이 찾았다. 물론 처음엔 네 아버지와 어머니가 나타날까 매일같이 노심초사했지……."

이제는 어머니 이야기까지 하시니 도통 뭐가 뭔지 알 수 없었다.

송 회장의 말은 길어졌고 벼리의 두 손이 덜덜 떨리고 있었다.

창밖을 보니 비가 우중충하게 내리고 있었다. 2주 동안 벼리를 보지 못했다. 너무 보고 싶은 마음이 강했지만 회사일 때문에 꼼짝을 할 수 없었다. 아버지가 쓰러지신 이후로 그에게 경영권을 넘기는 절차에 들어갔기 때문이었다.

회사가 너무 어수선했다. 그래서 그의 개인적인 일들은 뒤로 미뤄졌다. 그동안 하루에 한 통씩 벼리에게 문자를 보냈지만, 그녀를 향한 갈증은 해소되지 않고 있었다.

"부회장님."

"무슨 일이지?"

"안 좋은 기사가 떴습니다."

"뭔데?"

내용을 보니 스캔들 기사였다. 그의 스캔들 기사는 가끔씩 나기는 했지만, 아버지의 스캔들 기사는 처음이었다.

"웃기는 일이군."

아버지처럼 가정적인 분이 다른 여자를 만날 리가 없었다. 그것도 기사 내용을 보니 새파랗게 어린 여자였다. 그의 여동생보다도 어릴 것 같았다. 하긴 효산그룹 회장을 트레이닝복 차림으로 만나는 여자는 없을 것이다.

요즘 유행하는 분홍색 트레이닝복을 입고 있었다. 아버지의 차에서 내릴 때 찍힌 것 같았다. 얼굴이 모자이크 처리가 돼서 알아보긴 힘들었지만 말이다.

"알아봐."

"네, 지금 알아보는 중입니다."

"아버지가 뭣 때문에 이 여자를 만났는지는 모르지만, 스캔들은 아니야.”

“네, 잘 알고 있습니다. 회장님께서 얼마나 가정적인 분이신지 말입니다.”

그건 모두가 아는 사실이었다. 아버지는 어머니만 바라보고 평생을 사신 분이었다.

“이해할 수가 없군.”

지금은 몸까지 안 좋으신데 왜 이런 기사가 났는지, 악의적인 기사를 낸 기자를 고소할 생각이었다.

“이 기사 가짜로 판명되면 기자 고소해. 이런 가짜뉴스는 선처 없이 대응하도록.”

“네.”

허 비서가 나가고 그는 멍하게 창밖을 보았다. 오늘은 벼리를 꼭 만나야 할 것 같았다. 그는 핸드폰을 들어 문자가 아닌 전화를 걸었다.

“여보세요?”

[네.]

벼리의 목소리였다.

“어디야?”

[지금 운동 끝나고 집으로 가는 길이에요.]

“그래? 그럼 한 시간 뒤에 집 앞으로 나와.”

[네?]

벼리가 놀랐는지 다시 물었다.

"보고 싶다."

[……한 시간 뒤에 만나요.]

그녀의 수줍은 목소리가 그를 더욱 기분 좋게 만들고 있었다. 시원의 얼굴에 모처럼 미소가 번지기 시작했다.

정확히 한 시간 후에 그는 벼리의 오피스텔 지하주차장에 와 있었다. 벼리는 하늘색 원피스를 입고 머리는 포니테일로 묶어서 더욱 어려 보였다.

"안녕하셨어요?"

"잘 지냈어? 어서 타."

"네."

그녀가 뒷좌석에 올라 문을 닫았다.

"밖에서 보일까요?"

"아니."

벼리의 물음을 깨닫기도 전에 그녀가 그의 목에 팔을 감더니 키스를 하기 시작했다. 부드러운 그녀의 입술이 그의 모든 것을 차지해 버렸다. 심장이 미친 듯이 뛰었다. 키스만으로 그를 이렇게 흥분시키는 사람은 오직 벼리뿐이었다.

그녀의 혀가 그의 입안으로 들어와 그를 점령하고 있었다. 수

줍게 했던 그들의 키스는 이제 사라지고 욕망이 가득한 탐욕스러운 키스만이 존재했다. 그녀에게 더 많은 걸 원하게 된다. 그게 두렵다는 생각이 들었지만, 그의 손은 벼리의 가슴을 만지며 더한 걸 요구하고 있었다.

"으으음, 보고 싶었어요."

벼리는 솔직했고 그를 어려워하지도 않았다.

"나도."

벼리 앞에서 솔직해지고 싶은 그였다.

"키스해 줘요."

그는 마치 로봇처럼 그녀의 명령에 따르고 있었다. 그들의 혀가 얽히며 그동안의 갈증을 해소시켜 주고 있었다.

"오늘은 안 보낼 거야."

"저도 가기 싫어요."

그녀의 당찬 대답에 그가 웃었다.

"그날은 아버지 때문이었고."

"……."

그녀가 알 수 없는 묘한 미소를 지었지만, 그는 무시했다. 지금 이 순간 가장 중요한 건 그녀와의 키스였다. 그의 혀가 그녀의 입안을 다시 맴돌고 있었다. 2주간이나 만나지 못한 걸 한순간에 해소하고 있었다.

이렇게 벼리를 그리워하고 있었다는 게 놀라웠다. 그녀의 원피스 치마를 올리며 그는 마음껏 벼리의 허벅지를 쓰다듬었다. 가는 다리였지만 운동으로 인해 탄탄했다. 손에 닿는 그녀의 피부의 느낌이 너무나 좋았다.

더는 뜸을 들일 수가 없는 그의 손이 그녀의 팬티 안으로 들어갔다. 그리고 촉촉하게 젖은 여성을 만지기 시작했다.

"아아앙."

그의 손가락이 그녀의 질을 만지자 벼리가 몸을 휘며 강하게 반응했다. 그는 거기서 멈추지 않고 벼리의 질 안에 손가락 하나를 밀어 넣었다.

"그만……. 이상해요."

한 번도 거부한 적이 없는 벼리가 그의 손을 잡았다. 하지만 지금 그는 멈출 수가 없었다.

"아아앙."

그의 움직임에 벼리가 몸을 휘었다. 그녀의 여성 깊숙이 들어간 손가락은 멈출 줄을 모르고 움직이며 벼리를 자극했다. 그녀의 안으로 들어가고 싶어 그의 페니스가 아우성이었다. 하지만 차 안에서 벼리를 가질 수는 없었다.

그가 힘겹게 벼리를 떼어 놓았다. 그에 놀란 벼리가 그를 보았다.

"여기서 벼리를 가질 수 없어."

"……."

그의 말에 벼리가 미소를 지었다.

"고마워요. 우리에겐 많은 시간이 있어요."

그리고 그의 입술에 가볍게 입을 맞추었다.

"우리 어디 가는 거예요?"

"누구한테도 방해받지 않을 곳."

그에게는 나중에 사랑하는 사람이 생긴다면 꼭 같이 가고 싶은 장소가 있었다. 그들이 도착한 곳은 서울의 외곽에 있는 전원주택단지였다. TV에서도 소개가 된 이곳은 부자들이 살기로 유명한 곳이었다. 이곳은 효산건설의 자랑이자 그의 별장이었다.

"와아."

정원을 보자마자 그녀의 입에서 감탄사가 나왔다.

"여기는 외국의 리조트 같아요."

"마음에 들어?"

"네."

그녀를 품에 안고 별장을 바라보자 그동안 맞춰지지 않던 퍼즐 조각이 맞춰진 느낌이었다. 모든 게 완벽했다. 그녀가 바로 빠진 퍼즐 조각이었다.

"이 집에서 나와 같이……."

"부회장님!"

그때 그의 뒤에서 허 실장이 급하게 그를 불렀다. 퇴근했어야 하는 허 실장이 그를 쫓아온 것이다.

"허 실장!"

허 실장의 눈빛이 벼리를 향해 있었다.

"왜?"

"급하게 보고드릴 일이 있습니다."

"말해."

"……."

허 실장의 얼굴이 저렇게 굳은 것은 처음이었다.

"무슨 일이야?"

"급한 일입니다. 여자분은 집으로 돌려보내시는 게……."

"허 실장!"

"부회장님 차로 돌려보내시고 부회장님은 제 차로 모시겠습니다."

생각보다 심각한 상황인 것 같았다. 허 실장의 손에 서류가 들려 있었다.

"뭐냐고!"

"사진이 나왔습니다."

"……."

"여자분은 돌려보내시죠."

"급한 일인 것 같은데, 저는 괜찮아요."

벼리가 아쉬움이 가득한 얼굴을 뒤로하고는 별장을 나섰다. 정말 급한 일이 아니라면 허 실장을 죽여 버릴 것 같았다. 허 실장이 친절하게도 벼리를 그의 차에 태워 보내고 다시 돌아왔다.

"뭐야?"

"이것 좀……."

그가 서류를 신경질적으로 받아 들었다. 그리고 한동안 넋을 놓고 서류 속의 사진을 보고 있었다. 핑크색 트레이닝복을 입은 여자 얼굴이 선명하게 보였다.

"거짓말……."

"기자에게서 여러 장의 사진을 받았고, 입막음은 잘 해 두었습니다."

허 실장의 목소리도 그리 좋지 않았다. 허 실장도 벼리의 행동이 이해가 가지 않는 것 같았다.

"하! 아버지와 아들?"

벼리가 순진한 얼굴을 하고 아버지와 아들 사이에서 장난질하고 있었다. 어쩐지 그를 처음 봤을 때부터 그녀는 대담했었다. 전혀 주눅 들지 않았다. 그런 모습이 매력적이었는데 이제 보니 그녀는 그의 상상을 초월하는 대담함을 가지고 있었다.

처음으로 마음을 빼앗긴 여자가 아버지의 여자라니, 기가 막혔다.

"날 가지고 놀았어……."

시원의 눈이 무섭게 빛을 내고 있었다.

시원에게 연락이 오지 않은 지 일주일째였다. 도대체 무슨 일이 있는지 물어볼 수도 없었다. 왠지 겁이 났기 때문이었다. 그날 분명 시원에게 큰일이 있는 것 같았다.

"괜찮아야 할 텐데……."

걱정되기 시작했다.

"한벼리 씨."

"네."

오늘은 영화 오디션을 보러 왔다. 떨어질 거라는 건 알았지만 그렇다고 손을 놓고 있을 수는 없었다.

"벼리 씨!"

감독이 그녀를 보며 밝게 웃으며 인사했다. 예전에 같이 작업한 적이 있는 감독이었다.

"안녕하셨어요?"

"보고 싶은 얼굴을 여기서 보네. 조금 이따가 봐요."

"네."

지원자들이 그녀를 힐끔거리고 있었다. 그녀 같은 스타가 오니 자신들은 떨어질 게 뻔하다고 생각하는 모양이었다.

그때였다. 박 사장과 소속사 식구들이 오디션장 안으로 들어섰다. 박 사장의 차가운 시선이 그녀를 향했다.

"이게 누구신가?"

"……."

상대하고 싶지 않았다.

"그냥 가. 시간 낭비하지 말고. 넌 여기서 안 돼."

"그럴까요?"

"응."

박 사장이 아주 밝게 웃으며 말했다.

"오늘 주인공은 명진이가 될 거야."

명진은 그녀를 보지도 않고 있었다. 아마 그날 일 때문일 것이다. 그래도 명진 언니에겐 감정이 없었다. 언니가 그런 게 아니니까. 이건 박 사장과 그녀와의 문제였다.

박 사장이 그녀의 옆에 앉았다.

"다들 저리 꺼져."

옆에 앉은 지원자들에게 엄포를 놓은 그는 벼리와 둘이 긴 의자에 앉아 있었다.

"뭐 하는 짓이죠?"

"뭐 하는 짓이긴."

"저한테 이러는 이유가 뭐예요?"

"네가 날 엿 먹였으니까."

"곤란하게 한 건 사장님이지 제가 아니에요. 어떻게 절 그런 곳에 아무 말 없이 데려갈 수 있죠?"

"난 네가 이거 좋아하는 줄 알았지."

그가 허리짓을 하며 말했다.

"원래 창피를 모르시나 봐요?"

"내가 좀 그렇지. 그리고 앞으론 더 할 거고. 그러니 내 눈에 띄지 마라."

"그만하시죠."

"뭘 그만해? 미친년. 네가 이 바닥에서 어떻게 고꾸라지는지 내가 보여 줄게. 내가 너 때문에 얼마나 손해를 본 줄 알아? 미친 조 사장 새끼가 다 말해서 손님도 없어. 배역도 못 따는 년들이 다른 거라도 해서 돈을 벌어야 할 거 아니야?"

그가 자리에서 일어나 큰소리를 치자 모두의 시선이 그들에게 모였다.

"한벼리 씨!"

그녀의 이름이 불렸다.

"네."

벼리는 이를 악물고 대답했다. 오늘의 모욕은 언젠가는 꼭 갚아 줄 생각이었다. 오디션장 안으로 들어가자 박 사장이 따라 들어왔다.

"감독님!"

박 사장이 반갑게 감독을 불렀다.

"잘 지내셨죠?"

"……."

감독을 향해 손으로 목을 치는 흉내를 낸 그였다. 그녀를 자르라는 표시였다. 그녀가 대사를 하려고 하면 박 사장이 소리를 심하게 내며 방해를 하고 있었다. 아주 유치한 짓이었지만 박 사장의 위치 때문에 감독도 말을 하지 못하고 있었다.

"당신 누구야?"

그런데 누군가 오디션장 안으로 들어와 박 사장을 보며 인상을 썼다.

"그러는 당신은 누군데?"

"난 투자사 회장인데?"

"……."

박 사장이 놀라 입을 닫았다.

"누구냐고?"

"……."

박 사장의 얼굴이 창백하게 변했다. 스텝 중의 하나가 박 사장이 누군지 말해 주고 있었다.

"당신 배우들 데리고 나가!"

"죄송합니다. 한벼리가 회사에 막대한……."

"한벼리 씨가 회사에 손해를 끼쳤는지 몰라도, 당신 회사 배우들은 당신 때문에 오늘부로 절대로 영화에는 출연 못하게 될 거야. 내가 가만히 안 놓아둘 거거든."

막혔던 속이 뻥 뚫린 기분이었다.

"내가 누군지 알고 이러십니까?"

"오늘 보니 알 만큼은 알 것 같아."

"……."

"끌어내."

투자자의 경호원으로 보이는 남자들이 박 사장을 끌어냈다. 박 사장 인생에 가장 최악의 날일 것 같았다. 벼리의 눈에 소속 배우들이 보였다. 그리고 명진과 눈이 마주친 벼리였다. 명진이 엄지를 척하고 들어 올렸다.

그리고는 다른 배우들과 같이 오디션장을 떠났다. 벼리는 공정하게 오디션을 보았고 주인공으로 발탁이 되었다. 벼리는 나오는 길에 투자자에게 찾아갔다.

"감사합니다."

"나한테 감사하기보다는 송 회장님께 감사해."

"……."

"무슨 사인데 그렇게 신경을 쓰시지? 그분이 그럴 분이 아닌데."

투자자는 의아하게 생각하는 것 같았다.

"어쨌든 잘해 보자고."

"네."

어안이 벙벙했다.

Rrrrrrr—

송 회장의 전화였다.

"여보세요?"

[축하해.]

"감사합니다."

[축하주를 사 주고 싶은데.]

"지금요?"

[소개해 줄 사람도 있고.]

"네."

그녀가 영문도 모르고 전화를 끊자 송 회장 보낸 차가 오디션장 앞에 와 있었다. 그녀는 사람들의 시선을 한 몸에 받으며 차에 올랐다. 송 회장의 친절은 참 부담스러웠다. 하지만 그의 친절에는 이유가 있었기에 벼리는 받아들이고 있었다.

그녀가 향한 곳은 서울의 유명한 카페였다. 늦은 시간이라서 그런지 카페 안에는 사람들이 없었다.

"안녕하세요?"

"어서 와."

벼리의 눈이 놀라서 커졌다. 카페 안에는 송 회장뿐만 아니라 우리나라 최고의 소속사 대표도 앉아 있었다.

"앉아."

"유 회장은 알지?"

"네, 안녕하세요?"

"반가워."

그렇게 그녀는 우리나라 최고의 소속사에 합류하게 되었다. 모든 게 송 회장 덕분이었다. 그는 아버지처럼 그녀의 모든 일을 잘 돌봐 주고 있었다. 너무 좋은 일들뿐인데 그녀는 기쁘지 않았다. 시원에게 연락이 오지 않기 때문이었다.

그는 멍하게 또 하나의 사진을 보고 있었다. 이번에는 막을 틈도 없었다. 허 실장의 창백해진 얼굴이 사태의 심각성을 말하고 있었다.

"송 사장님이 힘을 쓰신 것 같습니다."

아버지가 쓰러지고 나서 숙부의 움직임이 바빠졌다. 어떻게 해서라도 회장 자리에 오르고 싶은 모양이었다. 자신의 형마저 흠집을 내고 싶어 안달이 난 하이에나 같은 숙부였다.

"기사가 빠른 속도로 번지고 있습니다."

"수습해."

"수습은 하고 있습니다. 하지만……."

"지금은 어떻게 해서든지 막는 수밖에 방법이 없어. 그리고 지금 회장실에 연락해. 올라간다고."

"네."

그는 재킷을 입고 깊은 한숨을 내쉬었다. 그동안 그는 참고 또 참았다. 어머니만 아시던 아버지가 왜 이러시는지 이해가 안 갔다. 그들은 만나지 말았어야 할 인연이었다. 그 악연의 고리에 그도 속해 있었다.

"제길!"

요즘 그의 입에선 욕이 안 나오는 날이 없었다. 회장실에는 거의 한 달 만에 왔다. 아버지가 쓰러지시고 난 후에 거의 회사에 출근을 안 하셨기 때문이었다. 넓은 회장실은 그의 사무실의 두 배는 되는 크기였다.

“회장님.”

“그래, 왔구나.”

얼굴이 부쩍 좋아진 아버지였다. 평소 회사에선 볼 수 없는 인자한 웃음까지 짓고 계셨다. 스캔들 기사가 난 줄은 알고 계시는지. 하긴 알고 있는데도 저렇게 웃는 표정일 수는 없었다.

“드릴 말씀이…….”

“기사 얘기라면 그냥 넘어가.”

그의 생각과는 다르게 아버지는 이미 스캔들 기사를 알고 계셨다.

“네?”

“네가 신경 쓸 일은 아닌 것 같구나. 벌써 다솜이도 왔다 갔어. 아주 잔소리들만 늘었다니까.”

별일 아닌 듯 대수롭지 않게 여기는 아버지였다. 어떻게 이 상황에서 이러시지? 라는 생각이 들 정도였다.

“아버지?”

“나중에 얘기해 주마.”

"그래도 어떻게 그렇게 어린 여자와……."

"송시원."

"그건 아닌 것 같습니다. 전 아버지와 어머니는 영원히 함께 하실 거라고 생각했습니다."

"당연히 그래야지."

"하지만……."

"그러니 신경 쓰지 말고 네 일이나 잘해."

아버지가 버럭 화를 내셨다.

"이 일 때문이라면 나가 봐. 신경 쓰고 싶지 않으니까."

"단단히 빠지셨습니다."

"마음 대로 생각해."

"……."

아버지의 이런 모습은 처음이었다. 오히려 이런 아버지의 모습에 당황한 건 시원이었다. 사무실로 돌아온 그는 온종일 이 일로 전화 받기에 바빴다. 기사를 접하게 된 어머니는 배신감을 느끼신 상태였지만 잘못된 기사라고 둘러댔고 그건 다솜에게도 마찬가지였다.

퇴근 후에 그는 수없이 자신의 핸드폰을 멍하게 보았다. 수십 통의 메시지가 들어와 있었다.

거의 벼리에게서 온 메시지였다. 그는 읽지 않았다. 변명 따위는 듣고 싶지 않았다. 좋아했던 만큼 실망도 큰 법이었다.

"부회장님!"

기사가 그를 다급하게 불렀다. 집 앞에 벼리가 서 있었다. 아마도 그를 기다리는 것 같았다. 여전히 가슴 떨리는 아름다운 모습으로 그녀는 그를 기다리고 있었다.

"뭐지?"

그가 창을 내리고 차가운 얼굴로 벼리를 보았다.

"설명해 드릴게요."

"아니, 그 일로 왔다면 돌아가."

"꼭 할 말이 있어서 그래요. 그 사진……."

"입 다물어! 아버지와 아들 사이에서 오가는 게 즐거웠나? 하나만 잡았어도 넌 신데렐라가 될 수 있었겠지. 양손의 떡은 좀 과했어."

"제발……."

벼리의 아름다운 눈에 이슬이 가득 고여 있었다. 그녀의 눈물을 닦아 주고 싶은 마음이 드는 스스로를 시원은 용서할 수가 없었다. 그녀는 아버지의 여자였다.

"너하고는 더는 할 말 없어. 아니, 아버지에게서 떨어져."

"부회장님!"

벼리의 울부짖음에도 시원은 창을 올렸다.

"가지."

그는 주차장으로 들어갔다. 그게 그가 벼리를 본 마지막이었다.

3. 넓은 세계, 갇힌 마음

송석민 명예회장이 세상을 등진 지도 1년이 흘렀다. 이탈리아 피렌체의 하늘은 오늘따라 유독 우울했다. 송 명예회장의 기일임을 하늘도 아는 것 같았다. 미국에서 거의 1년을 보내고 이탈리아로 넘어온 지 한 달이 되었다.

이곳저곳을 집시처럼 돌아다니면서 벼리는 많은 것을 배웠다. 한국의 태양보다 외국의 태양이 더 센지, 아니면 여행자를 시샘해서 그러는지 벼리의 피부는 까무잡잡하게 타 있었다. 건강미 넘치는 모습이었지만 벼리는 거울을 볼 때마다 깜짝깜짝 놀라곤 했다.

"다른 사람 같아."

송 명예회장이 그녀에게 준 돈과 그동안 번 돈으로 여행을 하는 벼리는 한국으로 돌아가고 싶은 마음이 없었다. 그녀가 한국을 떠나기로 하고 준비를 하던 때에 송 명예회장은 그녀를 말렸었다.

나중에 시원과의 관계까지 말했지만 송 명예회장은 끝까지 그녀가 그의 곁에 있기를 바랐다. 해 주고 싶은 것이 많다고 했었다. 돌아가신 할아버지가 그에게 해 준 것에 비교하면 아무것도 아니라고 했다.

내용은 정확하게 모르지만, 어른들의 인연 때문에 그녀가 많은 도움을 받는 건 사실이었다.

"오늘은 커피 탐방을 해 볼까?"

일정도 없고 정처도 없이 이렇게 돌아다닐 수 있다는 게 행복했다. 외롭긴 했지만 많은 것을 배울 수 있는 시간이었다. 평소에 커피에 관해 관심이 많지는 않았는데 미국에서 여행을 하다 보니 매일 들르는 곳이 커피숍이었다.

장소마다 다른 커피의 맛을 즐기며 벼리는 자연스럽게 커피 마니아가 되어 가고 있었다. 오늘은 비알레티사의 상점에 갈 예정이었다. 커피에 관한 전문적인 상점이라는데 마니아들은 이곳에 들르면 정신을 못 차릴 정도로 많은 것들이 있다고 했다.

기대를 가득 품고 숙소를 빠져나왔다. 피렌체에 한 달간 묵다 보니 왠지 옛것들과 하나가 되는 기분이었다. 왠지 미켈란젤로와 동시대를 살고 있다는 기분이 들기도 했다. 레푸블리카 광장에 있는 비알레티로 가기 전에 벼리는 광장의 작은 커피숍에 앉아 커피 한 잔을 마시며 멍하게 오가는 사람들을 보고 있었다.

"안녕하세요? 혹시…… 한벼리 씨?"

"……."

한국 여행객 중 한 명이 그녀를 알아보고 인사를 건넸다. 한국에선 귀찮은 일이었지만 외국에서 한국말을 들으면 몹시 반가웠다. 대답 대신 벼리는 반가움이 가득한 미소를 건넸다.

"왜 요즘엔 안 나오세요?"

"여행 중이라서요."

"꼭 영화에서 다시 보고 싶어요."

"감사해요."

마지막으로 출연한 영화가 대박을 쳤지만, 그녀는 그 후로 영화에 출연하지 않았다. 한국에 있을 때는 거의 집에서 두문불출했었다. 그만큼 시원과의 일이 상처로 남은 벼리였다.

"어떻게 회장님과……."

벼리는 시원을 용서할 수 없었다. 그녀가 그의 집에 찾아갔을 때 그녀의 말을 듣기라도 했다면 이렇게 원망스럽지는 않을 것 같았다. 오늘따라 커피 맛이 썼다.

"한벼리 씨!"

한숨을 쉬며 커피를 마시고 있는데 또 다른 한국 사람이 그녀를 불렀다.

"네, 그런데요."

하지만 남자의 얼굴을 본 순간 벼리의 얼굴에 미소가 순식간에 사라졌다.

"너무 꼭꼭 숨어 계셔서 찾기 힘들었습니다."

"……."

"회장님의 유언을 전해 드리기 위해 1년을 찾아다녔습니다."

"저를요?"

"네."

서찬우 비서실장이었다. 송 명예회장이 살아 계실 때 그녀와 회장 사이에서 심부름하던 사람이었다. 회장님의 충복이자 입이 무거운 진중한 사람이었다.

"저를…… 왜요?"

자신을 1년 동안이나 찾아다닐 이유가 없었다.

"한국으로 돌아가셔야 할 것 같습니다."

"전 갈 마음이 없습니다."

아직 그녀에겐 돈이 남아 있었고 돈이 떨어진다고 해도 한국엔 돌아가고 싶지 않았다.

"지금 송시원 회장님께서 아주 난처한 상황에 부닥치시게 되었습니다."

송시원이란 이름을 듣게 된 순간 벼리의 손이 떨리기 시작했다.

"그게 저랑 무슨 상관이죠?"

간신히 마음을 진정시키며 대답했다.

"송석민 명예회장님의 유언 때문입니다."

"그게 뭐가 됐든, 전 상관없는 사람입니다."

"아뇨, 지금 한벼리 씨는 태풍의 눈에 계신 거나 다름없는 상황입니다."

"그 스캔들은 저와 상관없는 거 아시잖아요."

"압니다."

유언의 내용이 뭐든 상관없는 벼리는 속이 상했다. 왜 이탈리아까지 쫓아와서 그녀를 괴롭히는지 알 수 없었다.

"그만 돌아가세요."

벼리가 자리에서 일어났다.

"한벼리 씨에게 유산을 상속하셨습니다."

"전 받을 생각이 없어요."

"송 회장님이 가지고 계시는 효산그룹 주식의 50%입니다. 금액으로는 수천억이 넘습니다."

"……."

그래서 눈에 불을 켜고 그녀를 찾은 것이었다. 하지만 그까짓 주식은 갖고 싶지 않았다.

"그냥 송시원 회장님 가지라고 하세요."

그녀의 말에 서 실장은 깜짝 놀라 그녀를 보았다.

"그렇지만 유산상속엔 조건이 있습니다."

"그건 또 뭔데요."

"두 분이 결혼하셔야……."

"못 들은 걸로 할게요."

그녀가 일어서자 검은 옷을 입은 남자들이 그녀의 앞을 가로막았다.

"이건 아니잖아요? 난 싫어요."

"싫으셔도 어쩔 수가 없습니다."

"왜요? 내가 싫다는데. 유언장 내용은 바꾸면 되는 거 아니에요? 포기 각서라도 써드려요?"

화가 난 벼리가 말을 막 쏟아 냈다.

"그렇게 쉬운 문제라면 제가 1년이나 찾진 않았겠죠."

"……."

"명예회장님의 주식은 송 회장님의 경영과 직결이 되어 있습니다. 1년 동안 사업을 제대로 못하고 계십니다. 도움이 필요합니다. 명예회장님이 벼리 씨를 도우셨던 걸 기억하시고 저희와 같이 가시죠. 부탁드립니다."

결국 마음이 약해져 버린 벼리는 서 실장과 함께 그길로 서울에 오게 되었다.

임원회의실의 공기 흐름이 좋지 않았다. 송 사장의 무조건적인 반대에 부딪혀 1년 가까이 제대로 되는 일이 없었다. 시원의 경영능력에 관해 벌써 주주들 사이에 안 좋은 소문이 돌고 있었다.

"송 사장님은 회사의 발전을 위한 게 아닌 반대를 위한 반대만 하시네요?"

성희가 조카를 위해 한 말을 내뱉었지만 다른 사장들은 뭐라고 반박을 못하고 있었다.

"송성희 사장의 조건 없는 찬성에 반기를 들었다고 생각하면 되겠네요."

이제는 대놓고 고모노 깍아 내리는 숙부였다. 그를 막을 방법이 많지 않았다. 주식도 많이 보유하고 있을 뿐 아니라 오래된 대주주들과의 친분도 상당한 숙부였다.

아버지의 유언 때문에 그가 회장 자리에 오르긴 했지만, 그래도 아직 안심하기에는 이른 상황이었다.

"그래서 이번 본사 이전을 반대하시는 겁니까?"

"뭣 때문에 합니까? 아직 여기도 쓸 만한데 굳이 옮길 필요가 없지 않습니까? 부동산 투기를 하자는 것도 아니고."

숙부가 또다시 비꼬듯이 말했지만, 핵심은 부동산 투자였다. 눈에 보이는 이득을 주고 그만두자는 말이었다.

"이번 안건은 다음번에 더 논의하시죠."

"그만두는 거 아닙니까?"

"눈에 보이는 이득이 상당한데 그만둘 수는 없죠. 조금 더 생각해 보세요."

"송 회장! 아니 송 회장님!"

시원이 숙부를 차가운 눈으로 쳐다보았다.

"아이고, 이거 심장이 떨려서 살 수가 있나. 숙부가 실수할 수도 있지."

"실수가 잦으면 습관이 되고 몹쓸 습관을 지닌 부하는 제겐 필요치 않습니다."

그가 딱 잘라 말하고는 회의실을 나왔다. 화가 단단히 난 시원이었다. 아버지의 동생이라는 이유만으로 숙부를 회사에 두는 것이지, 절대 그가 일을 잘해서가 아니었다.

"회장님."

"……."

"거의 도착하셨답니다."

"……알았어."

벼리가 드디어 도착한 모양이었다. 1년을 찾아다녔다. 미국에 있다는 말에 그는 1년 동안 사람들을 풀어 미국을 쥐 잡듯이 뒤졌다. 그렇게 사라질 거란 생각은 하지 못했었다. 정확히 장례식 1년 만에 생각지도 못한 이탈리아에서 그녀를 찾았다.

관광객이 올린 사진 한 장이 단서가 된 것이었다. 한벼리를 이탈리아에서 만났다는 내용과 함께 수수한 차림의 벼리 사진이 올라왔고 그는 이탈리아에서 벼리를 찾게 되었다.

서 실장과의 통화에서 그는 벼리가 재산을 물려받고 싶어 하지 않고 한국에 돌아가고 싶은 마음도 없다는 얘기를 들었다.

수천억 원대의 유산을 받았다는 말을 해도 꿈쩍하지 않았다는 소리에 솔직히 조금 놀란 건 사실이었다.

"아버지의 돈이 아니었어?"

어쩌면 고도의 전략일 수도 있었다. 자신의 몸값을 높이기 위한 전략 말이다. 아버지의 여자와 결혼이라니 기가 막힐 노릇이었다.

"회장님!"

다솜이 그의 부름에 황급히 달려왔다.

"무슨 일이에요?"

"한벼리."

"찾았어?"

"응, 이탈리아에서 오는 중이야."

"팔자 좋네."

다솜은 벼리를 미워했다. 아버지와의 일이 있고 난 뒤로는 식구 중에 그 누구도 벼리를 좋아하는 사람이 없었다. 그런데 왜 아버지는 그녀와 결혼을 하라고 한 것일까? 그건 편지를 봐야 알 수 있는 문제였다. 모든 비밀이 숨어 있는 편지, 아기를 낳아야 볼 수 있는 편지였다.

변호사가 절대로 알려 주지 않는 내용이었다.

"어떻게 할 거야?"

"뭐가?"

"결혼, 할 거야?"

"응."

"그게 말이 되는 소리야? 엄마는 대충 속였다고는 하지만 난 받아들일 수 없어. 아빠와 염문설이 났던 여자라고."

"알아."

"알면서 그러는 건 또 뭐야?"

"그럼, 회사를 포기하기라도 할까? 숙부에게 이대로 넘겨줘?"

"……."

그 대목에선 다솜도 할 말이 없을 것 같았다.

"도저히 손볼 수 없는 유언이야? 변호사를 어떻게라도……."

"안 돼."

"후, 정말 답답해 미치겠다."

다솜이 발을 동동 구르고 있었다.

"어머니는 네가 좀 잘 살펴 드려. 아무리 아니라고 해도 남편과 스캔들이 난 여자를 며느리로 받아들이는 건 쉬운 일이 아니니까."

"알았어. 하지만 나도 장담은 못해."

시간이 다가오고 있었다. 벼리를 다시 보면 어떤 느낌일까? 첫눈에 반한 여자가 아버지의 여자가 되고, 이번엔 정략결혼의 대상이 되었다. 머리가 복잡해진 시원이었다.

"도착하셨다고 합니다."

벼리를 극비리에 귀국시키기 위해 전용기까지 보냈다.

"질긴 인연이야."

그는 이렇게 말을 하며 공항으로 향했다.

변한 건 아무것도 없었다. 부회장일 때나 지금이나 그의 집은 여전히 냉기가 가득한 대저택이었다. 사람들이 그녀를 무시한 채 끊임없이 움직이고 있었다. 하긴 온종일 청소를 해도 다 치우지 못할 것 같은 집이다. 이런 집이 먼지 하나 없이 깨끗하려면 하루 종일 청소만 해야 할 것 같았다.

그녀 앞엔 아메리카노 한잔이 놓여 있었다. 하루를 온전히 굶은 것 같았다. 하지만 긴장으로 인해 배도 고프지 않았고 잠도 오지 않았다.

1시간 정도 꼼짝도 하지 않은 채 그를 기다리고 있었다. 엄마가 물려준 오래된 손목시계를 만지작거리며 벼리는 시원을 기다리고 있었다. 무슨 말부터 해야 할지 알 수 없었다. 입술은 자꾸 마르는데 커피는 별로 마시고 싶지 않아서 손도 대지 않았다.

"간단한 요깃거리라도 드릴까요?"

1시간 만에 모습을 드러낸 서 실장이 그녀를 보고 물었다. 서 실장은 시차 때문인지 얼굴이 핼쑥해져 있었다.

"생각 없어요."

"그럼 주스라도……."

단 걸 마시면 좀 나아지려나 싶어서 오렌지 주스를 달라고 말했다. 집사라는 사람이 주스를 가져 왔고 그녀는 단숨에 주스를 마셨다. 단 게 들어가니 확실하게 나았다.

"명예회장님과 벼리 씨의 스캔들은 아직 식구들에겐 상처입니다. 아니라고 말했지만 깊은 상처로 남았죠."

"아닌 거 아시잖아요."

"제 말도 통하지 않았습니다. 사람들은 믿고 싶은 대로 믿어버리니까요."

"……."

"벼리 씨도 마음에 큰 상처를 받은 거 압니다."

"아시면서 절 여기에 데리고 오신 거예요?"

원망의 화살이 서 실장에게로 돌아갔다.

"죄송합니다. 하지만 저도 방법이 없었습니다."

"서 실장님."

"하지만 부탁드립니다. 이번 유언장대로 회장님과 결혼해 주십시오. 제가 1년 동안 벼리 씨를 찾아다닌 것이 헛수고가 되지 않게, 그리고 명예회장님께서 벼리 씨에게 베푸신 은혜를 조금이라도 생각해 주신다면……."

"서 실장님……."

"제가 마지막으로 효산을 위해 한 일입니다."

"……."

마지막이라고 말하는 서 실장에 벼리가 깜짝 놀랐다. 그는 이제 그만둘 생각인 듯했다. 그때였다. 사람들이 분주하게 움직이는 걸 보니 시원이 도착한 모양이었다.

"부탁드립니다."

"전……."

시원의 등장에 그들의 대화는 멈추었다.

"오셨습니까?"

"서 실장님 수고 많았어요. 내일 회사에서 봅시다."

"네, 회장님."

가기 전 서 실장이 한 번 더 간절한 눈빛으로 그녀를 본 다음 집을 나섰다.

서 실장이 나가고 그녀의 눈길은 온전히 시원에게 향해 있었다. 그녀와 비교하면 그는 달라진 게 아무것도 없었다. 군살 하나 없는 몸에 명품 슈트를 걸치고 고급스러움이 뚝뚝 떨어지는 그는 여전히 멋졌다.

"오랜만이군."

먼저 입을 뗀 건 그였다. 그가 그녀 앞으로 오더니 답답한 넥타이를 풀며 소파에 앉았다. 벼리도 그를 따라 소파에 앉았고 그들은 또 한동안 말이 없었다.

"얘기는 들었지?"

그의 차가운 말투는 여전했다. 부드러웠지만 그녀의 심장까지 모조리 얼릴 것 같은 말투였다.

"네."

"거절했다고 하더군."

"네, 승낙할 이유가 없으니까요."

결혼은 아무리 생각해도 말도 안 되는 일이었다.

"아버지와의 관계 때문에? 양심에 가책이라도 느꼈나?"

또다시 그녀를 비꼬는 시원이었다.

"아닌 거 아시잖아요."

"모든 증거가 사실이라고 말하고 있었어. 그 작은 몸뚱어리로 도대체 몇 명의 남자들을 울린 거지?"

"더는 절 모욕하지 말아요."

"모욕이라……."

그가 피식 웃었다. 정신이 어떻게 된 건지 그의 모습이 굉장히 섹시하다는 생각이 든 벼리였다. 여행하면서 그를 잊었다고 생각했는데 이렇게 그를 마주하고 있으니 또다시 심장이 미친 듯이 뛰었다.

"아무것도 모르면서……."

"알고 싶지도 않아, 추악한 이야기는. 그게 아버지의 이야기라면 더욱더."

"그러면 됐네요. 더는 할 이야기가……."

"앉아."

그녀가 일어서려고 하자 그가 얼음처럼 차갑게 말했다. 앉지 않으면 큰일이 날 분위기였다.

"이제 다른 말은 필요 없어. 그냥 나와 결혼해."

"……."

"아버지와의 일은 잊고 나와 결혼하면 돼."

그가 서류봉투 하나를 그녀에게 건넸다.

"뭐죠?"

"아버지의 유언장."

벼리는 유언장을 읽으면서도 믿을 수가 없었다.

"이건 말도 안 돼요."

"난 돈이 필요한 게 아니야. 아버지의 뜻이라면 어쩔 수 없지만, 주식이 나에게 있어야지 경영을 할 수가 있어."

"난……."

"원하지 않아도 할 수 없어. 그리고 네가 나를 기만한 대가치고는 너무 좋은 거 아닌가?"

왜 송 명예회장이 그녀에게 이런 엄청난 금액의 돈을 남기고 아들과 결혼까지 시키는지 알 수 없었다.

"결혼은 이달 말일에 간단하게 올릴 거야."

"이번 달 말일이요?"

"너무 걱정할 것 없어. 그냥 촬영한다고 생각해. 모든 건 내가 준비할 테니 걱정하지 말고. 아 참, 오늘부터 이 집에서 같이 지낼 거야. 그래야 사람들이 의심하지 않지."

"송 회장님."

"맞아, 난 송 회장이고 효산을 위해서라면 이 정도 역겨움은 참을 수 있어."

그의 역겹다는 표현에 벼리의 가슴이 찌릿 아팠다.

"왜 사라진 거지?"

"떠난다고 말했어요."

"내가 찾지 않았다면 영영 안 돌아올 생각이었어?"

"네."

벼리도 차갑게 응수했지만, 그에겐 먹히지 않았다.

"짐 옮겨 줘."

집사로 보이는 사람이 그녀의 가방을 옮기려고 했다.

"그냥 집으로 돌아갈게요."

"안 된다고 했어."

그가 단칼에 잘라 버렸다.

"이쪽으로 오십시오."

집사가 안내하는 곳으로 따라가자 이제껏 본 적이 없는 화려한 방이 눈앞에 펼쳐졌다.

"이곳에서 묵으시면 됩니다."

"제가 어떻게 불러야 할지……."

"전 황민이고 황 집사라고 부르시면 됩니다."

"이 방이 손님방인가요?"

"아닙니다. 이 집의 안주인을 위한 방입니다. 맞은편이 회장님의 방이십니다."

그녀는 잠시 그의 방문을 바라보았다.

"그럼 쉬십시오."

황 집사가 나가자 갑자기 피곤이 몰려들었다.

효산 본가에 찬바람이 몰아치고 있었다. 아버지가 돌아가신 이후에 어머니의 기력이 많이 쇠한 상태였다. 아버지는 돌아가시기 전날까지 어머니의 손을 꼭 잡고 계실 정도로 사랑하고 아끼셨다.

그런 아버지가 단 한 번의 실수를 하셨는데, 그게 바로 한벼리였다. 그런데 그런 벼리와 오빠가 결혼한다니 다솜의 상식에선 이해가 안 가는 일이었다.

"아빠가 제정신이 아닌 상태에서 유언장을 쓰신 거야."

"아니실 겁니다."

낮은 저음의 목소리가 그녀를 타이르듯이 말하고 있었다.

"김 비서가 뭘 안다고 그래?"

"명예회장님은 그런 분이 아시십니다. 스캔들도 오해로 밝혀

지지 않았습니까?"

"날 가르치려고 들지 마."

"……."

고집이 아주 대단한 비서였다. 효산에 입사하면서부터 그는 그녀의 옆에 있었다. 아직 어설픈 다솜이 불안하다며 아버지가 자신의 비서를 그녀에게 붙여 주었다. 그때부터 8년 동안 그녀의 곁을 지켜 준 사람이었다.

무테안경에 샤프한 이미지인 김 비서는 비서라기보다는 선생님 같은 존재였다. 날이 갈수록 까칠해지는 선생님 말이다.

"난 한벼리를 편하게 볼 자신이 없어."

"때론 가면이 필요할 때도 있는 겁니다."

본가에 도착한 다솜은 휠체어에 앉아 있는 엄마를 안쓰러운 눈으로 바라보았다.

"엄마."

"왔어?"

"네, 온종일 이리고 계신 거예요?"

"아니, 차도 마시고 책도 읽고……. 그렇게 지냈지."

"재활 운동도 하셔야 하는데……."

"이제 곧 죽을 때도 다 됐는데 괜찮아."

"엄마, 왜 자꾸 그래요?"

어머니의 우울증이 요즘 더 심해진 것 같았다. 주치의 선생님이 일주일에 두 번은 방문하셔서 어머니의 건강 상태를 체크했는데 증세가 더 악화하고 있다는 말뿐이었다. 거기다가 그녀가 요즘 너무 바빠서 어머니를 챙겨드리지 못해서 더 그런 것 같았다.

"엄마, 오빠가 결혼할지도 몰라요."

"정말?"

"조만간에 여자가 인사드리러 올 거예요. 그런데 엄마, 놀라시면 안 돼요."

"왜?"

"그 여자가……."

"사모님, 이제 약 드실 시간입니다."

김 비서가 그녀의 말을 잘랐다. 이렇게 치고 들어오는 건 하지 말라는 표시였다.

"엄마, 약 먹자."

"왜 얘기를 하다가 말아."

"약 먹고."

김 비서가 약을 가지고 왔다.

"우리 김 비서는 언제 봐도 믿음직스러워."

"감사합니다."

어머니는 김 비서를 유난히 예뻐했다. 사근사근한 성격도 아닌데 왜 그렇게 좋아하는지 알 수 없었다. 어머니가 방으로 들어가고 그녀는 김 비서를 불렀다.

"안 그래도 머리가 복잡해 죽겠는데 김 비서까지 왜 그래?"

"아직은 사모님께 말씀드릴 단계는 아닙니다. 확실하게 결론이 지어진 다음에 말씀하시죠. 괜히 사모님께서 쓰러지기라도 하시면……."

그건 안 될 일이었다.

"……알았어."

그녀는 자신의 방이 있는 2층으로 올라가기 전에 와인 냉장고에서 와인 한 병을 들고 올라갔다. 그녀는 방에 들어가자마자 와인잔에 와인을 따르고는 단번에 들이켰다. 불안하고 초조한 마음을 와인으로 달래고 있는 다솜이었다.

다시 와인을 따르려는데 누군가 그녀의 손을 잡았다.

"김 비서, 뭐 하는 거야?"

"그만 드시죠."

"퇴근해. 괜한 참견하지 말고."

"지금은 퇴근했으니 참견하는 거야."

김 비서가 그녀에게 말을 놓은 건 처음이었다.

"뭐?"

놀란 다솜이 김 비서를 보고 있었다. 그가 다솜에게 한걸음 다가왔다. 커다란 몸집의 그가 다가오니 갑자기 겁이 났다.

"김 비서."

"지금이 조선 시대도 아니고. 퇴근 시간 이후에는 난 엄연히 자연인이라고."

"그, 그래서?"

놀란 다솜이 김 비서의 얼굴을 보았다. 방 안에 불이 켜지지 않아서 그의 표정을 볼 수가 없었다. 어두운 그림자뿐이었다.

"난 다솜이 흔들리지 말았으면 좋겠어."

"……."

"예쁜 유리그릇처럼 손에서 놓으면 깨질 것 같아 불안해."

"왜, 왜 이러는 건데?"

놀라서 자꾸만 말이 더듬어 나오고 있었다. 어느 날부턴가 그녀가 김 비서를 신경 쓰기 시작하면서부터 김 비서의 눈빛이 달라져 있었다. 가끔 그녀를 여자로 보는 것 같았다. 숨이 막히게 긴장이 되었던 순간도 몇 번인가 있었다.

"안 돼."

"뭐가?"

"이렇게 가까운 거리."

그가 피식 웃는 게 느껴졌다.

"소리 지를 거야."

"어디 한번 질러 보던지."

"여기…… 읍!"

순간적인 일이었다. 너무 충격을 받아 다솜은 그대로 얼어붙어 버렸다. 하지만 그녀의 입술을 삼킨 김 비서는 얼어 있는 그녀를 녹일 기세로 거칠게 그녀의 입술을 탐하고 있었다. 키스가 처음은 아니었지만 이렇게 거친 키스는 처음이었다.

입술이 뭉개지고 피 맛이 나기 시작했지만, 다솜은 그를 밀어내지 않았다. 첫사랑이 키스를 하는데 밀치고 싶은 여자는 없을 것이다.

다솜의 첫사랑은 김영욱, 김 비서였다. 그의 팔이 가냘픈 그녀의 허리를 꺾을 듯이 붙잡았고 다른 한 손으론 그녀의 얼굴을 붙잡고는 놔주지 않았다. 그의 혀가 거칠게 그녀의 입안으로 들어와 정신을 혼미하게 만들었다.

이렇게 얼이 빠져서 키스한 적은 처음이었다. 그가 그녀의 아랫입술을 물고는 빨아대기 시작했다. 그리고 그의 손은 그녀의 가슴을 잡고 주물렀다. 평소에 지극히 이성적이던 김 비서는 온데간데없고 짐승 같은 김영욱만이 존재했다.

"으으음."

저도 모르게 신음을 내뱉은 다솜이었다. 그의 키스는 점점 깊어졌고 그녀의 블라우스 안으로 그의 손이 이미 들어와 있었다.

"그만!"

그가 갑자기 그녀를 자신의 몸에서 떼어냈다.

"……."

순간적으로 허전함이 온몸에 밀려들었다.

"술은 이제 그만 마셔."

그리고 그가 와인병을 가지고 방을 나가 버렸다. 다솜은 다리의 힘이 풀려 버리는 바람에 옆에 있는 테이블을 한 손으로 잡고 겨우 몸을 지탱했다.

"뭐지?"

심장이 거칠게 뛰었다. 김 비서가 그녀에게 이렇게 적극적인 행동을 한 건 처음이었다.

"미쳤어……."

다솜은 왼쪽 가슴에 손을 가져다 댔다. 놀란 심장이 밖으로 튀어나올 것 같았다.

다솜의 방에서 나온 영욱은 다솜에게서 빼앗은 와인을 병째로 들이켜기 시작했다. 하지만 그의 갈증은 해소되지 않고 더 큰 목마름만 느껴질 뿐이었다.

"미친……."

하지 말았어야 했다. 아무리 화가 났어도 다솜의 방에 들어가는 게 아니었다. 8년을 참았다. 처음 본 순간부터 그녀를 가지고 싶었는데 그는 참고 또 참았다. 다솜을 향한 그의 뜨거운 욕망은 날이 갈수록 차가움으로 포장되고 있었다.

하지만 오늘 그는 그 포장을 찢어 버리고 말았다.

이게 다 한 통의 전화 때문이었다.

"송시원……."

다솜이 방으로 들어가자마자 시원에게 전화가 걸려 왔었다. 그 전화의 전과 후가 이렇게 달라질 줄 그는 미처 알지 못했었다. 조금 더 신중했어야 했다.

"여보세요?"

[어머니는?]

"지금 방에 들어가셨습니다."

[말은 잘했고?]

"아뇨, 제가 막았습니다."

[왜?]

"아직 때가 아닌 것 같아서요."

[잘했어.]

시원은 잔소리하는 스타일이 아니었다. 오히려 그를 믿고 맡기는 사람이었다. 그게 고맙게 느껴졌다.

[토요일에 다솜이 시간 비워 둬. SC그룹 최한석 본부장과 약속 잡았어.]

"……약속이라뇨?"

알면서 되물었다.

[왜 그래? 선이지 뭐겠어. 잘 준비해서 서울호텔로 7시까지 보내.]

"네……."

얼떨결에 답은 했지만, 짜증이 몰려왔다. 그래서 그는 다솜의 방으로 선에 관한 내용을 전달하기 위해 갔는데, 그만 일이 벌어지고 만 것이었다.

"하지 말았어야 했어."

영욱은 다시 후회했다. 하지만 이미 판도라의 상자는 열리고 말았다.

시차 때문인지 아침에 눈을 뜨기가 어려웠다. 겨우 몸을 일으킨 벼리는 시간을 확인하고 깜짝 놀라고 말았다. 벌써 시간이 12시를 가리키고 있었다. 피로로 축 늘어진 몸으로 겨우 침대 속을 빠져나온 그녀는 암막 커튼을 걷었다.

촤악!

경쾌하게 커튼이 걷히는 소리가 남과 동시에 따뜻한 4월의

햇살이 그녀의 얼굴을 감쌌다. 피부 속까지 들어오는 햇살이 그녀의 가슴을 찡하게 만들었다. 그리고 창문을 활짝 연 벼리였다.

"으으음."

다른 나라가 아닌 한국이었다. 1년 만에 조국의 공기를 마시니 감회가 남달랐다.

"공기가 좋구나!"

그녀는 힘차게 기지개를 켰다. 오늘은 그녀의 집으로 돌아갈 생각이었다. 송 명예회장님을 생각해서 그와 결혼을 한다고 해도 같은 집에서 지낼 생각은 없었다.

"으으으."

생각만으로도 몸서리가 쳐졌다.

"냉동인간……."

얼음처럼 차가운 그였다. 언제 그녀에게 친절했나 싶을 정도로 그는 변해 있었다. 그런 그에게 아직도 미련인 남아 있는 벼리로서는 그와 한집에 있는 게 힘들었다. 결혼은 하더라도 이 집에선 벗어나야 했다.

샤워를 하고 옷을 갈아입은 그녀는 가방을 챙겨 1층으로 내려왔다.

"어디 가십니까?"

황 집사가 그녀를 발견하고는 화들짝 놀라 다가왔다.

"집에요."

"사모님의 집은 이곳입니다."

"사모님?"

사모님이라는 말에 화들짝 놀란 벼리였다. 그녀 나이에 사모님이라니 어이가 없었다. 사실 사모님이라는 소리보다는 집사가 그녀를 이 집의 사모로 인정하고 있다는 게 더 신기했다.

"이제 곧 작은 사모님이 되실 텐데 당연히 그렇게 불러야죠."

"황 집사님, 절 어떻게 부르셔도 상관없지만 전 이 집에 살지 않을 거예요."

"아랫사람들이 보고 있습니다."

주변을 둘러보니 도우미들이 그녀를 힐끗거리며 보고 있었다. 하지만 황 집사가 손짓을 하자 모두 거실에서 사라졌다. 벼리는 이런 중세적인 분위기도 너무 싫었다.

"불편하네요."

"압니다. 하지만 이제 익숙해지셔야 합니다. 오늘부터 사모님을 교육하게 될 분이 오십니다."

"교육이라뇨?"

"본가의 집사님께서 오늘부터 교육하러 오실 겁니다. 효산그룹의 가풍을 아셔야 하니까요."

황 집사에게서 효산 본가에 대한 자부심이 흐르고 있었다. 하지만 버리는 답답한 마음이었다.

오후에는 본가의 집사인 윤 집사님이 오셨다. 예상과는 다르게 여자분이었다. 쪽진 머리에 단정하신 분이었다. 머리가 온통 백발인데 피부는 아직 팽팽해서 나이를 가늠하기 힘이 들었다. 나이는 드셨지만 사감 선생님 같은 깐깐함이 느껴졌다. 본가엔 두 분의 집사님이 계셨고 모자지간이라고 했다.

"안녕하세요?"

그런데 윤 집사가 인사를 받지도 않고 그녀를 한참 동안 보고 있었다. 그냥 살피는 눈빛이 아니라 놀란 눈빛이었다. 마치 죽은 사람이 살아 돌아온 것 같은 표정이라고 해야 하나?

"왜요?"

"……."

"저기, 안녕하세요?"

"혹시……."

윤 집사는 여전히 그녀를 멍하게 보고 있었다. 놀란 얼굴이었다. 아니, 그보다 충격을 받았다는 표현이 맞는 것 같았다.

"왜 그러시죠?"

"혹시 김명화 씨를 아시나요?"

"저희 어머니인데요? 어떻게 아시죠?"

"아이고, 어쩜 그리 엄마와 똑 닮았는지……."

윤 집사가 그녀의 엄마를 아는 모양이었다. 아니 말투를 보면 굉장히 가까웠던 느낌이 들었다. 윤 집사의 눈에는 반가움의 눈물이 가득했다. 마치 잃어버렸던 가족을 상봉하는 느낌이었다.

"아가씨, 아니 이제 사모님이라고 해야 하나?"

"네?"

윤 집사는 그녀를 보자마자 눈물을 글썽였다.

"전 작은 사모님 어머니의 유모였습니다."

"저희 엄마요?"

"네, 어머니께서 시집을 가실 때까지 작은 사모님 어머니의 곁을 지켰죠."

"엄마의…… 유모?"

"네, 세월이 어찌나 빠른지……."

엄마가 어릴 때 어떻게 자랐는지 들은 기억이 없었다. 외할머니는 일찍 돌아가시고 외할아버지도 그녀가 태어나기 전에 돌아가셨다는 말만 들은 기억이 있었다.

"김 사장님께서 얼마나 아가씨를 아끼셨는데 그렇게 되셔서……."

"네?"

"차차 말씀드릴게요. 좋은 일도 아니고."

윤 집사는 말을 흐렸다.

"제가 나이가 팔십이 넘어서도 이렇게 일을 할 수 있는 건 다 돌아가신 송 명예회장님의 배려 때문이지요. 전 다솜이 아가씨를 키웠습니다. 물론 시원 도련님도 갓난아기 때부터는 아니었지만 마찬가지고요."

윤 집사는 마치 할머니처럼 그녀를 대해 주었다. 팔십이 넘은 나이라고는 믿어지지 않을 정도로 총기가 있으신 분이었다. 얼떨결에 그녀는 효산그룹 본가에 관한 이야기부터 듣게 되었다.

아주 유쾌한 시간이었다. 이렇게 매일같이 들러 그녀와 하루를 보내는 윤 집사였다. 식사 예절이라든지 식구들의 식성이라든지 스타일 같은 것들도 알려 주었고, 무엇을 싫어하고 좋아하는지도 들을 수 있었다.

이렇게 윤 집사와 며칠을 함께 하다 보니 마음이 조금씩 편안해지고 있었다. 하지만 그녀는 그 며칠 동안 좀처럼 시원을 보지 못했다. 그녀가 잠든 시간에 집에 들어오고 그녀가 일어나기 전에 집을 나서는 그였기 때문이었다.

내일이면 토요일이었다. 토요일에도 일이 있을 수 있겠지만 적어도 일요일은 온종일 그와 함께해야 하기 때문에 신경이 쓰이는 벼리였다.

1년 동안 넓은 세상을 돌아다니면서 생각이 깊어졌다고 생각했는데 아니었다. 그의 얼굴을 보는 순간, 벼리는 1년 전 그때로 돌아간 자신을 발견했다. 달라진 건 아무것도 없었다.

4. 서로를 의식하다

아니라고 천만 번도 더 생각했지만 아닌 게 아니었다. 전혀 괜찮지가 않았다. 이 남자가 왜 이렇게 신경이 쓰이는지. 다솜은 조수석에 앉아 있는 김 비서의 뒤통수를 뚫어지게 노려보고 있었다. 입술을 빼앗겨서가 아니라, 마음을 빼앗긴 탓이었다.

"얄미운 인간……."

다솜은 그의 뒤통수에 대고는 들릴 듯 말 듯한 소리로 말했다. 그녀는 지금 서울호텔로 향하고 있었다. SC그룹의 아들인 최한석 본부장과의 선 자리였다. 원래는 가지 않을 생각이었지만 너무도 무덤덤하게 그녀에게 선을 보라고 말하는 영욱이 얄미워서 그녀는 오늘 어느 때보다 예쁘게 하고 선보러 가는 길이었다.

"다 왔습니다."

김 비서가 여느 때처럼 차 문을 열어 주었다. 너무나 차분한 그의 모습에 열이 받은 다솜이 치마를 허벅지 아주 위까지 올려 그가 보도록 만들었다.

분명 그는 차에서 내릴 때 그녀의 다리를 넋을 잃고 보았다. 일단 계획은 성공이었다. 그녀는 자신의 몸 중에서 다리가 가장 자신이 있었다.

"……."

하지만 그는 한마디도 하지 않았다. 얄미운 인간이었다.

"뭘 그렇게 봐?"

그녀가 선수를 치며 내렸다.

"스타킹 나갔습니다."

"뭐?"

얼른 보니 정말 스타킹이 나갔다.

"후."

완전 패배였다. 하지만 더는 물러날 수가 없었다.

"잠깐만."

그녀가 그를 모퉁이로 불러들였다.

"기다려."

그리고 그가 보는 앞에서 스타킹을 벗기 시작했다. 치마를 들어 올리고 과감하게 팬티스타킹을 벗기 시작한 다솜이었다. 정말 아무렇지 않은 표정으로 그녀는 스타킹을 벗었다. 아주 느리게 몸을 숙이자 그녀의 가슴골이 그대로 드러났다.

김 비서는 얼빠진 표정으로 그녀를 보고 있었다.

'1대1.'

그녀는 속으로 이렇게 말하며 그의 손 위에 스타킹을 올려놓았다.

"좀 버려 줘."

그녀는 이렇게 말하고 엘리베이터로 빠르게 걸었다. 그의 눈빛을 보니 뭔가 일을 저지를 것만 같았다. 괜히 건드렸다는 생각이 들 때 엘리베이터가 도착했다. 다행히 사람들이 많아서 그녀는 속으로 안도의 한숨을 쉬었다.

하지만 그건 어디까지나 그녀의 착각이었다. 그녀를 엘리베이터의 코너에 가둔 그가 몸으로 그녀를 눌러 왔다.

"김 비서."

"네."

"뭐 하는 거야?"

"벌?"

그들은 다른 사람들이 들리지 않게 조용히 말하고 있었다.

"무슨 벌?"

"날 도발한 벌."

그의 손이 그녀의 허벅지를 위험스럽게 만지고 있었다.

"흠흠, 김 비서."

"네, 이사님."

그의 손이 그녀의 팬티라인까지 와 있었다. 너무 놀란 다솜이 그의 뒤에 서 있는 사람들을 힐끗 보았다. 아무도 그들에게 신경 쓰지 않고 있었다.

"흡!"

그의 손이 그녀의 팬티 안으로 들어왔다. 그리고 손가락으로 그녀의 여성을 자극하고 있었다. 점점 젖어드는 그녀의 여성 때문인지 그의 손가락이 더욱 대담하게 움직이고 있었다.

"읍!"

그녀가 그의 손을 잡았지만, 그의 힘을 당할 수는 없었다. 믿을 수 없게도 그의 손가락이 그녀의 질 안으로 들어오기 시작했다. 정신이 혼미해지기 시작한 다솜은 그의 팔을 잡으며 쓰러지지 않기 위해 몸을 지탱하고 있었다.

땡!

엘리베이터가 레스토랑이 있는 층에 도착했다.

"선택은 이사님이 하시는 겁니다."

"……."

그녀는 자존심이 너무 상한 나머지 엘리베이터에서 내려서 뒤도 돌아보지 않고 레스토랑 안으로 걸어 들어갔다.

"나쁜 자식!"

토요일 오후, 윤 집사가 가고 벼리는 여느 날처럼 1층 서재에 들어가서 마음에 드는 책을 들고는 읽기 시작했다. 이 집에서 가장 마음에 드는 공간이 서재였다. 방 전체가 책으로 둘러싸인 이곳에는 책 향기가 가득했다.

오래된 잉크 향과 종이 향이 나서, 이 서재의 주인이 단순히 멋으로 책을 사들인 게 아니란 생각이 들게 했다. 오랜 세월 동안 모은 책이었다.

"오늘은 너로 정했어."

활자중독자처럼 그녀는 책 읽는 것에 집착했다. 그래서 그녀는 만약 자신이 배우가 되지 않았다면 대형 도서관 사서가 되지 않았을까? 라는 생각을 가끔 하곤 했다.

한참을 책을 읽다가 보니 졸음이 몰려왔다.

"5분만……."

그녀는 서재 한쪽 구석에서 책장에 기대앉아 쪽잠을 청했다. 날도 따뜻해서 잠깐 눈을 붙이기엔 딱 좋았다.

벌컥!

얼마나 잠에 빠져 있었을까? 갑자기 서재 문이 열리더니 누군가 서재 안으로 들어왔다.

"아무도 들이지 마세요."

"네, 알겠습니다. 커피 드시겠습니까?"

"아니, 잠깐 쉬고 싶어."

시원의 목소리에 벼리는 잠이 확 달아났다. 그리고 조용히 시원의 말에 귀를 기울이기 시작했다.

"네."

"아 참, 벼리는?"

"쉬고 계십니다."

"잘하고 있어?"

시원이 그녀에 대해 묻자 벼리의 가슴이 미친 듯이 뛰기 시작했다. 일상적인 물음인데도 벼리는 기뻤다.

"윤 집사님과 아주 잘 지내고 계십니다. 교육도 무리 없이 진행 중이고요."

"결혼 준비는?"

"그것도 차질 없이 준비되고 있습니다."

"다행이군. 나가 봐."

황 집사가 나가는 소리가 들리고 벼리는 졸지에 그와 함께 서재에 갇힌 신세가 되어 버렸다. 어찌할 줄을 몰라 벼리가 머리를 살짝 내밀고는 시원을 살피기 시작했다. 뭐가 불만인지 그는 넥타이를 신경질적으로 풀어 버리고는 와이셔츠 단추도 하나둘 풀기 시작했다.

와이셔츠 사이로 멋진 가슴근육이 보였다. 저러다가 다 벗는 게 아니냐는 생각이 들었다. 그는 서류를 한참이나 보고 있었다.

"아버지가 왜?"

유언장으로 보이는 종이였다. 그녀와의 결혼이 정말 싫은 것 같았다. 하지만 그는 주식이 필요하니 반드시 그녀와 결혼을 해야 하는 운명이다. 그가 의자에 기대서 눈을 감고 있었다. 쓸데없이 섹시한 남자였다.

벼리는 저도 모르게 그를 바라보고 앉았다. 그가 눈을 감고 있었기 때문에 들키진 않을 것 같았다. 보는 것만으로도 만족이 되는 남자였다. 1년 동안이나 그를 잊기 위해 노력했는데 결론은 아닌 것 같았다.

단순히 그와의 진한 스킨십 때문에 잊지 못하는 걸까? 지금 그와의 키스가 기억보다 못하다면 잊을 수 있을까? 그를 이렇게 애타게 원하지 않을 수만 있다면 얼마나 좋을까?

벌떡!

그녀는 저도 모르게 자리에서 일어났고 그 소리에 깜짝 놀라 눈을 뜬 시원이 그녀를 보고 있었다. 벼리는 들고 있던 책을 소파에 던져 놓고는 그를 향해 걷기 시작했다.

"벼리……."

그녀의 갑작스러운 등장에 당황한 얼굴이었다.

"놀랄 수도 있어요."

"……."

"하지만 꼭 알아야겠으니, 조금만 참아요."

그녀는 결의에 가득 찬 목소리로 말하고 앉아 있는 그의 얼굴을 양손으로 잡고는 입을 맞추었다. 그리고 입술을 부딪친 순간 벼리는 큰 실수를 했음을 깨달았다. 그의 입술은 여전히 그녀의 심장을 뛰게 했기 때문이다.

거기에 그리움까지 더해져서 단순히 입맞춤만으론 성에 차지 않았다. 벼리는 용기를 내서 가만히 있는 그의 입술 안으로 혀를 밀어 넣었다. 하지만 그는 입술을 열지 않고 있었다. 거부하는 것이었다.

그녀의 갈급함과는 다르게 그는 아무것도 느끼지 못하는 게 분명했다. 약간의 기대는 엄청난 실망으로 다가왔다. 벼리는 그에게서 얼굴을 떼고는 그의 눈을 바라보았다. 하지만 그녀의 눈에 눈물이 가득해서 그의 표정을 읽지는 못했다.

"난……. 읍!"

그가 거칠게 그녀의 팔을 당겨 자신의 무릎 위에 앉혔다. 그리고 생각할 틈도 없이 그녀의 입술을 빨아들이기 시작했다. 숨막히게 진한 키스가 이어지고 있었다. 마치 '키스는 이렇게 하는 거야.' 라고 가르치는 것 같았다.

그의 혀가 그녀의 입술을 가르고 들어와 입안을 점령하기 시작했다. 이렇게 진한 키스는 처음 하는 것 같았다. 그녀가 기억하는 그와의 키스까지 포함해서 말이다. 서로의 타액이 진하게 섞이고 그의 손이 그녀의 가슴을 주무르고 있었다. 유두가 속옷을 뚫고 나올 기세로 단단해졌다.

"으으음."

신음과 함께 그가 그녀의 티셔츠를 머리 위로 벗겨 냈다. 그리고 브래지어도 어느 틈엔가 사라졌다. 그의 입술이 그녀의 입술이 아닌 그녀의 분홍빛 유두를 빨아 대고 있었다. 어찌나 거칠게 빠는지 온몸이 다 빨려 들어갈 것만 같았다.

"아아이앙."

저도 모르게 신음이 나왔지만 벼리는 입술을 깨물며 신음을 참았다. 밖에 들릴 것 같았기 때문이었다. 그가 그녀의 가슴 전체에 붉은색 키스 마크를 찍고 있었다. 어찌나 강하게 빠는지 가슴이 금세 붉게 물들었다.

그가 빠르게 그녀의 바지까지 벗겨 냈다. 그녀는 완전히 알몸이 되어 그의 무릎에 앉아 있었다. 그의 손이 여성을 감싸 쥐자 벼리는 몸을 휘며 그의 손을 받아들이고 있었다.

질척이는 소리가 요란하게 서재 안을 울리고 있었다.

"남자를 녹이는 몸이야. 도대체 얼마나 많은 놈을 무릎 꿇게 한 거지?"

"아흐……."

그의 손가락이 그녀의 질 안으로 들어오자 벼리는 그의 말에 답을 할 타이밍을 놓치고 말았다. 아니라고 말하고 싶었다.

"미칠 것 같아."

그가 거친 숨을 몰아쉬며 말했다.

"빨고 싶어."

그의 말을 이해하기도 전에 그가 자신의 책상 위에 그녀를 앉혔다. 그리고는 다리를 벌리게 했다. 그녀의 여성이 책상 의자에 앉아 있는 그에게 정면으로 보였다.

"잡아. 더 벌리고."

그가 그녀에게 다리를 더 벌리게 했다. 그리고는 그녀의 여성에 자신의 입술을 가져다 대고는 빨기 시작했다. 그는 으르렁거리는 소리를 내며 미친 듯이 그녀의 여성을 핥았다. 벼리는 너무나 충격적인 그의 행동에 놀라긴 했지만 짜릿한 쾌감이 온몸을 덮어 그를 말리지 않았다.

"아흐."

"츄읍츄읍."

야한 소리가 서재를 채우고 있었다.

"넌 날 미치게 해."

그건 오히려 벼리가 그에게 하고 싶은 말이었다. 그는 벼리를 미치게 만들고 있었다. 그가 자리에서 일어나 그녀의 입술을 다시 한 번 삼켰다. 그동안 참았던 만큼 그들의 키스는 농염했다.

똑똑!

순간적인 일이었다. 황 집사가 서재 안으로 커피를 들고 들어왔다. 그와 동시에 시원이 자신의 몸으로 그녀를 가렸다.

"들어오지 말라고 했을 텐데?"

"죄송합니다. 혼자 계신 줄 알고……."

"나가 봐."

"네."

그가 커피를 놓고는 황급하게 자리를 떴다. 그사이 그들의 분위기는 다시 싸늘하게 식었다. 놀란 벼리는 황급히 옷을 입었다. 이제 황 집사의 얼굴을 제대로 볼 수 없을 것 같았다.

"마셔."

그는 옷을 입고 있는 벼리를 보고는 끝이 났다고 생각했는지 황 집사가 가지고 들어온 커피를 건넸다.

"그래서 궁금증은 풀렸나?"

벼리는 떨리는 손으로 커피를 받아 들었다. 하지만 그의 질문에 답을 할 수 없었다.

"……."

"놀랄 일은 아니었어."

"아니라니 다행이네요."

"이런 식인가?"

"뭐가요?"

"순진을 가장한 섹시함으로 남자를 공략하는 거 말이야. 신선하긴 했어."

시원이 그녀를 대놓고 비아냥거리고 있었다. 벼리는 커피잔을 내려놓고는 그를 쏘아보았다.

"언제나 이런 식이에요? 솔직한 욕망이 드러나면 비웃음으로 숨기는 거?"

"……."

"처음엔 속았어도 두 번은 안 속아요."

그가 차갑게 벼리를 보았다.

"날 좋아하지 않을지는 몰라도 내 몸은 원하는 거 알아요."

"아니."

"솔직하지 못하네요."

그녀는 이렇게 말을 하고는 서재를 빠져나왔다. 그녀의 쉼터 하나가 사라졌다.

"제길!"

시원의 입가에 아직도 그녀의 향기가 남아 있었다. 온몸을 녹일 것 같은 뜨거운 욕망이 오랜만에 분출되었다. 그녀에게 실망한 이후 그는 여자와 관계를 맺지 않았다. 아예 여자를 잊은 줄 알았다. 하지만 아니었다.

그는 너무나 강하게 여자를 원하는 남자였다. 지금 그의 페니스가 욱신거리며 아파 왔다. 그녀 안에 들어가고 싶어서 아우성이었다.

"미친놈!"

지금 그를 표현하기에 가장 적합한 단어였다. 시원은 지금 당장 벼리의 방으로 들어가고 싶어 미칠 지경이었다. 그의 모든 신경이 아래로 몰려 있는 것 같았다.

"아!"

그가 소리를 지르며 자신의 머리를 쥐어뜯었다. 미칠 것 같은 욕망에 자신도 당황스러운 시원이었다. 벼리가 서울에 도착하고 그의 집에 들어온 이후부터 시원의 머릿속은 온통 벼리 생각뿐이었다.

그는 벼리에 대한 감정은 오로지 강한 분노라고 생각했다. 그녀가 사라진 1년 동안 그는 그렇게 벼리를 원망하며 살았다. 하지만 벼리의 입술이 닿은 순간 그는 자신이 아직 그녀를 잊지 못하고 있음을 인정하지 않을 수 없었다.

쾅!

서재를 빠져나온 그는 주방으로 가서 평소에 잘 마시지도 않는 술을 집어 들었다. 그의 손안엔 소주가 들려 있었다.

"회장님!"

놀란 황 집사가 그를 말렸지만, 그는 소주를 병째로 들이켜고 있었다.

"술상을 봐 드릴까요?"

황 집사가 옆에서 어쩔 줄을 모르고 있었다. 자신이 들어가서 산통을 깨 놓았다고 생각하는 모양이었다.

"아뇨."

"그래도 그렇게 술을 드시면 속이……."

"괜찮으니 퇴근하세요."

"그래도……."

"황 집사!"

"……알겠습니다."

황 집사는 그를 진심으로 위하는 사람이었다. 그걸 알지만, 오늘은 그냥 혼자 있고 싶었다. 소주 한 병을 다 털어 넣자 입에서 알코올 맛이 올라오고 있었다. 속이 상할 땐 확실히 우아한 와인보다는 소주가 제일이었다.

"속상하군……."

그는 여전히 벼리를 원했다.

Rrrrrrr—

그의 핸드폰이 요란하게 울렸다. 화면을 보니 영욱이었다. 오늘 다솜이 선을 보는 날이란 걸 깜빡했다. 그는 원하지 않았지만 SC그룹 쪽에서 너무나 다솜을 원해서 어쩔 수 없이 자리를 만들긴 했다.

그에겐 어리게만 보이는 다솜도 이제 서른이었다. 더 늦기 전에 시집을 보내고 싶은 마음이었다. SC그룹 정도면 나쁘진 않았다. 그리고 최한석도 괜찮은 신랑감이었다.

"여보세요?"

[영욱입니다.]

그의 학교 후배인 영욱은 개인적인 일로 전화를 할 땐 이름을 얘기하는 특이한 녀석이었다.

"그래."

[술 드셨습니까?]

"응."

[드릴 말씀이 있는데 정신은 멀쩡하십니까?]

"정신이 멀쩡한지 자신은 없지만 얘기해."

[오늘 다솜이 선 자리를 방해할까 합니다.]

미친놈 같은 소리를 하는 영욱 때문에 그는 피식 웃음이 나왔다. 아주 엉뚱한 놈이었다.

"정신은 네가 더 이상한데?"

[맞습니다. 전 제정신이 아닙니다.]

미친 게 아니라 결의에 차 있는 목소리였다.

"왜?"

[다솜인 제 겁니다.]

"다솜이는 누구의 것도 아니야."

그가 다솜을 좋아하는 줄은 알았지만, 이 정도라고는 생각지 못했다. 솔직히 다솜이 그 때문에 속으로 끙끙 앓는다는 건 알고 있었다. 술이 갑자기 확 깨는 기분이었다.

"그래서?"

[오늘 다솜이와 결판을 지을 겁니다.]

"그건 알아서 해."

그는 영욱이 다솜의 신랑감으론 괜찮은 녀석이라 생각하고는 있었다.

[그러니 방해하지 마십시오.]

"내가 무슨 방해를 했다고 그래?"

[오늘같이 선을 다시 보게 한다면 그때는 선배님이라도 용서하지 않을 겁니다.]

"미친놈이 여기도 있었네. 술맛 떨어져."

제정신이 아닌 인간이 그 말고도 또 있는 것 같았다.

[또 이런 자리 만드실 겁니까?]

"따지는 거야?"

[네, 따지는 겁니다.]

"그건 다솜이에게 달렸지. 넌 다솜이의 마음도 못 잡으면서 어디서 생떼야?"

[그럼 다솜이는 제가 알아서 할 겁니다.]

"김 비서!"

[네, 회장님.]

다시 정중한 김 비서로 돌아간 영웅이었다.

"SC는 우리의 고객이니까 최한석한테 실례되는 행동은 하지 마."

[네, 회장님.]

그는 전화를 끊고는 다시 소주를 마시기 시작했다. 지금은 그의 문제만으로도 머리가 터질 지경이었다.

"……."

벌써 10분째 아무 말도 하지 않고 있는 다솜은 주변을 두리번거리고 있었다. 혹시나 영욱이 뛰어 들어오는 건 아닌지 걱정이 되었기 때문이었다.

"불편하십니까?"

"네? 아뇨……."

한석이 피식 웃었다.

"왜요?"

"안절부절못하는 것 같아서요."

"제가요? 설마요."

한석에게 마음을 들킨 것 같아서 불편하긴 했다. 다솜의 시선이 한석에게로 향했다. 선한 인상의 한석은 흠잡을 곳이 없는 사람 같았다. 누구처럼 그녀를 가르치려 들지도 않았고 까칠하지도 않았으며 인상도 쓰지 않았다. 그녀의 단점을 아프게 콕콕 찌르지도 않았다. 그런데 왜 매력을 느끼지 못하는 것일까?

한석과 영욱을 자꾸 비교하는 자신이 한심스러운 다솜이었다.

"후……."

한숨이 절로 나왔다.

"식사하세요."

"감사해요."

"오늘 자리는 내가 송 선배를 졸라서 만든 자리예요. 송 회장님과 제가 같은 학교 나온 거 아시죠?"

"몰랐어요."

"아 참, 영욱이랑은 동기예요. 그 녀석 정말 똑똑한 녀석인데 비서직으로 들어갔다고 해서 깜짝 놀랐어요. 영욱이가 과 수석이었거든요. 처음엔 효산그룹의 기획실에 있다가 회장 비서실로 가더니, 이제는 다솜 씨 비서라고 해서 더 놀랐습니다."

"그래요?"

뜻밖에 영욱의 이야기가 나오자 더 불편해진 다솜이었다. 저녁 식사가 나왔는데도 그녀는 거의 먹지 않았다. 아니 입맛이 없었다. 빨리 일어서고 싶은 마음뿐이었다.

"다 드셨으면 커피 한잔할까요?"

"네."

그래도 끝까지 예의를 지키고 있는 다솜이었다. 커피를 마신 후에 다솜은 그의 애프터를 정중하게 거절했다. 다음에 또 만난다면 그건 정말 한석에게 못할 짓을 하는 것이기 때문이었다. 주차장에 나와서 기사에게 전화했지만, 전화를 받지 않아 다솜은 할 수 없이 영욱에게 전화를 걸었다.

"어디야?"

[주차장.]

또다시 반말이었다.

"비서는 퇴근해서도 비서야."

[…….]

그녀가 발끈해서 전화를 하는 동안 그녀의 차가 앞에 도착했다. 운전석에는 운전기사 대신에 영욱이 앉아 있었다.

[앞으로 타.]

그의 말에 전화를 끊은 다솜은 못 이기는 척 앞자리에 앉았다. 그가 부드럽게 차를 출발시켰다. 차 안의 공기가 서로를 의식한 탓에 후끈했다. 자꾸 아니라고 말하지만, 다솜은 영욱을 너무나 원했다.

"기사님은?"

잠긴 목소리로 다솜이 먼저 정적을 깼다.

"보냈어."

"김 비서! 자꾸 반말할 거야?"

그가 하는 반말도 자꾸만 섹시하게 느껴져서 괜히 그에게 소리를 지른 다솜이었다.

끼이익!

그가 호텔 지하주차장 구석에 요란한 소리를 내며 차를 댔다.

"왜, 왜 그래? 내가 틀린 말 했어?"

그가 화를 낼까 봐 약간 소심해진 다솜은 말까지 더듬거려 버렸다.

"지금은 퇴근 시간이고 이 시간 나는 다솜이의 비서가 아니야."

"언제부터 퇴근 시간 따졌다고 그래?"

이번엔 다솜이 선수를 쳤다.

"이제부터는 퇴근 후에는 비서실장이 아니야."

그가 딱 잘라 말했다.

"그럼?"

"남자."

"……."

놀란 다솜이 얼른 영욱의 시선을 피했다. 안경 속 그의 날카로운 시선이 다솜을 향해 있었다.

"이제부터 퇴근 후에는 난 다솜이의 남자친구야."

"뭐?"

"내가 네 남자친구라고."

"……."

그는 화가 잔뜩 난 얼굴로 이렇게 말을 하고는 차를 출발시켰다. 차는 도심의 도로를 무심하게 달렸다.

"애프터는?"

"……거절했어."

"잘했어."

그가 마치 강아지 쓰다듬듯이 그녀의 머리를 흐트러트렸다. 그런데 이상하게 다솜은 기분이 나쁘지 않았다. 괜히 입가에 미소가 번졌다. 선을 보는데 그를 의식하게 될 줄은 몰랐었다. 처음 보는 선도 아닌데 왜 이번엔 그가 이러는지 궁금했다.

"오늘 왜 이런 거야? 선을 처음 본 것도 아닌데? 한 번도 이런 적은 없었잖아?"

다솜이 궁금한 마음에 물었다.

"기다리는 데 지쳐서."

그가 왜 이런 말을 하는지 이해할 수가 없었다.

"날 기다렸다는 거야? 도대체 왜?"

"그래, 기다렸어. 이제까지는 우리가 너무 차이가 난다고 생각했으니까."

"지금……은?"

"그런 생각이 들지 않을 만큼 널……."

"잠깐!"

다솜이 저도 모르게 그의 입을 손으로 막았다.

"읍!"

심호흡이 필요했다. 이런 말을 듣게 될 거란 생각을 못했기 때문이었다.

"마음의 준비가 필요해요."

다솜이 심호흡을 했다.

"뭐?"

그런 중요한 말을 듣기엔 공간이 너무 좁았다.

차가 신호 때문에 멈추었다.

"다솜아!"

"흡!"

그녀가 그를 바라보자 영욱이 다솜의 입술에 입을 맞추었다.

"사랑해."

"미쳤어, 아직 마음의 준비가 안 됐다고요……."

"싫어?"

"싫은 게 아니라 너무 좋아서 심장이 터질 것 같단 말이에요……."

그가 섹시하게 피식 웃었다.

"오늘부터 1일인가?"

"아니, 오늘은 우리가 만난 지 2920일 되는 날이에요."

"뭐?"

"정확하게 8년 전 오늘 우리가 만났죠. 난 첫눈에 김영욱 씨를 보고 반했어요."

그녀가 볼을 발그레하게 붉힌 채 그를 보았다. 이렇게 행복한 날이 오리라고는 생각지도 못한 다솜이었다.

5. 외로운 결혼식

"저 아이가 왜?"

경희는 벼리가 집 안에 들어서는 순간 너무 놀라 소리를 지를 뻔했다. 차분한 베이지색 원피스를 입은 벼리가 거실에 들어와 그녀에게 고개 숙여 인사를 했다. 꼴도 보기 싫은 벼리의 옆에는 윤 집사가 마치 보디가드처럼 지키고 서 있었다.

"네가…… 왜!"

너무 놀라서 심장이 미친 듯이 뛰기 시작했다. 이러다가 심장 마비가 올 거 같았다.

"안녕하세요?"

"나가!"

경희는 벼리에게 놀림을 당하는 기분이라서 그녀를 내치라고 소리쳤다.

평소에 온화한 성격인 경희는 이렇게 흥분하는 자신이 낯설기까지 했다. 남편의 여자가 아들의 여자가 되다니, 이건 있을 수 없는 일이었다. 시원과 다솜이 그녀에게 남편과 벼리와의 스캔들은 진실이 아니라고 말했지만, 경희는 믿지 않았다.

어떻게 아무런 관계가 없는 여자애에게 재산을 남겨 줄 수가 있겠느냔 말이다.

"내 말 안 들려?"

"……."

오늘 집안일하는 사람들이 그녀의 말을 듣지 않고 있었다. 그게 더 괘심한 경희였다.

"윤 집사!"

벼리의 옆에 서 있는 윤 집사를 무섭게 째려보며 경희가 악을 썼다.

"사모님."

"오늘 다들 왜 이러는 거야?"

요즘 다리에 힘이 없어서 휠체어에 타고 있는 경희는 온몸에 힘이 빠져나가는 느낌이었다.

"내 말이 우습게 들려?"

"사모님."

그때 집 안의 중심을 잡는 윤 집사가 그녀를 조용한 목소리로 다시 한 번 불렀다.

"제가 작은 사모님을 모시고 왔습니다."

"뭐? 작은 사모님?"

작은 사모님이라는 말에 그녀는 목덜미를 잡았다.

"진정하시고 제 말을 좀 들어 주십시오."

"다 싫으니까 저 물건 좀 치우라고!"

"효산상회, 기억하시죠?"

"……."

"제가 이 집에 들어오기 전에 있었던 곳 말입니다."

"효산상회가…… 왜?"

갑자기 효산상회의 말이 나오자 경희는 윤 집사를 보았다. 효산상회는 효산그룹의 시초이자 큰 은혜를 입은 곳이었다. 아무것도 없이 자란 송석민 회장이 오늘날 효산그룹의 총수가 되기까지 밑거름이 되어 준 곳이었다.

송석민 회장은 늘 입버릇처럼 효산상회의 김 사장님을 아버지 같은 분이라고 말했었다. 그분의 은혜는 경희도 잘 알았다. 그런데 뜬금없이 효산상회의 이야기가 왜 나오는지 궁금했다.

"이분이 효산상회의 김 사장님의 외손녀이신 한벼리 양입니다."

효산그룹의 김 사장에겐 무남독녀 외동딸이 있었다. 부인이 죽고 김 사장은 딸만 의지하며 귀하게 키웠다. 그런데 그런 딸이 자신의 부하직원과 눈이 맞아 야반도주한 것이었다. 그리고 흔적도 없이 실종된 상황까지 되어 버렸다. 물론 나중에 이를 후회한 김 사장이 그들을 수소문했지만 이미 때는 늦은 모양이었다.

"김 사장님……."

"네, 그래서 송 명예회장님이 작은 사모님을 각별하게 생각하셨기 때문에 그런 오해가 있었던 모양입니다. 송 명예회장님께서 얼마나 김 사장님의 따님을 찾으셨는지 잘 아시잖습니까?"

하긴 그랬다. 항상 미안해하고 백방으로 그들을 찾은 걸 경희도 잘 알았다. 경희는 벼리를 자세히 보았다. 어쩐지 낯이 익다 했는데 엄마와 똑같이 생긴 벼리였다.

"그럴 리가……."

"보여 드리세요."

윤 집사가 벼리에게 말을 하자 벼리가 돌아가신 엄마와 외할아버지가 함께 찍은 사진. 그리고 자신의 어린 시절의 사진을 보여 주었다. 그것들을 보니 확실히 벼리는 김 사장의 손녀가 맞았다.

경희는 갑자기 미안한 마음이 들었다. 그럼과 동시에 아직도 믿기지 않았다.

"우리가 오해를……."

하지만 풀리지 않는 의문은 왜 명예회장이 그녀에게 벼리의 신분을 말하지 않았냐는 것이었다.

"송 명예회장님께서 저를 오랫동안 찾아다니셨다고 하셨습니다."

"맞아."

"왜 그런지는 모르겠지만 저도 송 명예회장님을 처음 뵈었을 때 아빠 같다는 느낌을 받았습니다. 너무 자상하게 대해 주셨거든요. 그래서 오해의 소지가 있는 사진들이 찍혔었나 봅니다."

"아니, 우리 송 명예회장님은 다솜이한테도 그러셨어. 다정한 성품이셨지."

경희는 송 명예회장을 생각하자 눈물이 흐르기 시작했다. 우울증이 날이 갈수록 심해지고 있었다.

"끄응."

아까부터 강아지가 낑낑거리는 소리가 들리고 있었다.

"뭐지?"

"제가 너무 좋아하는 친구가 기르는 개가 이번에 새끼를 낳았거든요. 다섯 마리를 낳았는데 제가 한 마리를 분양받았어요. 어머님 드리려고요."

벼리가 케이지에서 강아지를 꺼내 그녀에게 건넸다.

"래브라도 리트리버예요. 이 녀석 재롱부리는 것만 보셔도 하루가 잘 가실 거예요."

그녀를 보자마자 강아지가 웃고 있었다. 참 신기한 녀석이었다. 그녀의 발아래서 꼬물거리고 있었다.

"내가 이런 선물을 받아도 되는 건가?"

"네, 강아지도 새 주인을 좋아하는 것 같아요."

경희는 부드럽게 웃는 벼리를 보았다. 왜 죽은 남편이 벼리를 예뻐했는지 알 것 같았다. 효산상회가 없었다면 그들은 효산그룹을 세울 수가 없었을 것이다. 효산상회 김 사장의 무남독녀 외동딸이 아닌 회사 직원에게 전 재산을 물려준다는 게 쉬운 일은 아니었을 것이다.

아니 솔직히 말하자면 실종된 딸이 살아 돌아온다면 딸에게 물려줄 재산을 남편에게 맡긴 것이었다.

딸은 끝내 돌아오지 않았고 그동안 송 회장이 재산을 이렇게 불려 놓은 것이었다. 한마디로 그들의 은인인 것이었다. 왜 유언장을 그렇게 쓸 수밖에 없었는지 알 것 같았다.

경희가 벼리의 손을 잡았다.

"그동안 오해해서 미안해."

경희는 죽은 남편에게도, 그리고 딸보다 어린 벼리에게도 미안한 마음이 들었다.

결혼식 준비는 잘 되어 가고 있었다. 시어머니와도 오해가 풀렸고 시누이가 될 다솜과도 오해가 풀렸다. 이 모든 게 윤 집사 덕분이었다. 하지만 결혼을 무슨 번갯불에 콩 구워 먹듯이 진행하고 있는 시원 때문에 벼리는 미칠 것 같았다.

"집에서 하우스 웨딩으로 친지들만 초대할 예정입니다."

"……."

황 집사의 말에도 벼리는 별 반응이 없었다. 결혼은 무슨 결혼. 이건 연극이었다.

"결혼식 전에 친지분들과의 만찬이 있습니다."

만찬이란 단어가 귀에 거슬렸다. 무슨 정치인도 아니고 만찬이라고 하니 그녀가 적응하기엔 상당한 괴리감이 있었다.

"전 가족이 없어서……."

"가까운 친구분들을 초대하셔도 됩니다."

"알겠습니다."

방으로 돌아온 벼리는 하진에게 전화를 걸었다.

"친구."

[누구신지?]

여행을 다니는 동안 연락을 하지 않아 완전히 삐딱선을 탄 하진이었다.

“누구긴 누구야. 너의 사랑스런 친구지.”

[용건은?]

“눈치 빠르긴. 애들 좀 모아 봐라.”

[왜?]

“나 결혼한다.”

[캑캑캑!]

사레가 들렸는지 기침을 요란하게 하고 있었다.

“나 결혼해. 이달 말에.”

[외국 놈이냐?]

“아니 한국 놈이다.”

[농담 그만하고.]

“진담이야.”

[1년을 행방불명 됐다가…… 갑자기 나타나서는 결혼한다고?]

“응.”

보지 않아도 하진이 얼마나 멘붕인 상태인지 알 수 있을 것 같았다.

[혹시…….]

“아니야, 아직 그렇게 깊은……. 아니다.”

[왜 말을 하다 말아?]

하진은 아주 궁금해서 죽을 지경인 모양이었다.

[내가 아는 사람이야?]

“응, 그리고 너희들 입고 올 옷은 내가 맞춰 줄게.”

[뭐?]

“그러니까 옷 걱정은 하지 말라고.”

친한 친구들 10명만 부르기로 한 벼리는 방 안의 침대에 앉아 방문을 바라보았다.

“돈만 많다고 행복할까?”

의문이었다.

오늘도 그의 얼굴은 결국 보지 못했다. 10일 후면 결혼식이었다. 모든 게 바쁜데 그는 느긋한 걸까? 오늘 드레스 가봉이었다. 하지만 그는 보이지 않았다. 드레스를 가져온 스텝이 신랑분도 가봉해야 한다고 하자 회사로 오라는 답을 했다.

너무 바쁜 거 아니냐는 스텝의 말에도 벼리는 아무런 말을 할 수 없었다. 사랑이 없는 결혼은 마음이 힘이 든 것 같았다.

결국, 스텝의 성화에 못 이겨 그녀는 급하게 회사 앞에 의상실로 향했다.

“저희도 이런 예는 없어서요. 그래도 한두 푼짜리의 옷도 아니고 저희로서는 최선을 다할 수밖에 없네요.”

“…….”

“회장님이 바쁘신 건 당연한 거잖아요? 저희도 이해해요.”

그녀의 표정을 읽은 스텝이 서둘러 그녀를 위로해 주었지만 벼리는 이미 시원 때문에 상처를 입은 상황이었다.

“제가 간다고 말은 해야 할 것 같은데요.”

“뭐 어차피 가봉할 때 당연히 같이하시는 거니까 아실 거예요.”

“그럴까요?”

“네.”

회사 옆에 드레스숍으로 간 벼리는 그가 올 동안에 먼저 드레스를 입고 있었다.

“마르셨는데 가슴 사이즈가 있으셔서 완전 예쁘게 나올 것 같아요.”

그녀가 거울을 통해서 봐도 예쁜 것 같았다. 집에서 가봉하는 게 편한데 굳이 이곳까지 온 게 마음에 걸리긴 했지만 그래도 그가 마음에 들어 했으면 싶었다.

드레스를 입고 있는데 시원이 아닌 허 실장이 숍으로 들어왔다.

"실장님."

"네, 사모님."

"너무 바빠서 못 오시니까 사람을 회사로 보내 주세요. 아니, 저와 함께 가시죠?"

"신부님 드레스는 안 보시고요?"

"바쁘시다고 몇 번을 말씀드립니까? 왜 사모님을 여기까지 모시고 와서 일을 이렇게 복잡하게 만듭니까?"

"저희는 대부분 신랑분이 보고 싶어 하시니까……."

"얼른 따라오세요."

허 실장도 민망한지 평소와는 다르게 화를 버럭 냈다.

"저 신경 쓰지 마시고 다녀오세요. 전 마음에 드니까 이대로 하시면 될 것 같아요."

벼리는 차분하게 이야기를 한 다음에 다시 옷을 갈아입었다. 눈물이 날 것 같았지만 벼리는 참고 또 참았다. 어차피 이 결혼은 형식적인 것이었다. 사랑으로 하는 결혼이 아니었다. 그러니 상처받지 말자고 또 한 번 다짐했지만, 그녀의 마음은 이미 멍이 들어 있었다.

사무실에서 팔짱을 끼고 창밖을 내다보는 시원은 허 실장으로부터 벼리의 드레스와 그의 턱시도 가봉이 있는 날이라는 이야기를 들었다. 그래서 그는 일부러 자신의 턱시도는 회사에서 가봉을 받겠다고 했다.

"예쁘겠지?"

그는 창밖을 보며 그렇게 속삭였다. 벼리는 그 어떤 신부보다 예쁠 것이다. 하지만 그는 자신이 없었다. 벼리를 보면 미친놈처럼 달려들고 싶은 마음이 들었기 때문이었다. 그는 머리를 흔들고는 다시 일에 집중하기 시작했다.

"회장님."

1시간쯤 지난 후에 허 실장이 다시 들어왔다.

"지금 가셔야 할 것 같습니다."

"알았어."

그는 재킷을 입고는 서둘러 가봉 장소로 향했다. 운이 좋다면 벼리의 가봉한 모습도 사진으로 볼 수 있을 것 같았다. 그가 건물에 도착하자 그의 눈에 들어온 건 벼리였다.

"어서 오세……."

그가 손가락으로 입술을 가리며 조용히 하라고 했다. 그리고 자신이 왔다는 걸 말하지 말라고도 했다. 그의 눈은 아름다운 벼리에게로 향해 있었다. 그가 온 줄도 모르고 그녀는 스텝들과 열심히 가봉하고 있었다. 그는 뜨거운 눈으로 벼리를 바라보았다. 그녀에게 달려가지 않기 위해 그는 어금니를 물었다.

"회장님."

"나 왔다는 소리 하지 말고 가봉할 사람만 데리고 사무실로 와."

"네, 알겠습니다."

허 실장에게 말을 한 그는 조용히 사무실로 돌아갔다. 그의 머릿속에는 순백의 웨딩드레스를 입은 벼리의 모습만이 가득했다. 정면에서 보고 싶은 마음이 굴뚝같았지만, 그는 참았다.

그의 자존심이 허락하지 않았다. 벼리는 아버지의 여자가 아니라고는 했지만, 그는 아직 그런 벼리를 믿을 수가 없었다. 그녀를 원하면 원할수록 그는 깊은 고민에 빠질 수밖에 없었다.

시간은 빠르게 흘러 결혼식이 3일 앞으로 다가왔다. 오늘은 친지들과 저녁을 먹기 위해 모두가 모이는 날이었다.

"만찬이라……."

벼리는 샤워를 마치고 드레스 룸에 들어가서 오늘 입을 준비된 드레스를 골랐다. 얼마나 화려한 여자를 생각했는지 그가 미래의 아내를 위해 준비했다는 드레스 룸에는 온갖 화려한 드레스들이 걸려 있었다.

재벌이라서 그런지 파티가 많은 모양이었다. 이곳에 온 지 몇 주가 지났지만 벼리는 옷에 대해 그리 신경 쓰지 않았다. 드레스 룸에 있는 옷을 입기보다는 그녀가 가지고 있던 옷을 주로 입었다. 아직은 그가 준 것에 익숙하지 않기 때문이었다.

오늘 저녁 약속이 있는데도 그의 모습은 여전히 보이지 않았다. 어쩜 그리 그녀를 잘 피해 다니는지, 상을 줘야 할 것 같았다.

오늘은 특별한 날이니만큼 그녀도 고급 드레스를 골랐다. 시상식 때나 입을 법한 드레스였다.

"다들 이런 걸 입고 오는 걸까?"

그녀는 조금 망설여졌다. 그녀만 튀는 옷을 입는 게 아닌가, 혹은 오히려 뒤떨어지는 옷을 선택한 건 아닌가 해서였다. 그래서 그녀는 다솜에게 전화를 걸었다. 조언을 구할 일이 있으면 언제든지 전화를 하라고 했기 때문이었다.

"여보세요?"

[네, 새언니.]

새언니 소리가 어색하기는 했지만, 그녀도 다솜이 노력 중이라는 걸 알기에 편하게 대하기로 했다.

"오늘 어떤 의상을 입어야 하나 고민이 돼서요. 뭐 입고 오실 거예요?"

[전 블랙 디오르 드레스 입고 갈 거예요.]

"시상식 분위기 같은가요?"

[단정한 분위기의 시상식이라고 보면 되고, 오늘은 아마 콘셉트가 블랙일 거예요. 오빠가 아무 말도 안 했어요?]

"바쁜 사람이다 보니……."

[하긴, 저도 요즘 회사에서 얼굴도 못 봤어요. 뭐가 그렇게 바쁜지 회의도 참석 안 해요.]

"네……."

[너무 바빠서 그러는 거니까 이해해 줘요.]

"알겠어요. 이따 저녁에 봬요."

그녀는 전화를 끊고 블랙의 아르마니 드레스를 골랐다. 너무 파이지 않는 드레스라서 어른들과 모임에서도 괜찮을 것 같았다. 드레스로 갈아입은 벼리는 배우를 하면서 배워 둔 메이크업 노하우를 살려 차분하면서도 세련된 분위기의 메이크업을 하고 머리도 단정하게 업스타일로 연출했다.

거울 속의 모습이 생각보다 만족스러웠다.

1층에 내려가자 황 집사가 감탄 어린 시선으로 그녀를 보고 있었다.

"오늘 아주 아름다우십니다."

"감사해요."

벼리는 이런 순수한 칭찬에 익숙하지 않아서 멋쩍은 표정을 지었다.

"손님들이 와 계십니다."

"누가요?"

벌써 손님들이 온 모양이었다.

"효산건설 사장님이신 송철민 사장님이십니다. 명예회장님의 동생분이시죠."

"네."

"참고로 회장님과는 사이가 좋지 않으십니다. 아마 좋은 말씀은 안 하실 겁니다."

황 집사의 말을 듣고 벼리는 마음을 다잡았다. 3년 전 이런 비슷한 주제를 가지고 드라마에 출연한 적이 있었다. 그때의 배역이 가난한 집안의 여자가 신분 상승을 하기 위해 재벌 집에 시집을 가는 내용이었다.

그 드라마의 숙부도 그녀를 괴롭혔었다. 회사를 차지하기 위해 갖은 술수를 쓰는 사람이었다. 물론 과장된 역할이었기 때문에 현실에선 그보다 심하진 않을 테지만 말이다.

"그땐 따귀도 맞았는데……."

그때 생각이 나자 뺨이 아파 오는 것 같았다. 벼리는 인사를 하기 위해 숙부에게로 향했다.

조카인 시원의 집으로 가는 차 안, 서류를 보는 철민의 눈동자가 기민하게 움직이고 있었다.

"얼마나 더 모아야 하는 거야?"

그의 개인 변호사이자 사위에게 철민이 신경질적으로 이야기를 하고 있었다.

"만약에 이 결혼을 무효로 만드신다면 굳이 주식을 사실 필요가 없습니다. 지금의 우호적인 주주들과의 관계로 봤을 땐 당장 주주총회를 열어도 아버님이 이기실 테니까요."

철민의 눈동자가 빛이 나고 있었다. 아무리 생각해도 형님의 재산에 그가 이바지한 바는 이루 말할 수 없었다. 그런데 유산 상속에서 그는 거의 받지 못한 것과 마찬가지였다. 그런데 더 어이가 없는 건 바람을 피웠던 어린 여자에 그 재산을 다 주었다는 것이었다.

"그런데 만약에 그년하고 시원이가 결혼하면?"

"그러면 셈이 아주 복잡해집니다. 어떻게 해서든지 결혼은 막아야죠."

"결혼을 막긴 힘들어."

"그럼 이혼이라도 시켜야죠."

"뭐?"

"돈을 싫어하는 사람이 어딨습니까? 위자료로 받은 유산을 다 토해 내라고 한다면 송 회장이 꼼짝없이 당하는 거죠.”

머리가 좋은 녀석이라 다른 것 같았다. 벼리가 가진 주식은 형님이 보유한 주식의 50%이다. 이혼을 하게 된다면 시원이 그 주식을 사용할 수가 없다. 결혼하면 주식을 위임받아서 그 권한을 행사할 수 있지만, 어느 누가 이혼한 남편에게 위임장을 써 주겠냐 말이다.

“그럼 그 주식을 다시 가지고 가는 거야?”

“만약에 송 회장이 이혼소송을 걸고 이긴다면 어느 정도는 가져올 수 있어도 다 가져올 수는 없을 겁니다.”

사실 형님이 유산을 벼리에게 준 거지 시원에게 준 게 아니므로 시원은 마땅히 주식에 대한 권리를 행사할 수 없을 것이다.

“알았어.”

어차피 결혼은 막을 수가 없었다. 그렇다면 여자가 두 손 두 발 다 들고 떠나게 하는 수밖에 없었다.

“한벼리랑 결혼하는 거 맞아요?”

철민의 부인이 물었다.

“맞아.”

“뒷얘기가 안 좋던데…….”

“그런 소리 하지 마.”

"왜요?"

그의 부인인 최 여사는 재벌가 출신인데도 아주 입이 가볍기로 소문이 자자한 사람이었다.

"가서 말조심 좀 해."

"자기는 더하면서."

"엄마."

그의 딸이 민망한지 엄마를 말렸다. 시원이 본가에서 독립하고 집에서 모임을 하는 건 처음이었다. 철민은 집에 들어서자마자 깜짝 놀라고 말았다. 효산그룹 본가보다 훨씬 크고 멋진 집이었다.

아직 아무도 오지 않은 분위기였다. 철민은 아내와 딸, 그리고 사위까지 대동하고 갔다. 얄미운 성희는 아직 오지 않은 모양이었다.

"한벼리다."

딸은 벼리의 팬이었다. 그래서인지 똥인지 된장인지도 구별하지 못하고 좋아했다.

"가까이서 보니까 예쁘네."

"예쁘긴 뭐가 예뻐."

"당신은 괜히 그래요. 예쁘기만 한데."

지난번 장례식 때도 느꼈지만 얼굴하고 몸매가 아주 많이 끝내주긴 했었다. 그래서 연예인이 되었겠지만 말이다. 확실히 일반인과는 분위기가 달랐다.

“장인어른, 그 둘을 확실하게 갈라놓으셔야 합니다.”

사위 녀석이 또 한 번 그에게 속삭였다.

“결혼을 안 해야 하는데, 결혼하고 갈라놓아야 하니 귀찮구먼.”

그는 이렇게 말하고 그들을 보며 다소곳이 서 있는 벼리 앞으로 향했다. 형님의 여자가 조카며느리가 되다니 웃긴 일이었다. 그리고 그는 아무리 돈이 좋아도 파렴치하게 서 있는 벼리도 마음에 들지 않았다.

“안녕하세요? 숙부님.”

“그래, 자네가 우리 집안의 맏며느리가 되다니 놀랍구먼.”

“앞으로 잘 부탁드립니다.”

“쉽진 않을 거야.”

그는 경고했지만, 생각보다 벼리의 반응은 무덤덤했다. 보나마나 시원이 그들의 관계를 다 말했을 것이다. 그래서일까? 벼리는 그를 어려워하는 게 아니라 약간 무시하는 기분이 들었다. 건방진 년.

“압니다. 안으로 들어가시죠.”

심지어 그에게 여유로운 미소까지 보였다. 그게 더 배알이 꼴리는 철민이었다.

"오빠!"

얄미운 목소리가 등 뒤에서 들렸다. 성희는 그를 쫓아다니면서 방해를 하는 못된 년이었다. 그의 인생에서 여자는 도움이 되지 않았다.

"왔어?"

"네, 어머 우리 새아기가 나왔네."

성희는 얄밉게도 벼리와 서양식으로 포옹을 했다.

"오늘 너무 고급스럽다. 나도 아르마니 드레스 좋아해."

"고모님도 오늘 너무 아름다우세요."

"호호, 고마워. 근데 언니는?"

"지금 다솜 아가씨가 모시고 오세요."

"시원이는?"

"회사일 때문에 조금 늦는다고 했어요."

벼리가 생각보다 적응을 잘하는 것 같아 불안한 마음이 드는 철민은 날카로운 눈으로 벼리를 주시하고 있었다.

벚꽃이 가득한 정원에 가든파티가 펼쳐지고 있었다. 싱그러운 꽃들과 옆에서 비추는 아름다운 조명이 밤에 핀 벚꽃과 어우러져 동화 속의 한 장면을 연출하고 있었다. 생각보다 친지들이 그렇게 많지는 않았지만, 드라마 속보다 더한 신경전이 오가고 있었다.

특히 숙부와 고모는 거의 앙숙 같았다. 웃으면서도 서로의 가슴을 후벼 파는 날카로운 말들을 해서 벼리를 놀라게 하고 있었다.

'이 순간은 연기해야 해.'

속으로 이렇게 수천 번을 생각하며 벼리는 평정심을 유지하고 있었다.

"왜 시원이는 안 오는 거야?"

"오늘 오빠 진짜 바빠요."

다솜이 그녀를 대신해서 시원의 편을 들어 주었다. 사실 시원은 지금까지 아무런 연락을 하고 있지 않았다. 설마 오늘이 어떤 날인지 잊은 건 아닌지 걱정이었다.

"오늘 우리 새아기 예쁘구나."

시어머니가 그녀를 추켜세워 주셨다.

"형수님은 참 마음이 금방 변하셨습니다. 형님을 그렇게 의심하시더니."

숙부가 한마디 하자 분위기가 아주 싸해졌다.

"솔직히 웃기는 일 아닙니까? 아버지와 스캔들이 났는데 그 아들과 결혼을 하다니 말입니다."

숙부는 오늘 작정을 한 것 같았다.모두가 숙부의 말에 얼굴을 들지 못하고 있었다. 할 말 못할 말 구분 없이 다 하고 사는 사람 같았다.

"송 사장님!"

시어머니가 엄한 목소리로 숙부를 다그쳤다.

"뭐 틀린 말도 아닌데. 남들이 우리 집안을 얼마나 우습게 보겠습니까?"

"오빠, 꼭 그래야겠어?"

"사실은 뼈를 때리는 법이지."

"숙부님."

그녀가 차분한 목소리로 숙부를 불렀다. 할 말 다 하고 사는 숙부에게 기죽어 지낼 필요는 없을 것 같았다.

"왜? 서운해?"

숙부는 자신의 말이 아주 정당하다고 생각하는 것 같았다.

"아니요, 오해가 있으신 것 같아서요."

"오해라니? 사실 아닌가? 그렇게 떠들썩한 이야기가 오해일 순 없지."

"아뇨, 때로는 아니 땐 굴뚝에도 연기가 납니다."

"과연?"

둘 사이에 팽팽한 기류가 흘렀다. 모두가 숨을 죽이며 그들을 보고 있었다. 숙부도 벼리를 누르기 위해 작정을 했고 벼리도 그에게 쉽게 눌릴 순 없었다. 시작했으니 친지들에게 버릇없게 보이더라도 마무리는 확실하게 지어야 했다.

"뭐가 이렇게 당당한지. 요즘 애들은 부끄러운 줄 모르나?"

"여기서 진실은, 제가 효산그룹의 시초인 효산상회의 유일한 손녀란 겁니다."

"……."

숙부이 얼굴이 굳어졌다. 그도 효산상회가 효산그룹에 어떤 영향을 주었는지 누구보다 잘 알고 있을 것이다. 그러니 반응이 저럴 수밖에 없었다. 사실 벼리도 그렇게 정확히 알지는 못했지만 송 명예회장서부터 모든 사람들이 효산상회에 대한 고마움을 기본적으로 가진 것 같았다.

"그래서 명예회장님께서 살아생전에 절 보살펴 주신 거고, 사실이 와전되어 그런 몰상식한 스캔들 기사가 난 거죠."

그녀의 한마디에 고모와 시어머니의 얼굴에 미소가 번졌다.

"……사실이야?"

숙부이 표정이 가관이 아니었다.

"제가 왜 쓸데없이 거짓말을 하겠습니까?"

그때 시원이 퇴근하고 돌아왔다.

"죄송합니다. 오늘 바이어와 갑자기 약속이 잡히는 바람에 늦었습니다.”

그는 벼리의 옆에 앉았다. 그리고는 보란 듯이 그녀의 손을 잡았다가 놓았다. 남들이 보기엔 아주 다정한 스킨십이었지만 그녀는 그만큼 고통스러웠다.

식사하는 내내 그는 그녀의 어깨를 잡거나 손을 잡으며 사람들에게 다정한 모습을 보여 주고 있었다.

“송 회장은 새아기가 효산그룹 손녀인 거 알았어?”

“네.”

숙부의 말에 짧게 대답한 시원이었다.

“억울한 거 좀 풀어 주지 그랬어.”

숙부가 빈정거리며 말했다. 천성은 어쩔 수 없는 모양이었다.

“그걸 사실로 믿는 사람들이 더 나쁜 거 아닙니까? 아버지의 인품을 아는 사람이라면 절대로 믿지 않을 얘기니까. 대응할 필요가 없죠.”

“그래도 아니라고 증명해야 했어.”

“아버지와 벼리의 일은 사실이 아니니 더 이상 이 일로 다른 말씀은 삼가 주십시오. 다시 한 번 이 이야기를 하면 그게 누구라도 가만히 두지 않을 겁니다.”

시원의 말에 더는 말을 보태는 사람이 없었다. 저녁 식사를 마치고 식구들이 모두 돌아가자 그는 그녀에게 언제 다정했냐는 듯이 찬바람을 일으키며 자신의 방으로 들어갔다.

도대체 왜 그러는지 정확하게 알 수 없었지만, 그는 그녀와 아버지의 관계를 아직도 의심하는 것 같았다. 그렇지 않다면 결혼하기 싫은 여자와 억지로 결혼하는 남자 같았다. 질린 것일까? 이유를 알 수 없는 게 답답했다.

결혼식 당일, 파스텔톤의 아름다운 꽃들이 정원에 가득 장식되어 있었고 하늘에서부터 내려오는 따뜻한 햇볕이 식장으로 꾸며진 정원을 아름답게 비추고 있었다. 30명이 조금 넘는 인원이 모여 간단하게 스몰웨딩을 진행할 예정이었다.

"진짜 예쁘다, 친구."

하진이 친구들과 함께 신부 대기실에 들어와서는 그녀의 모습을 보고는 입을 다물지 못했다. 양복을 입은 하진의 모습을 본 벼리는 웃음을 참지 못하고 빵 터졌다.

"알아, 난 트레이닝복이 제일 잘 어울린다는 거."

"트레이너는 꼭 그렇게 헐크같이 몸을 만들어야 해? 너도 연예인들 같이 만들어."

다른 친구가 한마디 했다.

"얼굴이 안 돼서 안 하는 거야?"

"죽는다."

옥신각신하긴 했지만, 오늘은 모두의 표정이 아주 좋았다.

오늘 벼리는 잔잔한 아플리케 레이스로 어깨를 감싸는 사랑스러운 라인의 에이라인 드레스를 입었다.

재벌가의 웨딩드레스답게 너무 과하지 않은 디자인을 골랐는데 나중에 알고 보니 갈리아라하브의 웨딩드레스였다. 비싼 건 억대를 호가하는 웨딩드레스였다. 물론 그 정도는 아니겠지만 그녀의 드레스 가격도 만만치 않을 것 같았다.

"눈이 부시다."

"고마워."

"난 효산창립기념회에 참석한 줄 알았다."

친구 중에 효산그룹에 다니는 친구가 있었다. 오늘 이 자리에 와서 너무 놀란 것 같았다. 말단 사원이 총수 일가와 나란히 앉아 있으니 긴장되고 떨리는 모양이었다.

스몰 웨딩인데 신부 대기실만 북적이고 있었다. 친구들도 밖이 부담스러운 모양이었다. 모두가 그녀 옆에 피신해 있었다.

"신랑은 왜 안 보여?"

"여기서 송 회장님까지 등장하시면 난 기절할 것 같아."

"안 올 거니까 걱정하지 마."

그는 신부 대기실에 들어오지 않을 것이다.

"왜?"

"바보야, 그것도 몰라? 원래 결혼 전에는 신부를 안 보는 게 예의야."

"아……."

하진의 짧은 지식 덕분에 곤란한 대답을 피할 수 있었다.

"신부님, 대기하세요."

친구들이 일사불란하게 밖으로 나갔다. 모두 불편한 모양이었다. 하지만 이렇게 그녀를 위해 와 준 것만 해도 고마웠다. 그녀는 스텝이 이끄는 대로 식장으로 향했다. 그곳엔 인정하기 싫었지만, 너무나 멋진 남자가 서 있었다.

울컥하는 마음에 눈앞이 흐려졌지만 벼리는 이를 악물고 눈물을 참았다. 신랑에게 무시되는 이 현실 속에서 그녀는 참을 수밖에 없었다.

버진 로드를 걷기 전에 그녀는 시원의 팔에 팔짱을 꼈다. 그리고 묵묵히 버진 로드를 걸었다. 축하하는 사람들이 그녀를 보고 모두 웃고 있었지만 벼리는 너무나 외로워서 눈물이 날 것 같았다.

너무나 사랑하는 사람을 곁에 두고 있었지만, 그는 차가웠다. 그녀에게 눈길조차 주지 않는 신랑이었다. 가슴이 무너지고 있었다. 하늘에 계시는 명예회장의 뜻은 이런 게 아니었을 것이다.

왜 이렇게 마음이 아플까? 벼리는 지금 세상에서 가장 외로운 결혼식을 하고 있었다.

6. 이성과 욕망은 따로

결혼식이 끝이 나고 간단하게 식사를 하는 피로연이 시작되었다. 그녀는 피로연 드레스를 갈아입기 위해 신부 대기실로 향했다. 그리고 핑크색 튜브 톱 드레스로 바꿔 입었다. 풍성했던 웨딩드레스와는 다르게 피로연 드레스는 디자인은 단순했지만, 그녀의 몸매를 여지없이 드러내고 있어서 섹시한 분위기를 연출했다.

분위기 있는 클래식이 흐르는 피로연장엔 하객들이 가득했다. 연기를 직업으로 삼고 있는 이는 벼리인데 오늘은 송 회장의 연기를 따라갈 수가 없었다.

그녀가 옷을 갈아입고 나오는 문 앞에서 그와 마주친 벼리였다. 순간 놀란 벼리는 몸을 움찔했다. 그의 뜨거운 시선에 몸 둘 바를 몰랐기 때문이었다. 마치 그녀의 모습에 반한 것 같은 그런 눈빛이었다.

그녀를 위에서부터 아래로 훑어보며, 그는 단순히 아름다움에 감탄하는 게 아니라 시선만으로 그녀의 드레스를 벗기고 있었다. 온몸에 열기가 퍼지는 기분이었다. 그의 시선은 뜨거운데 이상하게 그녀를 피했다. 도대체 뭐가 진심인지 알 수 없어 답답했다.

"오늘 아주 예쁘네."

비아냥거리는 목소리가 들리기 시작했다.

"신랑이 아주 반한 것 같아."

술이 들어간 숙부는 혀가 꼬인 목소리로 그들 사이에 끼었다.

"형님도 반하고 조카도 반하고."

"숙부님!"

그가 숙부를 말렸다. 지난번 그의 경고에도 숙부는 오늘도 선을 넘고야 말았다.

"난 안 믿어. 알아?"

시원의 표정이 표가 나게 굳어 버렸다.

"장인어른!"

"너희들도 알지? 우리 집안의 치부. 아주 그런 막장이 없어."

"모시고 가!"

"……."

시원의 눈치를 보며 송 사장의 사위가 자신의 장인을 모시고 다른 쪽으로 향했다. 시원의 얼굴은 벼리가 봐도 무서울 정도로 굳어져 있었다.

"오늘 신부가 너무 아름다워요. 좋으시겠습니다. 회장님."

때마침 하진이 친구들과 함께 그들에게로 다가오자 시원이 언제 그랬냐는 듯 표정을 바꾸었다. 연기대상 감이었다. 트레이너 계의 마법의 손으로 통하는 하진은 송 회장의 개인 트레이너였다. 그래서인지 하진과 시원은 편안한 사이처럼 보였다.

"내가 운이 좋긴 하지."

"하하하, 그럼요. 우리 벼리는 얼굴 되고 몸매 되고 거기에 성품까지 좋으니 회장님이 땡잡으신 겁니다."

"맞아."

그들의 웃음 섞인 대화를 다른 친구들은 넋을 놓고 보고 있었다. 어쩜 저렇게 사람들 앞에선 그녀에게 친절한 척하는 걸까? 그러다가 벼리는 시원과 눈이 마주쳤다.

그의 칠흑같이 검은 눈동자가 그녀를 향하고 있었다. 벼리는 얼른 눈을 돌려 시선을 피했다. 그의 눈동자에서 뭔가를 읽어 내고 싶지 않았다. 좋은 느낌의 시선일 수도 있지만, 그와 반대

일 수도 있기 때문이었다.

조금 전과 같이 뜨겁게 그녀를 본다면 또다시 흔들릴 것 같았다. 유독 그에게 약한 벼리였다.

오늘 그녀는 외로웠다. 왜 이렇게 혼자라는 느낌이 드는지 알 수 없었다.

"잠깐만."

그가 잠시 자리를 비운 사이에 친구들이 아주 난리였다.

"억세게 운이 좋은 건 너다. 벼리야."

다들 초등학교 때부터 친하게 지낸 친구들이라서 그녀가 연예인이어도 상관하지 않고 친구로 잘 지냈다. 하지만 오늘은 친구들도 뭔가 다르다는 생각이 드는 모양이었다.

"여기서 사는 거야?"

"응."

"현대적인 궁궐 같아."

모두가 감탄사를 연발하고 있었다. 하긴 벼리도 처음 왔을 때 놀랐으니 친구들의 반응도 당연했다.

"역대급인 것 같아."

"재벌하고 우리는 사는 세계가 다른 거야."

"그래도 내 친구가 재벌이라는 게 아직도 믿어지지 않아."

친구들의 반응은 실로 다양했다.

친구들과 샴페인을 마시던 그녀는 잠시 쉬고 싶은 생각에 피로연장의 뒤편에 있는 화원으로 이동했다. 힐을 신고 온종일 서 있느라 다리가 아파 왔기 때문이었다. 집 안에서 혼자 있기 딱 좋은 곳이라서 가끔씩 앉아서 커피를 마시며 쉬는 곳이었다.

혼자서 건물을 돌던 그때 누군가 그녀의 팔을 잡았다.

"악! 읍!"

놀란 그녀가 소리를 지르자 정체불명의 사람은 바로 그녀의 입을 손으로 막았다.

"쉬! 소리는 곤란해."

그는 바로 시원이었다. 벼리는 누군가 어두운 곳에서 그녀를 잡아서 놀란 게 아니라 시원이 그녀를 잡고 있어서 놀랐다. 심장이 미친 듯이 뛰고 있었다. 그가 갑자기 그녀의 손을 잡고 화원 안으로 들어갔다.

"뭐 하는 거예요? 읍!"

화원에 들어서자마자 이번엔 손이 아닌 입술로 그녀의 입을 막은 시원이었다. 도대체 이 남자가 왜 이러는지 알 수 없었다. 화원 안에 누가 들어오기라도 한다면 난감한 상황이었다.

"으으음."

벼리가 그를 밀어내려 했다.

“사람들이……. 읍!”

말을 하려 했지만, 그의 입술이 또다시 그녀의 입술을 막았다. 그는 벼리를 놓아 줄 마음이 없어 보였다. 왜 이러는 것일까? 오늘 온종일 그를 이해하려고 했지만, 도무지 이해할 수가 없었다. 어떤 때는 뜨겁게 잡아먹을 듯이 보다가도 어떤 때는 찬바람을 날리며 경멸 어린 시선을 보내기도 했다.

“이거 놔요! 왜 이러는 거예요?”

드디어 벼리가 폭발했다. 그의 가슴을 밀치며 빠져나온 그녀였다.

“몰라서 물어? 그렇게 다 벗고 다니는데 어떤 놈이 안 보겠어. 다들 얼마나 침을 흘리며 널 보고 있는지 알아?”

“송 회장님!”

“나도 참을 수가 없었어.”

“…….”

그가 다시 벼리를 안았다. 정말 참을 수 없었는지 그의 발기한 페니스가 그녀의 아랫배를 찌르고 있었다.

“널 보면 미칠 것 같아.”

“읍!”

그가 이번엔 더 강하게 그녀를 안았다. 입안 깊숙이 혀를 밀어 넣었다. 정신이 혼미해지기 시작했다. 벼리는 그를 원하고 또 원하는 자신에게 놀라고 있었다. 자존심에 그렇게 상처를 내는 시원에게 벼리는 왜 그렇게 끌려다니는 것일까? 물론 티를 내고 있지는 않았지만, 그는 알고 있을 것이다. 그녀가 맥없이 끌려다니는 것을 말이다.

더는 참을 수 없는 벼리는 그의 입안으로 자신의 혀를 밀어 넣고 그의 혀를 건드렸다. 둘의 혀가 입안에서 얽히고 서로의 타액을 빨아들이며 그들은 정신없이 키스하고 또 키스했다.

"헉헉, 미칠 것 같아."

그의 혀가 그녀의 목선을 따라 내려오고 있었다. 부드럽고 질척이는 혀가 목을 핥으며 그녀의 가슴까지 내려왔다.

"자국은 남기지 말아요."

그녀는 갈라진 목소리로 드러난 부분에 자국이 남지 않게 해 달라고 부탁했다. 사람들에게 망신을 당하고 싶진 않았다.

"오늘은 다 이해할걸?"

"송 회장님."

"알았어."

그가 헐떡이며 말했다. 그의 입술이 드레스 위로 봉긋하게 솟아오른 가슴으로 향했다.

"아아앙."

저도 모르게 신음이 흘러나왔고 더는 참을 수 없는 벼리가 그의 얼굴을 양손으로 들어 올려 그의 입술을 삼켰다. 키스에 중독에 된 사람처럼 그녀는 그의 입술을 먹어 치우고 있었다. 언제 또 차가워질지 모르는 남자였다.

그녀는 오늘의 외로움을 달래고 싶었다. 더는 바라는 게 없었다. 세상에서 가장 외로운 결혼식을 한 그녀가 신랑에게 받고 싶은 건 단순한 위로였다.

"으으음."

그들의 혀가 다시 얽혀들었다. 그의 손이 드레스 안으로 들어와 그녀의 허벅지를 따라서 뜨겁게 움직이고 있었다. 남자의 손길에 굶주린 여자처럼 벼리는 온몸을 부르르 떨고 있었다. 너무 좋았다.

"회장님."

황 집사의 소리에 그가 동작을 멈추었다.

"큰 사모님께서 댁으로 가신다고 합니다."

"알았어."

그는 신경질적으로 답했다. 화원 밖에선 더 이상의 소리가 들리지 않았고 그도 벼리를 놓아 주었다.

"어머니를 배웅해 드려야 할 것 같아."

"……."

그가 그녀의 드레스를 살펴 주었다. 그리고 양손으로 얼굴을 감쌌다. 심장 소리가 귓가에 들리는 것 같았다.

"화장은 안 고쳐도 될 것 같아."

"……."

그가 다정하게 말하자 벼리는 눈물이 쏟아질 것 같았다. 그들이 화원 쪽에서 나오자 시어머니가 흐뭇한 시선으로 그들을 보았다.

"눈치 없이 방해해 버렸네."

"아니에요."

벼리가 얼굴이 빨개지며 아니라고 손사래를 쳤다.

"이만 사라져 줄 테니 신혼을 즐기라고. 우리 시원이가 이렇게 정신없이 구는 건 처음이야. 아주 흥미로운 광경이었어."

"어머니!"

"난 이만 간다. 우리 똘이가 날 기다려."

"제가 리트리버에 밀렸습니다."

"오빠, 난 더 밀렸어. 얼마나 예뻐하시는지……."

"날 반기는 건 그 녀석뿐이다."

"엄마!"

"새아가, 결혼 축하한다. 우리가 그동안 너에게 서운하게 했던 거 다 잊고, 우리 아들 잘 부탁한다."

"네, 어머니."

그녀는 진심이었다. 어머니와 시누이 모두 처음과는 다르게 그녀에게 잘해 주었다. 그녀도 그들에게 좀 더 잘하고 싶었다. 시원이 벼리의 어깨를 다정하게 손으로 감쌌다. 잠시나마 그에게 사랑받고 있다는 생각이 들었지만, 그것도 잠시 그는 다시 벼리를 혼자 두고 다른 손님들에게로 향했다.

피로연이 끝이 나고 모두가 돌아간 지금, 벼리는 정원의 벤치에 앉아 있었다. 사람들은 분주하게 움직이며 철수를 하고 있었다.

마치 영화촬영이 끝이 나고 스텝들이 촬영장을 정리하는 그런 때인 것 같았다. 영화촬영은 기간이라도 있었지만 이건 끝이 언제 날지도 모르는 일이었다.

"작은 사모님, 오늘 고생하셨습니다."

"아니에요. 집사님이 더 고생하셨어요."

황 집사가 그녀에게 축하한다는 말과 함께 오늘 힘들었겠다고 위로의 말을 해 주었다. 같은 집에 사는 집사도 이렇게 그녀를 걱정하는데 그녀의 신랑은 또다시 어디로 갔는지 그녀의 눈에 보이지 않았다.

"후……."

한숨을 쉬며 벼리는 끝까지 시원을 눈으로 찾았지만, 집이 넓은 탓에 그녀의 눈에 띄지 않았다. 그를 찾는 걸 포기한 벼리는 혼자서 집 안으로 들어갔다.

자신의 침실로 돌아온 벼리는 치렁거리는 다이아몬드 귀걸이를 빼서 테이블 위에 올려놓고 틀어 올린 머리에서 거울도 보지 않고 머리핀을 빼냈다.

"후우……."

머리카락 속으로 손을 집어넣고는 손으로 대충 빗질을 하면서 그녀는 드레스 룸으로 향했다. 여행하면서 1년 동안 기른 머리는 그녀의 허리까지 닿았다.

"조금 있으면 라푼젤이 되겠어."

드레스 룸에 있는 대형 거울 앞에 서서 한쪽 어깨로 머리카락을 내렸다. 피곤해서 그대로 쓰러져 자고 싶었지만, 눈꺼풀을 짓누르고 있는 속눈썹과 두꺼운 메이크업을 오늘은 지워야 했다.

거울 속의 모습은 상당히 아름다웠다. 벼리의 마음에 드는 메이크업은 드문데 오늘은 최고의 메이크업 아티스트의 작품이라서 그런지 아주 마음에 들었다.

"그래서 그런 건가?"

순간, 벼리는 자신의 입술에 손끝을 댔다. 립스틱이 다 지워질 정도로 그들은 뜨거운 키스를 나누었다. 하지만 지워진 립스

틱이 아니었다면 마치 꿈속에서 벌어진 일인 것만 같았다.

"종잡을 수가 없어."

드레스의 지퍼를 내리기 위해 손을 올리다가 그대로 멈추었다. 거울에 비친 그녀의 모습 뒤로 시원이 서 있었기 때문이었다. 지퍼를 내리려다가 그녀는 손을 내리고 거울 속으로 시원을 응시했다.

와이셔츠의 단추를 몇 개 푼 시원은 방문에 기대어 그녀를 보고 있었다. 탄탄한 그의 가슴이 와이셔츠 사이로 보였다. 그곳을 더듬던 일이 떠올라 벼리의 심장이 또다시 미친 듯이 뛰었다.

정말 미친 것 같았다.

"오늘 고생하셨어요."

어떻게든 이 어색함을 풀기 위해 벼리가 먼저 말을 꺼냈다. 하지만 시원은 여전히 그녀만을 바라볼 뿐 말이 없었다.

"전 쉬고 싶어요."

"……."

벽에 기대선 그의 손에는 붉은 와인이 든 잔이 들려 있었다.

"회장님?"

"……."

그가 단번에 와인을 마셔 버렸다. 그리고 아무렇게나 잔을 던져 버린 후에 그녀에게 다가왔다. 바닥엔 다행히 카펫이 깔려 있어서 잔이 깨지지는 않았다. 그녀가 바닥을 뒹굴고 있는 와인 잔에서 그에게로 시선을 옮겼을 땐, 그는 이미 그녀 앞에 와 있었다.

"회장님…… 읍!"

너무나 강하게 그녀의 허리를 끌어안은 그였다. 서로의 몸이 한 치의 오차도 없이 겹쳐졌고 그의 입술은 그녀의 목이 뒤로 꺾일 정도로 강하게 겹쳐 왔다. 그의 혀가 그녀의 입안을 구석구석 핥고 있었지만 이번에 벼리는 반응하지 않았다.

"……."

그가 거친 호흡을 내뱉으며 그녀를 내려다보고 있었다.

"이런 건 싫어요."

"거짓말, 정원에서도 넌 날 원했어."

"맞아요. 그런데 그게 뭐요? 우린 결혼은 했지만, 진짜가 아니잖아요. 날 원하지도 않으면서."

"널 원해."

그는 갈라진 목소리로 말했다.

"안 믿어요. 사실이라면 어쩜 그렇게 날 피해 다닐 수가 있어요?"

"안 그러면 힘드니까."

"뭐가 그렇게 힘들어요? 명예회장님과는 아무 관계 아니라고 했죠!"

화가 난 벼리가 속사포처럼 말들을 쏟아 내고 있었다. 이렇게 화가 난 건 처음이었다.

"왜 키스만 하는 건데요? 키스도 하지 마요. 그렇게 싫으면!"

그가 문 쪽에 서 있는 바람에 그녀는 쉽게 나갈 수도 없었다.

"이제 나가 줘요. 쉬고 싶으니까."

"아니."

드레스 룸의 공기가 심상치 않았다. 그들은 서로 화가 나 있는 표정이었다. 하지만, 벼리는 화가 난 것과 함께 그를 원하는 마음을 억누르기 위해 노력 중이었다. 셔츠 사이로 보이는 그의 탄탄한 가슴을 손으로 만져 보고 싶은 욕구가 강했다.

매번 끝까지 못 간 아쉬움도 있었다. 그는 어떤 섹스를 할지 궁금했다.

그녀가 다시 몸을 돌렸다. 그리고 드레스의 지퍼를 내리기 위해 손을 뒤로 뻗었다. 하지만 그의 동작이 더 빨랐다. 그가 그녀의 드레스 지퍼를 내리기 시작했다.

지이익!

조용한 드레스 룸은 지퍼 내리는 소리와 그들의 거친 호흡 소리만이 맴돌았다. 얇은 드레스가 그녀의 몸을 타고 내려와 발아래로 사뿐히 내려앉았다.

"오늘은 우리의 첫날밤이야."

"흡!"

그의 손가락이 그녀의 벗은 등으로 미끄러지듯이 내려왔다.

"놓칠 수가 없지."

"싫어요."

"계약사항이 하나 더 있어."

그랬다. 그들에게는 말도 안 되는 계약이 더 있었다. 그건 아이를 낳아야 왜 송 명예회장이 그녀에게 이 재산을 주었는지 말해 준다는 것이었다.

"난 아이를 낳지 않을 거예요."

"난 낳아야겠어."

"어차피 주식은 당신 것이고, 난……."

"공동으로 갖게 되는 거지. 온전히 내 것은 아니야."

물론 그가 사업을 운영하는 데는 지장이 없었다.

"난 공동명의가 필요 없어요."

"알아."

그는 벼리가 돈에 연연하는 게 아니란 걸 안다고 하면서도 의심하는 것 같았다. 그렇지 않고서는 이렇게 사람을 무시할 순 없었다.

"그런데 왜 그러는 거예요? 왜 자꾸 날 피하냐고요."

"널 보면……."

그가 답을 끝까지 하지 못했다. 뭔가를 망설이고 있는 것 같았다. 거울 속 그의 얼굴을 보니 미간에 주름이 잡혔다. 그의 눈동자가 짙어진 게 꼭 먹이를 사냥하기 전 짐승의 눈동자 같았다.

"날 보면 뭐요? 그렇게 내가 싫은 건가요?"

"아니, 미치게 신경이 쓰여. 그게 싫어."

그녀가 신경이 쓰이는 모양이었다.

"곁을 지나갈 때 나는 향도, 그리고 널 보면 덮치고 싶은 내 짐승 같은 본능도 싫어."

"……."

"네가 곁에 있으면 난 언제나 이렇게 돼."

그가 갑자기 자신의 페니스를 벼리의 엉덩이에 가져다 댔다.

"왜, 짐승 같아?"

"아뇨."

"그럼?"

그의 목소리가 욕망으로 인해 갈라졌다. 섹스에 대해 잘 모르지만 벼리는 지금 시원이 그녀를 너무나 원한다는 걸 알 수 있었다. 벼리가 천천히 그를 향해 돌아섰다. 벼리는 지금 신부를 위한 하얀색 레이스 팬티만을 입고 있었다. 봉긋한 가슴도 가리지 않았다. 그녀의 핑크색 유두 또한 욕망으로 인해 단단해져 있었다.

벼리는 자신이 얼마나 고혹적인 모습을 하고 있는지 잘 알았다. 그녀는 배우였고 남자들이 어떤 모습에서 매력을 느끼는지 잘 알았다. 하지만 오늘 그녀는 자신이 얼마나 자극적인 행동을 하고 있는지 알지 못했다. 얼마나 위험스러운지도…….

"흡!"

그녀의 모습을 본 시원이 호흡을 삼켰다.

"더는 참기 힘들어."

"참지 마요."

그에게 참으란 말을 하지 않았다. 솔직하게 그녀의 입술을 삼키는 그가 좋았다. 단단한 성과 같은 그녀를 단숨에 허물어트리는 남자였다.

"후회할 거야."

"읍!"

그는 대답을 기다리지도 않고 그녀를 거칠게 끌어안으며 입을 맞추었다. 그들의 혀가 얽히며 서로를 거칠게 탐하기 시작했다. 벼리는 그를 본 순간부터 만지고 싶었던 탄탄한 맨가슴에 손을 올렸다. 손바닥에 닿은 그의 피부는 뜨거우면서도 매끄러웠다.

그녀의 손이 빠르게 그의 가슴을 만지며 어깨 위로 손을 옮겼다. 자연스럽게 발뒤꿈치가 들렸다. 이런 키 차이가 아주 마음에 들었다. 그는 벼리의 엉덩이를 양손으로 강하게 잡고 있었다. 그리고 자신의 성난 페니스를 그녀의 여성에 마주 대고 누르기 시작했다 그녀의 감각을 깨우고 있었다. 1년 전부터 꿈꾸던 일을 오늘은 방해받지 않고 할 수 있었다.

"하아앙."

절로 신음이 터져 나왔다. 그의 모든 게 그녀를 자극하고 있었다. 그의 손이 엉덩이 위로 올라와 등을 쓰다듬었다. 그녀는 그의 키스에 취해 있으면서 그의 손이 주는 자극 또한 그대로 느끼고 있었다.

벼리가 그의 와이셔츠 단추를 풀었다. 그의 벗은 몸을 보고 싶었다. 한 번도 그의 벗은 몸을 보지 못한 게 아쉬웠다. 벼리의 손이 시원의 단추를 거의 뜯을 듯이 거칠게 움직였다. 하지만 나급하세 움식인 낫에 단추가 잘 풀어지지 않자 시원이 자신의 와이셔츠를 찢듯이 벗어 버렸다. 단추가 사방으로 흩어졌지만, 그들은 신경 쓰지 않았다.

그녀의 손이 미친 듯이 그의 가슴을 더듬었고 점차 손을 아래로 내려 그의 바지 버클을 잡고 있었다.

"으으음."

그의 입술이 여전히 그녀의 입술을 차지하고 있었다. 그가 그녀의 혀뿌리를 뽑을 듯이 강하게 혀를 빨아들였다. 너무 자극적인 그의 키스에 벼리의 영혼이 녹아내리는 것 같았다.

"읍!"

갑자기 그녀의 몸이 붕 떠올랐다. 그가 벼리를 안고 그녀의 침대로 향했다. 어떤 일이 벌어질지 궁금했다. 지금보다 더 자극적일 것 같아서 벼리는 몸을 부르르 떨었다. 부드러운 시트가 그녀의 등에 닿았다.

허전함에 눈을 들어 보니 그가 바지를 벗고 있었다. 완벽한 나신의 그는 어떨까? 그는 바지와 브리프를 동시에 벗어 버렸다. 그의 거대한 페니스가 그녀의 시선을 사로잡았다. 이렇게 큰 것일까? 처음으로 본 남자의 페니스였다.

"그런 눈으로 자극하지 마."

"……."

"먹고 싶어지니까."

그의 말에 부끄러움을 느낀 벼리는 시선을 돌렸다. 침대가 꺼지는 느낌이 들더니 그가 그녀의 옆에 누웠다. 그리고는 벼리의 얼굴을 자신의 쪽으로 돌리더니 입술을 빨아들였다. 부드러운 키스가 이어질 줄 알았지만 그건 착각이었다.

그의 입술이 그녀의 가슴을 향해 내려오며 그의 호흡이 점점 가빠지기 시작했다.

"아아앙."

시원은 손가락으로 가슴을 주무르며 입술로는 유두를 빨기 시작했다. 아랫배 깊은 곳에서 찌릿함이 느껴지고 있었다. 그의 손이 그녀의 여성을 어루만지기 시작하자 벼리는 순간 두려움에 휩싸였다. 오늘은 그와 끝까지 갈 것 같았다.

"하아앗! 살살해 줘요."

"헉헉, 살살?"

그가 거친 숨을 몰아쉬며 그녀의 말을 의아한 듯이 물었다.

"살살요."

"……."

그는 벼리의 말에 대꾸하는 대신에 그녀의 레이스 팬티를 보란 듯이 단번에 찢어 버렸다.

"살살이란 말은 지금 좀 무리인 것 같아."

그녀가 처음이라고 생각하지 못하는 것 같았다.

"난 빼는 여자는 별로야."

"……."

그의 말에 벼리는 입을 다물었다. 뜨거운 이 순간에 초를 치지 말라는 의미였다. 두렵긴 했지만, 자존심 때문에 참아 볼 생각이었다. 손가락이 그녀의 여성을 가르고 들어와 젖은 질 안을 파고들었다.

"으으윽!"

너무 생경한 느낌이었지만 참을 만은 한 것 같았다. 허리를 들어 올리긴 했지만, 지난번에도 그와 이런 경험이 있어서 이상하진 않았다. 그가 클리토리스를 손가락으로 자극하기 시작하자 더는 생각이란 걸 할 수가 없었다. 작은 클리토리스에 전해지는 쾌감이 온몸으로 번지는 느낌이었다.

"아아앙."

그녀가 자극에 다리를 오므리자 그가 다시 다리를 벌렸다.

"안 돼."

그는 거친 숨을 몰아쉬며 입으로는 그녀의 가슴을, 손으로는 그녀의 여성을 차지했다.

"오늘은 널 내 여자로 만들 거야. 각오하는 게 좋을 거야."

시원이 마치 선언을 하는 것처럼 말했다. 오늘은 기필코 끝까지 하겠다는 의지의 표현이었다.

"아아앙……."

츄읍츄읍——

한동안 거친 호흡과 살들이 부딪치는 소리, 그리고 빠는 소리가 요란하게 그녀의 침실을 울리고 있었다.

"더는 힘들어."

마치 자신에게 말하는 것처럼 중얼거리더니, 시원은 그녀의 앞에 무릎을 꿇고 앉아서 벼리의 다리를 벌렸다. 그리고 자신의 페니스를 한 손으로 쥐더니 그녀의 여성에 대고 위아래로 자극하기 시작했다.

"흡!"

벼리는 저도 모르게 호흡을 삼켜 버렸다. 그의 검은 페니스가 다음에 어떤 일을 할 줄 알기에 더 두려웠다. 과연 시원의 거대한 페니스를 받아들일 수 있을지 걱정이었다. 어릴 때 호기심으로 보았던 야한 영상이 떠올랐다.

그때 보았던 흑인의 페니스가 떠오른 벼리였다. 그걸 받아들이는 여자가 대단하다고 생각했는데 시원의 페니스 또한 보통이 아닌 크기였다.

"저기 잠깐……. 읍!"

그녀가 마음의 준비를 할 시간이 필요하다고 말하려는 순간 시원이 벼리의 입술을 자신의 입술로 막아 버렸다. 그리고 자신의 페니스를 그녀의 여성에 대고 거칠게 문질렀다.

"으으읍!"

두려움에 마지막 몸부림을 쳤지만, 그는 더 이상을 허락하지 않았다.

"윽!"

그가 페니스를 넣기 시작했다.

"아악!"

그는 자신의 페니스가 그녀의 빡빡한 질에 잘 들어가지 않자 의아한 얼굴로 그녀를 보았다.

"오래간만이야?"

"아파……."

이상하긴 해도 그녀가 처음인 줄은 모르는 것 같았다. 이렇게 둔감한 사람인 줄 처음 알게 되었다.

"으윽, 움직이지 마."

하지만, 벼리는 그의 말이 들리지 않았다. 밑이 마치 불에 덴 듯이 뜨거운 고통이 밀려들었다.

"설마, 처음이야?"

그녀가 고개를 끄덕이며 그를 밀어내고 있었다. 너무 아팠다.

"왜?"

그의 얼굴은 충격으로 일그러졌다.

"처음이라니……."

"아파요."

그녀가 다시 그의 가슴을 밀어내며 허리 쪽을 움직이자 시원이 이를 악물었다. 그리고 참기 힘들었는지 그가 다시 움직이기 시작했다. 그녀가 몸부림을 치는 바람에 그는 더 흥분한 상태가 된 것 같았다.

"멈출 수가 없어."

그가 허리를 움직이기 시작했다.

"힘을 빼. 조금 있으면 아프지 않을 거야."

그의 엉덩이가 빠르게 움직이기 시작했다. 그가 움직일 때마다 조금씩 고통이 무뎌지긴 했지만 그래도 여전히 아팠다. 한참을 움직이던 그가 더 빠르게 움직이기 시작했다. 아마도 끝을 향해 달리는 것 같았다.

"으으윽!"

그가 마침내 자신의 분신을 쏟아내고 그녀의 몸 위로 무너져 내렸다.

"헉헉헉."

전력질주를 한 사람처럼 그의 호흡이 거칠었다. 그는 몸을 틀어 천장을 보고 누웠다.

"왜 말하지 않았지?"

"빼는 게 싫다고 해서……."

"어이가 없군. 빼지 말라고 해서 말을 안 했다고?"

"……."

"언제나 이런 식이야. 넌 처음부터 말했어야 했어.

그가 불같이 화를 내고 있었다.

"내가 아버지 때문에 널 오해하던 그때 나에게 정확히 말해야 했다고!"

그가 몸을 일으키더니 알몸인 상태로 그녀의 방을 나가 버렸다.

"……."

멍하게 누워 있던 벼리는 한 대 맞은 기분이었다. 말을 하러 간 그녀를 매몰차게 거절했던 건 그였다. 벼리는 몸을 일으켰다. 다리 사이가 너무 아파서 그녀는 잠시 침대에 앉아 있었다.

"기가 막히네."

그녀는 조용히 침대에서 내려와 욕실로 향했다. 그리고 차가운 샤워기 물을 틀어 놓고 흐느껴 울기 시작했다. 시원은 지금까지 그녀가 송 명예회장과 깊은 관계를 맺었다고 생각한 모양이었다.

"날 끝까지 안 믿은 거였어."

하지만 벼리를 더 힘들게 하는 건 벼리는 이미 그를 사랑하게 되었다는 것이었다.

"바보, 멍청이."

벼리는 욕실 바닥에 주저앉아 그렇게 한참을 울었다.

퍽!

욕실의 거울을 주먹으로 내리친 시원은 그대로 한참을 거울에 주먹을 박은 채로 서 있었다. 깨진 유리 사이로 그의 얼굴이 조각조각 보였다. 추악하기 그지없는 얼굴이었다.

첫눈에 반한 여자를 너무나 가혹하게 쓰레기로 만들어 버린 그였다. 진실을 마주하게 되자 시원은 감당하기 힘이 들었다.

"처음이었어."

그녀가 이탈리아에서 돌아왔을 때 그는 벼리와 한집에 있는 게 힘이 들었다. 시원에게 미치는 벼리의 영향력 때문이었다. 그런 벼리와 한집에서 지내니 그는 밤마다 벼리의 방으로 뛰어 들어가지 않기 위해 참고 또 참아야 했다.

그러다 보니 점점 더 날카로워졌다. 회사 일을 하는데도 영향을 미치니 날이 갈수록 힘들어졌다. 그래서 그는 차라리 벼리를 보지 않는 게 나을 것 같았다. 일찍 출근하고 늦게 퇴근해서 최대한 벼리와 마주치지 않게 노력했다.

그러면 괜찮을 줄 알았다. 결혼만 하고 나면, 그래서 주식만 받게 된다면, 그는 괜찮을 것 같았다. 얄미운 숙부의 무리로부터 방해만 받지 않으면 될 것 같았다.

그건 어디까지나 그가 벼리를 멀리했을 때의 일이었다. 하지만 그는 벼리가 그에게 얼마나 치명적인지 계산에 넣지 않았다.

결혼식 전, 친지들의 모임에서 벼리를 보았을 때 그는 심장이 터져 버리는 줄 알았다. 블랙의 아르마니 드레스를 입은 벼리는 시상식장의 영화배우 같은 모습이었지만 그의 눈에는 그 누구보다도 섹시하게 보였다.

그녀의 드레스를 벗기고 당장에 침대로 데리고 가고 싶은 마음뿐이었다. 그날은 키스를 하긴 했지만 참고 또 참았다. 하지만 오늘 그는 또 한 번 벼리의 모습에 반하고 말았다. 지금껏 보았던 그 어떤 신부보다 아름다운 벼리가 그를 넋 놓게 했다.

예식을 하는 내내 그야말로 집 안에서 벼리와 부딪치지 않기 위해 도망을 다닌 그였다. 신부를 피해 다니다니 기막힐 노릇이었다. 하지만 결국 그는 두 손 두 발 다 들고 말았다.

시원은 욕실의 샤워기의 물을 틀었다. 찬물이 그의 머리 위로 흘러내렸고 한참을 그렇게 서 있었다. 하지만 그의 남성은 식을 줄을 모르고 있었다. 지금 당장이라도 벼리를 안기 위해 뛰쳐나갈 것 같았다.

"미친놈."

욕실 바닥에는 물과 함께 그의 손에서 나오는 피가 흐르고 있었다. 오늘 벼리는 그에게 증명했다. 아니 그를 한 방 제대로 먹였다. 벼리는 아버지와 그런 관계가 아니라고 수없이 이야기했고 그걸 믿지 않는 그에게 말로 설명하고자 애를 썼다. 하지만 그는 알았다고는 말했지만, 속으론 의심하고 또 의심했던 건 사실이었다.

그런데 그녀는 오늘 그가 처음이라는 걸 보란 듯이 보여 주었다.

"제길."

벼리의 어설픈 키스에 그는 매번 녹아내린 꼴이었다. 왜 그녀의 말을 믿지 않았을까? 그건 시원이 벼리에게 온전히 마음을 빼앗겼기 때문이었다. 그런 여자가 아버지와 스캔들이 나니 더 용서할 수 없었던 것이었다

아무리 아니라고 해도 그동안 믿을 수가 없었던 것이었다. 머리가 멍하고 가슴이 아팠다. 너무 미안해서 뭐라고 말을 할 수도 없었다. 그래서 도망치듯 자신의 방으로 온 그였다.

"으윽!"

시원은 벼리에게 미안한 마음이 들어 가슴을 쳤다.

"처음이라니……."

그는 한동안 그렇게 욕실을 떠나지 못했다.

잠이 오지 않았다. 아니, 이런 상황에서 잠이 온다는 게 더 이상했다. 불 꺼진 침실은 고독했다. 인생을 살면서 그렇게 잘못한 건 없다고 생각했는데 왜 이렇게 꼬여 버린 것일까? 명예회

장은 왜 이렇게 가혹한 유산을 그녀에게 물려준 것일까?

답답한 마음이 들었다. 또다시 눈물이 그녀의 뺨을 타고 흘러 내리고 있었다. 그때였다. 방문이 열리더니 그가 다시 방 안으로 들어왔다.

그리고는 침대 안으로 들어와서 그녀를 뒤에서 안았다. 그의 행동에 당황한 벼리는 그대로 몸을 굳히며 잠든 척했다.

"우린 결혼했어. 그러니 이제부터 한 침대를 사용하게 될 거야."

"……."

마치 선언을 하듯이 말하는 그였다.

"그리고 아버지의 마지막 유언은 지키게 될 거야. 아기가 생길 때까지 우리는 매일 섹스를 하게 될 거야."

"……."

"왜 답이 없지?"

"내겐 결정권이 없으니까요."

그의 입술이 그녀의 목에 닿았다. 온몸에 전기가 흐르는 기분이었다.

"오늘부터 시작이야."

그는 이렇게 말을 하고는 그녀의 몸을 더듬기 시작했다. 그런데 어두워서 보이지 않았지만, 그의 손에 뭔가가 감겨 있었다.

"뭐죠?"

"아니야."

그는 이렇게 말을 하더니 그녀를 침대에 바로 눕게 했다. 그리고 그녀의 몸 위로 몸을 겹쳐 왔다.

"처음이었다니 믿어지지 않아."

"바빴으니까요."

처음이 중요하다고는 생각한 적이 없었다. 하지만 벼리는 오늘 처음으로 다행이라는 생각이 들었다. 그와의 관계에 있어서 그녀의 처음은 아주 중요한 것이었다.

"그래도 연예인이고……."

"흔한 오해 중 하나죠."

그의 입술이 그녀의 입술을 덮었다.

"오늘부터 아기를 만드는 건가요?"

"맞아."

그의 목소리가 욕망으로 잠겨 있었다.

"이게 우리의 진짜 처음이야."

"아읏……."

시원의 검은 실루엣이 그녀를 덮쳐 왔다. 처음과 다르게 그는 부드럽게 하려고 노력하는 것 같았다. 벼리는 그의 손길에 또다시 무너져 내렸다.

아침 햇살이 그녀의 방을 비추고 있었다. 온몸이 망치로 두들겨 맞은 듯이 아팠다. 아니, 극기 훈련을 받고 난 다음날 같았다. 눈을 억지로 떠 보니 꿈인지 현실인지 구별이 되지 않았다.

그때였다. 갑자기 벼리의 몸이 침대 안으로 빨려 들어가듯이 등 뒤로 끌려갔다. 그리고 따뜻한 무언가가 그녀의 등에 닿았다.

"으으음."

시원의 따뜻한 가슴이 그녀의 맨 등에 그대로 닿았다. 그리고 그의 거대한 페니스가 그녀의 엉덩이를 누르고 있었다.

"잘 잤어?"

"네……."

그녀의 가슴에 닿은 그의 손을 보고 벼리는 깜짝 놀랐다.

"왜 이런 거예요?"

"신경 쓰지 마."

"어떻게 신경을 안 써요? 피가 이렇게 흥건한데. 황 집사님 불러야 할 것 같아요."

그녀가 몸을 일으키려고 하자 그가 다시 벼리를 꼼짝 못하게 꽉 안았다.

"지금 필요한 건 잠이야."

"회장님."

"좀 자고 나면 나아질 거야."

"……."

어젯밤엔 어둡기도 했고, 섹스 때문에 흥분하기도 해서 그가 다쳤는지 몰랐었다. 가슴을 쥐고 있는 오른손에 붕대가 감겨 있었는데 붕대가 검붉은색으로 물이 들어 있었다. 꼭 붉은 붕대에 흰색 땡땡이가 있는 것처럼 많은 양의 피였다.

"그래도 지금 치료를 해야……."

"아니, 나중에 지금은……."

"읍!"

그가 그녀의 몸을 빠르게 돌리더니 입술을 삼켜 버렸다. 아기를 가지려면 섹스를 많이 해야 한다고 어젯밤 그가 말했었다. 친구 중의 한 명이 술자리에서 딸을 낳으려면 아들보다 관계를 많이 해야 한다고 농담식으로 말을 했던 기억이 난 그녀는 그에게 물었었다.

딸을 원하냐고 말이다. 그랬더니 그가 자기는 진심으로 딸을 원한다고 했다.

"으으음."

그의 혀가 그녀의 온몸을 핥고 있었다. 하지만, 벼리는 도저히 손가락 하나 움직일 힘이 없었다.

"안 피곤해요?"

"으음, 하나도."

"난 손가락 들 힘도 없는데……."

혼잣말처럼 중얼거린 말에 그가 웃었다. 몇 년 만에 그가 웃는 걸 보았다. 기분이 아주 이상했다.

"일어날까요?"

"아니."

"왜요?"

"녀석이 아직 원하고 있어."

그가 벼리의 여성에 자신의 페니스를 가져다 댔다. 녀석이 얼마나 원하는지 여실히 드러나고 있었다. 그들은 이렇게 아침 섹스를 한 후에 그대로 침실에서 아침을 먹었다. 그들이 침대에 누워 있는데도 황 집사는 아무렇지 않게 그녀의 테이블에 아침상을 차려 놓고는 나갔다.

"다른 세상 같아요."

"뭐가?"

"옷을 하나도 안 입고 방 안에서 식사를 하는 거요."

"하하하, 그래?"

그가 또 웃었다. 몇 년 전 그를 처음 보았을 때처럼 말이다.

"왜?"

"아니에요. 식사하세요."

"회사에 가끔 나와야 할지도 몰라."

"제가요?"

"응, 회사의 대주주니까. 물론 나의 편에 서야 하긴 하지만."

"그건 아버님의 뜻이니까 그렇게 할게요."

그가 눈을 뜨자마자 주식 이야기를 했다. 우리의 관계는 유언장의 내용 이상도 이하도 아니란 뜻이었다. 벼리의 표정이 굳어졌다.

"회사에 나오는 거 싫어?"

"아니요."

"표정이 안 좋아서."

"황 집사님이 원초적인 걸 여러 번 보시는 것 같아서요."

벼리는 그냥 둘러댔다.

"앞으론 더 그럴 텐데 신경 쓰지 마."

시원은 대수롭지 않게 이야기하며 식사를 계속했다. 오늘은 그와 온종일 함께해야 했다. 신혼여행을 가지 않았지만 어쨌든 오늘은 회사에 나가지 않으니 어쩔 수가 없었다.

"쉬는 날은 뭐 해요?"

"일."

"일을 안 한 적은 없어요?"

"응."

그는 밥을 먹으면서 간단하게 답했다. 그녀는 그와 뭘 해야할지 고민인데 그는 아무렇지도 않은 것 같았다. 설마 온종일 침대에 있지는 않겠지? 라는 생각이 들자 저도 모르게 몸을 부르르 떤 벼리였다.

"오늘은 그냥 쉬는 게 어때요?"

"뭐?"

"아무것도 하지 말고 하고 싶은 거 해요. 아니면 빈둥거려 보든지."

한 번도 빈둥거린 적이 없는지 시원은 벼리를 이상하게 바라봤다.

"빈둥거리라고?"

"네, 책도 좀 읽고 일광욕도 좀 하고. 여기 전원은 정말 책 읽기 딱 좋은 곳이에요."

"생각해 보지."

밥을 다 먹은 그들은 소파에 앉아서 커피를 마셨다. 침실 밖의 풍경이 봐줄 만했다.

"집이 카페 같지 않아요?"

"그러네."

"좋은 음악만 있으면 이러고 몇 시간도 있을 수 있을 것 같아요.”

“난 음악 없이도 될 것 같아.”

그가 벼리의 손에서 커피잔을 내려놓았다. 그리고 그녀가 뭐라고 말하기도 전에 입술을 삼켰다. 벼리의 불안한 생각이 현실로 다가오고 있었다.

“안 돼요.”

“으으음, 뭐가?”

“이제 그만하고 나중에 해요.”

“왜?”

“아프다고요…….”

솔직하게 말한 벼리는 그를 밀어내려고 했다.

“그럼 키스만…….”

시원은 물러설 줄을 모르는 지구력이 아주 강한 짐승이었다.

7. 뜨겁고 뜨겁다

축축하고 뜨거운 혀가 다솜의 얼굴을 핥았다.

"으으음."

어찌나 살뜰히 핥고 있는지 다솜은 뜨거운 혀를 피해 얼굴을 베개에 묻었다. 하지만 집요한 수컷은 다솜의 얼굴을 향해 끝까지 돌진에 돌진을 거듭했다.

"야!"

지칠 줄 모르는 탐욕스러운 수컷은 다솜의 얼굴을 또다시 자신의 타액으로 물들이고 있었다.

"진짜 좀!"

말을 내뱉음과 동시에 수컷의 혀가 그녀의 벌어진 입안으로 들어오고 말았다.

"퉤!"

입술을 닦아 내며 다솜이 침대에서 몸을 일으켰다. 다솜이 화를 내든 말든 수컷은 다솜을 향해 달려들었다.

"똘이야."

베이지색의 인절미같이 생긴 리트리버 똘이가 꼬리를 흔들며 주인을 반기고 있었다.

"엄마!"

똘이는 뭐가 그리 좋은지 그녀를 향해 꼬리를 흔들며 애교를 발사하고 있었다. 엄마를 불렀는데 엄마는 오지 않고 영욱이 불쑥 그녀의 방에 들어왔다. 머리에 새집을 짓고 눈곱도 떼지 않은 채 다솜은 영욱을 맞이했다.

"휴일이야."

오늘은 연차를 썼다. 결혼식이 일요일이다 보니 월요일은 좀 쉬는 게 나을 것 같다는 판단 때문이었다. 평소에는 절대로 쓰지 않는 연차까지 쓰며 하루를 쉬려고 했는데 방해세력이 나타났다.

"알아."

"왜?"

캐주얼한 차림의 영욱은 남친룩의 정석을 보여 주고 있었다.

"나가자."

"아니, 나 힘들어. 어제 오빠 결혼식이었다고."

"다솜이가 한 게 아니잖아."

"그래도 싫어."

다솜이 이불을 뒤집어쓰고는 침대에 다시 누웠다. 쉬고 싶은 게 아니라 그에게 이런 몰골을 보이는 게 싫었다. 눈치 없는 인간.

"가라고."

"빨리 씻어."

그가 다솜의 이불을 걷어 냈다.

"쉬는 날 왜 이러는 거야?"

"쉬는 날이니까 데이트해야지."

"어떤 남자친구가 여자친구의 집에 무단침입해서 끌고 나가냐고?"

갑자기 침대에서 이불에 감싸인 채 몸이 붕 하고 떴다.

"뭐야?"

"씻으러 가는 중이야."

"김영욱!"

그녀가 소리를 질러도 아무런 반응이 없었다.

"사람 살려!"

"아무도 안 올 거야."

"왜!"

"내가 어떤 일이 있어도 올라오지 말라고 집사님께 부탁드렸어."

"미쳤어."

"맞아."

그녀가 바닥에 내려졌다.

"뭐 해?"

"씻어 주려고."

"나가! 내가 씻을 거야."

영욱은 그녀를 대놓고 아기 취급이었다. 그날의 고백 이후에 영욱은 회사를 제외한 어느 곳에서건 그녀에게 적극적인 애정 공세 중이었다.

"빨리 준비해."

이불을 가지고 욕실에서 나가는 그가 왜 그렇게 얄밉게 보이는지. 성날 씻어 주기라도 바란 것처럼 말이다.

"미쳤어."

그녀는 옷을 벗고는 샤워기 아래로 가서 세상에서 가장 차가운 물을 맞고 있었다.

"김영욱!"

정말 짜증이 밀려오기 시작했다. 그를 좋아하기는 했지만, 자꾸만 영욱에게 끌려다니는 것 같아서 정말 짜증이 났다.

"아아악!"

그녀가 욕실에서 소리를 지르며 나왔다. 그리고는 그 자리 그대로 멈춰 섰다.

"너무 좋아서 소리 지른 거야?"

"악!"

그녀는 지금 수건 한 장만 두르고 있었다. 그가 그녀에게 한 걸음 다가왔다. 너무 떨려서 죽을 것만 같았다.

"뭐 하는 거야?"

"왜?"

"옷 입고 나갈 테니까 기다려."

"……."

위험스럽게 영욱의 눈빛이 짙어졌다. 그리고는 아직 물기도 닦지 않은 그녀의 허리를 팔로 감싸 안았다.

"뭐, 뭐 하는 짓이야?"

"말까지 더듬지는 말고. 아주 유익한 짓을 생각하고 있거든."

"김 비서!"

"오늘은 영욱 오빠야."

그가 입술을 겹쳐 왔다. 딱딱하기 그지없던 김영욱이 솜사탕

보다도 부드러워졌다.

"으으음."

서로의 입술이 부딪치고 있었다. 그에게 이렇게 끌려다니면 안 되는데 다솜은 자꾸 영욱에게 끌려다녔다. 하지만 지금 이대로가 다솜은 행복했다.

한여름도 아닌데 동양화 화백이 선물한 고급스러운 부채를 부리나케 부치고 있는 철민의 손길이 바빴다.

"후……."

"사장님."

철민과 뜻을 같이하는 계열사 임원들이 모처럼 사무실로 찾아와서 점심식사를 한 후에 차를 마시는 중이었다.

"날이 덥고만."

"어제 예식은 잘 끝났습니까?"

효산통운의 차 사장이 그에게 넌지시 물었다.

"그래."

"정말 주식을 작은 사모님께 상속하신 겁니까?"

"맞아."

"그럼, 작은 사모님이 최대 주주시네요."

"송 회장이 최대주주고 그다음이지."

일이 복잡했다. 이젠 정말 그의 사위 말대로 둘을 이혼시키는 방법뿐이었다.

"후……."

철민은 속에서 천불이 올라오는 것 같아서 계속해서 부채질을 하고 있었다.

"저희는 사장님이 이번에 특단이 조치를 하셔야 한다고 생각합니다."

"무슨 특단."

"회장님이 되셔야죠."

"뭐?"

차 사장의 말에 귀가 솔깃한 건 사실이었다.

"이제까지 우리 효산그룹을 이끈 사람은 돌아가신 송석민 회장님과 송철민 사장님, 두 분 아니겠습니까? 그런데 아무것도 모르는 철부지 송시원 회장이 계속해서 재계 순위 3위 안에 드는 우리 효산그룹을 쥐락펴락한다는 건 좀……."

"저희도 1년이 넘게 참았습니다."

다른 임원들도 아우성이었다. 사실 회사가 1년 동안 겨우 적자만 면한 건 그들의 꾸준한 방해 때문이었다. 한마디로 그와 친한 계열사 사장들이 혁신적인 안들을 반려하면서 1년을 끌어왔기 때문이었다.

하지만 이 사실을 모르는 주주들은 이게 다 명예회장의 뒤를 이어 제대로 경영을 못하는 시원에게 문제가 있다고 생각했다. 이런 기회를 잘 활용하기만 한다면 철민에겐 더없이 좋은 기회였다.

"그래서 뭘 마음을 먹으라는 거야?"

"회장이 되실 준비를 하셔야죠."

"……."

그도 그걸 모르는 게 아니었다.

"주주총회를 열어서 이참에 회장 불신임안을 결의하고 새 회장 선출을 유도해야 합니다."

"주식에서는 우리가 밀려."

"……."

주식이란 말에 모두가 입을 닫았다.

"일단 기다려 봐."

"네?"

"귓구멍들이 막혔어. 기다려 보라고."

"좋은 방법이라도 있으십니까?"

"생각해 둔 게 있어. 하지만 될지는 의심스럽군."

철민의 눈동자가 빛을 내고 있었다.

"한번 해 보기나 하자고."

벼리가 돌아서게 만들어야 했다. 시원에게서 화끈하게 돌아설 방법이 있을 것도 같았다. 임원들을 돌려보낸 그는 자신의 개인 전화로 어디론가 전화를 걸었다.

"여보세요?"

[사, 사장님. 송 사장님 아니십니까?]

그의 전화에 놀랐는지 박상수가 말까지 더듬었다.

"박 사장 잘 있었나?"

[저 완전히 쪽박 찬 거 아시지 않습니까. 그래도 전 송 사장님에 관한 건 절대로 불지 않았습니다.]

"알지, 우리 박 사장이 의리 있다는 거. 요즘 뭐 하지?"

[뭐 제가 배운 게 도둑질이라고, 연예 사업 쪽 일을 예전보다는 못하지만 조그맣게 하고 있습니다.]

"그럼 뭐 하나 부탁하지. 사업자금도 마련하고 한벼리에게 복수도 할 수 있는 일."

[뭐든 하겠습니다.]

아주 이를 갈고 있었다.

"반반한 애들 섭외해. 한벼리 같은 스타일로."

[알겠습니다.]

"준비되면 연락하고."

[네.]

어차피 시원은 한벼리 같은 스타일을 마음에 들어 하는 것 같았다. 아니라고는 하지만 남자의 직감이었다.

“이대로는 안 물러나.”

회사에 들어가서부터 지금껏 하루도 쉰 적이 없었다. 시간을 분 단위로 쪼개서 쓸 만큼 시원의 시간은 금과 같았다. 하지만 오늘 처음으로 그는 빈둥빈둥 놀았다. 어차피 내일이면 출근을 해야 하지만 말이다.

신혼여행 대신에 하루 동안 연차를 쓴 그였다. 내일은 스페인에서 바이어들이 와서 그는 출근해야 했다. 결혼보다 몇 개월 전에 잡힌 미팅 약속이었다. 그는 오랜만에 책을 들고 벚꽃이 가득 핀 정원에 나와 있었다.

“회장님.”

황 집사가 커피를 타 왔다.

“저 강아지들은 언제부터 있었지?”

“몇 주 됐습니다.”

“왜 못 본 거지?”

“출근하실 때 잠자고 퇴근하실 때도 자고 있어서 그러셨을 겁니다.”

“게으르군.”

"아기라서 그럴 겁니다. 사모님께도 한 마리가 있습니다."

"우리는 두 마린데?"

"여기는 아예 한 쌍을 가져오신 겁니다. 두 마리 다 혈통이 좋다고 들었습니다. 본가에는 강아지가 있는데 큰 사모님께만 집중하길 바라서 한 마리만 가져가신 겁니다."

그의 눈이 벼리를 향해 있었다. 그에게 밤새 시달리고도 강아지 두 마리와 함께 정원을 뛰어다니고 있었다.

"큰 사모님께서 우울해하셔서 작은 사모님이 분양을 받아서 드렸는데 잘한 일 같습니다. 본가에는 똘이가 여기는 장군이가 있는데 둘은 형젭니다."

"그럼 한 마리는?"

"장군이의 부인인 멍군입니다."

"뭐요?"

"부부는 동등해야 한다는 작은 사모님의 철학이십니다."

"기가 차는군요."

부부가 평등해야 해서 장군멍군이라니 왜 체크와 메이트로 짓지 그랬나 라는 생각이 들었다.

"체크메이트! 왜, 이거 먹지."

"네?"

"아닙니다."

반바지 차림에 흰 티셔츠를 입고 아이처럼 강아지들과 뛰어노는 벼리를 시원은 한참이나 바라보았다. 그러다가 벼리가 그의 쪽으로 오자 얼른 책을 펼쳐 든 시원이었다.

"이거 마셔도 돼요?"

그의 허락도 받지 않고 벼리는 그의 아이스커피를 단숨에 들이켰다.

"와! 시원하다. 벌써 한여름 같아요."

"그거야 그렇게 뛰어다니니까……."

"봤어요?"

"아니."

그가 고개도 들지 않는 채로 말했다.

"우리 멍군이에요."

"엇!"

벼리가 그의 배 위에 강아지를 올려놓았다. 살아생전 강아지는 처음이었다. 거기에 대형견이라서 그런지 몇 달 되지 않은 새끼도 아주 컸다.

"윽!"

강아지가 그의 얼굴을 핥았다.

"강아지 싫어요?"

"그게 아니라, 처음이라서 그래."

"시원 씨도 처음 하는 게 있네요."

벼리가 시원 씨라고 하는 바람에 그는 안고 있던 강아지를 놓칠 뻔했다.

"가자, 애들아. 아빠가 아직 적응이 안 되신데."

벼리는 아무렇지 않게 강아지 두 마리를 데리고 또다시 정원으로 향했다.

"시원 씨……. 아빠……."

두 단어가 얼마나 그를 떨리게 하는지 벼리는 알지 못하는 것 같았다. 한참을 강아지와 뛰어놀던 벼리가 강아지를 정원에 두고는 집으로 들어가는 게 보였다. 그는 저도 모르게 일어나 그녀의 뒤를 따랐다.

주방에서 생수 한 병을 가지고 2층으로 올라간 벼리를 따라 그는 조용히 2층의 그들의 방으로 향했다. 왜 그녀를 따라갔는지 그도 알 수 없었다. 그가 들어오는지도 모르고 벼리는 욕실 안으로 들어갔다.

아마 샤워를 하기 위한 것 같았다. 욕실 앞에 서 있던 그의 귀에 물소리가 들렸다. 그는 조금도 망설이지 않고 그 자리에서 옷을 벗고는 욕실로 들어갔다.

쏴아악!

샤워부스의 유리 사이로 그녀의 아름다운 실루엣이 보였다.

어제부터 오늘 아침까지 그의 손안에 있던 그녀의 가슴이 더 풍만한 곡선을 그리고 있었다. 그의 시선이 잘록한 허리를 지나 그녀의 엉덩이로 향했다.

호흡이 거칠어진 시원이었다. 한 번도 이렇게 여자를 바라본 적이 없는 그였다.

그때 샤워를 하던 벼리가 그를 발견했다. 그리고 놀랐는지 샤워를 하던 두 손으로 가슴을 가렸다.

"시원 씨!"

그는 벼리가 자신을 그렇게 부르는 게 좋았다.

"여긴 왜……."

그녀의 시선이 그의 벗은 몸으로 향했다.

"샤워하려고."

어이가 없는 대답이었지만 그는 이렇게 말하고 그녀에게로 당당하게 걸어 들어갔다.

"이런 것도 계약에 들어가나요?"

"당연하지."

"아닌 것 같은데……."

"맞아."

그는 이렇게 말하며 벼리를 품 안에 안았다. 작고 가냘픈 몸이 그의 품에 폭 하고 안겼다. 떨어지는 물이 그녀의 몸을 적셨고 그는 그런 벼리의 몸에 이성을 잃었다.

"미칠 것 같아."

"읍!"

그녀의 온몸을 어루만지는 시원의 손이 바빴다. 그의 손안에 느껴지는 벼리의 부드러움이 그를 미치게 만들고 있었다.

"으으읍."

그녀의 혀를 뿌리까지 뽑을 듯이 빨아들이며 시원은 쾌감을 느끼고 있었다.

"아파?"

그녀의 질이 어제의 격한 섹스로 인해 부풀어 있었다. 여자에게 이런 질문을 할 만큼 한 여자와 이렇게 미친 듯이 섹스를 한 건 처음이었다.

"괜찮아요."

그녀의 말에 그는 손가락 하나를 그녀의 질 안으로 밀어 넣었다.

"아흐."

그녀가 그에게 매달려 허리를 활처럼 휘었다.

"민감해."

"그런 말 하지 말아요."

부끄러운 모양이었다. 하지만 그는 벼리를 자극하고 싶었다.

그래서 그를 더욱 원하게 만들고 싶었다.

"난 솔직한 섹스를 좋아해."

"이보다 어떻게 더 솔직해요?"

"더 많이 솔직하고 더 많이 야할 수 있어."

지금도 아주 좋았지만, 벼리와 함께라면 다양한 섹스를 즐길 수 있을 것 같았다.

"온종일 이러고 싶었어."

그는 솔직하게 말하며 그녀의 핑크색 유두를 빨기 시작했다. 물과 함께 그녀의 유두를 빨아들이니 그의 페니스가 요동을 치기 시작했다. 그녀의 안으로 들어가고 싶은 모양이었다. 그는 샤워기의 물을 잠그고 그녀를 벽으로 밀어붙였다.

"맹세코 한 번도 이런 적은 없었어."

"……."

한 번도 여자를 침실이 아닌 곳에서 가진 적이 없었다. 섹스는 그에겐 욕구해소지 그 이상의 의미는 없었다. 하지만 벼리에게만은 또 다른 세계를 보여 주고 같이 느끼고 싶은 마음이 강했다. 왜일까?

그가 벼리 앞에 무릎을 꿇고 앉았다. 그리고는 여성에 입을 맞추었다. 놀란 벼리가 뒷걸음질을 쳤지만, 벽 때문에 물러날 곳이 없었다.

"시원 씨……."

벼리가 그의 이름을 부르며 몸을 부르르 떨었다.

"힘 빼."

그는 벼리에게 몸의 힘을 빼라고 했다. 벼리는 착한 학생이었다. 그가 시키는 대로 몸의 힘을 빼기 시작했다. 그는 벼리의 검은 숲에 입을 맞추고는 한쪽 다리를 들어 그의 어깨에 올려놓았다.

"시원 씨, 난……."

"뭐든 처음이 힘든 거야. 즐겨."

츄읍츄읍—

"하앗!"

그가 갑자기 그녀의 여성을 빨아들이자 놀란 벼리가 그의 머리를 잡았다.

"아흐……."

하지만 벼리도 몸을 빼지는 않았다. 그의 집요한 애무를 이제 벼리도 즐기는 것 같았다.

"여기가 좋아?"

"네……."

벼리가 이렇게 솔직한 모습을 보이는 건 처음이었다.

"여기?"

“네, 거기 더…….”

그는 벼리의 클리토리스를 찾아 혀로 핥아 주었다. 작은 콩알이 그의 혀가 닿을 때마다 움찔거리며 반응하고 있었다.

“아흣!”

그는 더는 참기 힘들어 몸을 일으켜 벼리의 여성에 자신의 남성을 가져다 댔다.

“녀석이 미친 듯이 널 원해.”

“저도 원해요.”

그녀의 말에 시원이 벼리의 한쪽 다리를 자신의 팔에 걸고 페니스를 그녀의 젖은 질에 밀어 넣었다.

“악!”

비명에 가까운 신음을 낸 벼리는 그에게 꼭 매달렸다.

“아아앙!”

욕실에서 그녀를 갖고 말았다.

퍽퍽퍽!

요란한 소리가 욕실을 울리고 있었다. 그는 마지막을 향해 달렸다. 그리고 자신의 분신들을 그녀 안으로 분출시켰다.

“헉헉헉.”

한 차례의 섹스가 끝이 나고 그는 가쁜 숨을 몰아쉬며 샤워기의 물을 틀었다.

"욕실에서 하니까 이런 게 장점이군."

"욕실에서 많이 해 봤어요?"

"아니 처음이야."

"난 침대에서만 하는 거라고 생각했어요."

그녀가 순진한 표정으로 말했고 그는 그녀의 몸에 비누칠하고 있었다.

"나도 그랬어."

그는 깨끗하게 그녀를 씻겨 준 후에 자신도 비누칠을 시작했다.

"내가 해 줄게요."

갑자기 그녀가 그의 몸에 비누칠하기 시작했다.

"난 당신의 탄탄한 가슴이 마음에 들어요. 짙은 유두도 마음에 들고."

그녀의 손이 말하는 곳으로 계속해서 이동했다.

"그리고 운동을 많이 한 것 같은 이 단단한 복근도 좋아요."

"……."

그의 호흡이 가빠지고 있다는 걸 벼리는 모르는 것 같았다.

"그리고 여기도 마음에 들고……."

그녀가 갑자기 무릎을 꿇더니 그의 페니스 앞에 얼굴을 가져다 댔다.

"너무 단단한 것 같아요."

벼리가 위험스럽게 그의 페니스를 잡았다.

"으윽!"

그리고 그의 페니스를 입에 물었다.

"하앗!"

츄읍츄읍──

벼리는 그의 페니스를 마치 사탕 빨 듯이 빨고 있었다. 이렇게 강한 자극은 그의 인생에서 처음이었다. 하마터면 벼리의 입 안에 실수할 뻔한 그는 벼리를 안아 올렸다.

"왜요?"

"벼리야."

벼리는 그가 왜 그러는지 모르는 것 같았다.

"내가 잘못한 거죠?"

"응."

"미안해요. 사실 어떻게 하는지 몰라서."

"아니, 하마터면 실수할 뻔했어."

"실수?"

"너무 좋아서 참을 수가 없어."

그가 벼리를 안아 들고는 침실로 향했다. 그들은 한동안 침실 안에서 나오지 않았다. 그렇게 신혼여행을 대신해서 섹스 허니

문을 가진 그들이었다.

벚꽃이 흐드러지게 핀 공원은 월요일이라서 그런지 한가했다. 아이들과 가까운 공원에 나온 엄마들을 제외하면 남자들은 그렇게 많지 않았다. 다솜은 자신의 손을 꼭 잡고 걷는 영욱을 몇 번이나 보고 또 봤다.

"왜?"

영욱이 무뚝뚝하게 물었다.

"이상해서."

"뭐가?"

"왜 이러고 걷는지."

다솜이 그들이 잡은 손을 들었다.

"사귀는 사이니까."

"누가?"

"우리."

"누구 맘대로?"

"내 마음대로."

아주 어이가 없는 인간이었다. 하지만 영욱의 이런 말에 다솜은 심장이 두근거렸다. 그들은 공원을 거닐기만 했다. 청바지 차림의 영욱과 하늘색 명품 원피스를 입은 다솜은 완벽하게 어울리는 한 쌍이었다.

"먹을래?"

"뭘?"

"솜사탕."

그가 솜사탕을 사 들고 그녀의 앞으로 왔다.

"먹어 봐."

"안 먹어 봤어."

"그럴 것 같더라."

그가 솜사탕을 먹기 좋게 떼어 내서 그녀의 입에 넣어 주었다.

"으음."

"맛있지?"

"응, 우리 엄마가 딱 싫어하는 스타일이네."

"사모님이 건강식을 너무 좋아하시니까."

"하긴."

솜사탕 하나에 다솜은 행복했다.

"나 진지하게 하나 물어볼게."

공원 산책을 끝내고 그의 차 안에서 다솜이 물었다.

"나한테 왜 그러는 거야?"

"좋아하니까."

"지난번에 물어보려고 하다가 너무 놀라서 못 물어봤는데 왜 여태까지 한번을 내색하지 않다가, 무슨 봇물 터지듯이 애정 표현을 하는데 왜 그래?"

"사랑하니까."

"김영욱!"

"왜?"

"난 준비가 안 됐다고."

"넌 들을 준비가 충분히 되어 있어."

"어떻게 알아……. 읍!"

그가 갑자기 그녀의 얼굴을 잡더니 입을 맞추었다. 신호만 받으면 기회를 잡은 것처럼 덤비는 것 같았다. 창피해야 하는데 그의 키스 때문에 창피한 것도 잊은 다솜이었다.

"너무해."

눈을 흘겨도 그는 신경조차 쓰지 않고는 그녀의 손을 잡고 다시 운전하기 시작했다.

"우리 어디 가는데?"

다솜의 집으로 가는 방향이 아니었다.

"우리 집."

"김 비서 집?"

"아니, 우리 집."

영욱은 우리라는 개념을 모르고 하는 말 같았다. 피곤하기도 하고 해서 다솜은 눈을 감았다. 설마 영욱이 그녀를 납치하는 건 아닐 것 같았기 때문이었다.

그들이 도착한 곳은 강남의 한 아파트였다.

"여긴……."

"내가 처음으로 장만한 곳이야. 어때?"

"괜찮은데?"

34평의 아파트였다. 그가 직장 생활을 하고 번역 아르바이트까지 해서 산 집이라고 했다.

"대단하네."

다솜도 그의 노력에 칭찬을 아끼지 않았다.

"배고프지?"

"응."

"내가 저녁 준비해 뒀어."

"김 비서가 직접?"

"맞이."

다솜은 그가 밥을 차리는 동안 집 안을 구경했다. 그녀의 집과는 비교도 되지 않았지만 남자 혼자 살기엔 넓은 평수였다.

"밥 먹자."

"응."

그녀는 된장찌개와 갖은 반찬으로 차려진 식탁 앞에 가서 놀라운 표정으로 식탁을 내려다보았다.

"정말 직접 차린 거야?"

"응."

"난 이런 거 한 번도 해 본 적이 없어……."

"알아."

영욱이 그녀의 뒤로 와서 다솜을 안았다.

"내가 하면 되는 거지."

"……."

그의 말에 고마움이 느껴지는 게 아니라 자신은 이런 것도 할 줄 모르는 바보 같다는 생각이 드는 다솜이었다. 그때였다. 영욱이 그녀의 목에 입을 맞추었다. 온몸에 전율이 퍼지는 것 같았다.

"누구나 모든 걸 다 잘하진 않아."

"김 비서는 아니잖아."

"난 예외지."

그녀가 아무 생각을 할 수 없게 그가 다솜의 가슴을 주무르기 시작했다.

"김 비서……. 흡!"

"오빠."

“오빠……. 제발…….”

“밥부터 먹이려고 했는데…….”

그가 갑자기 다솜을 안아 들었다. 그리고는 어딘가로 향하고 있었다. 요즘 부쩍 변한 영욱의 모습에 다솜은 정신을 차릴 수가 없었다.

“여긴……. 흡!”

그의 입술이 그녀의 입술을 막았다. 그리고 동시에 그녀는 빨려 들 것같이 푹신한 곳에 닿았다. 그의 침대였다. 정신을 차릴 사이도 없이 영욱이 다솜의 원피스를 벗겨 버렸다. 지금 다솜은 속옷 차림으로 그의 앞에 누워 있었다.

“오빠, 난…….”

아직 마음의 준비가 되지 않았다. 아니 이런 상황에선 어찌할 바를 몰랐다. 하지만 그건 어디까지나 그녀의 쓸데없는 걱정이었다. 영욱이 본능이란 무엇인지 그녀에게 철저하게 가르쳐 주었다.

그도 옷을 벗었다. 영욱은 생각보다 근육질의 몸을 가지고 있었다. 개인 트레이너까지 있는 시원 오빠와 견주어도 될 만큼 아주 멋진 몸이었다. 하긴 그녀의 눈에 지금 콩깍지가 끼워져 있는 상황이라서 그런지 더 멋있어 보였지만 말이다.

“예쁘다.”

"……."

그 한마디에 다솜의 두려움은 사라져 버렸다. 그가 몸을 겹쳐 왔고 잠시 후 그들은 하나가 되었다.

8. 훼방꾼들

결혼을 한 지 벌써 2주일이 지나고 있었다. 예전보다 매우 부드러워진 시원 때문에 요즘 그의 비서들의 체중이 불어났다는 소문이 자자했다. 평균 몸무게에 못 미칠 정도로 그의 비서진들은 말라 있었다. 오죽하면 살 빼고 싶은 사람은 효산 회장 비서실에 가면 된다는 말이 있을 정도였다.

식사를 거르는 일이 다반사고 매일같이 야근의 연속이었기 때문이었다. 하지만 요즘은 조금 달라졌다. 점심식사를 거르는 건 여전했지만 그래도 저녁이면 그 어떤 부서보다도 칼퇴근이 었기 때문이었다.

"오늘도 일찍 들어가십니까?"

허 실장이 결재해 놓은 서류를 가져가며 물었다.

"왜?"

"아니 요즘 계속해서 일찍 들어가시니까 드리는 말씀입니다."

"야근하고 싶어?"

"그건 아니고, 굳이 해야 한다고 하시면 다들 남아야죠."

"그럴 필요 없어. 오늘은 일찍 들어갈 거니까."

"네."

허 실장의 얼굴에 화색이 돌았다.

"김연화 씨하고 사귄다는 소문이 있던데?"

"저도 장가는 가야 하지 않겠습니까?"

"하긴."

그보다 한 살 어린 서른네 살의 허 실장이었다.

"장가갈 때가 되면 말해. 내가 제주도 여름 별장 빌려줄 테니까."

"네? 감사합니다."

그의 제주도 별장은 아름답기로 유명했다. 허 실장의 얼굴에 모처럼 화색이 돌았다.

사실 오늘은 집으로 바로 가지 못하고 약속을 잡았다. 숙부가 은밀하게 할 말이 있다고 그에게 만나자는 연락이 왔다. 회장이 되고 처음으로 숙부가 만나자고 했기 때문에 쉽게 거절할 수도 없었다. 그리고 오늘은 금요일 저녁이라서 내일이면 온종일 벼리와 함께 있을 수 있기 때문에 그나마 위로가 되었다.

그들이 만나기로 한 곳은 강남의 한 룸살롱이었다. 이곳은 유명 정치인들이 출입하는 곳으로 비밀이 철저하게 보장되는 곳이었다.

룸에 들어서자 숙부가 먼저 와서 기다리고 있었다. 숙부와 그 사위가 의자에 앉아 있었다. 변호사인 사위는 간신처럼 숙부에게 붙어 있었다. 마음에 안 드는 인간 둘이 앉아 있으니 속이 니글거렸다.

"어쩐 일로 절 보자고 하신 건지……."

"소개할 사람이 있어서."

"누구?"

"조금 있으면 올 거야."

괜한 짓을 하는 자리라면 숙부라도 가만히 두지 않을 것 같았다.

"안녕하십니까?"

"……."

누군가 문을 열고 들어오는데 그는 시원도 아는 사람이었다.

"회장님."

"아이고 송 회장도 나와 있었구먼."

그들이 신(新)사옥으로 눈독을 들이는 땅의 주인이자 숙부의 절친인 정 회장이었다.

"무슨 일이야?"

정 회장이 숙부를 보며 눈치질을 했다.

"뭐겠어? 땅 팔라는 얘기지."

"팔아?"

지난번은 팔지 말라고 한 모양이었다. 어쩐지 땅 주인까지 속을 썩인다고 생각했다.

"가만히 생각해 보니 네가 땅을 파는 게 좋을 것 같아. 만약에 그 땅을 팔면 네가 가지고 있는 주변 땅값도 오를 거야. 일거양득이지."

"그래?"

"그러니까 그냥 팔아."

숙부의 말에 땅 주인의 마음이 흔들리는 것 같았다.

"안 짓는다며?"

"우리 회장님이 꼭 신사옥을 짓고 싶어 하셔서."

"왜 마음이 바뀌셨습니까?"

미심쩍은 마음에 그가 물었다.

"그게 더 이득일 것 같기도 하고 반대를 위한 반대만 하면 주주들의 신임도 점점 잃을 것 같아서."

"잘 생각하셨습니다."

왜 그러는지 의심은 갔지만 일단 그런 마음이라면 다행이라고 생각했다. 술이 들어오고 여자들이 들어왔다.

"전……."

"한잔해. 이럴 때 마시는 거지 뭐."

그가 자리에서 일어서려 하자 숙부가 잡았다.

"한잔해."

"뭐 해, 회장님 모시지 않고. 오늘 신경 써서 잘해 드려."

시원은 여자의 얼굴을 보는 순간 깜짝 놀라지 않을 수가 없었다. 그의 옆자리에 벼리가 있다는 착각이 들 정도로 벼리와 외모가 비슷한 여자였다.

"안녕하세요? 은지예요."

그녀가 그의 잔에 술을 따랐다. 그리고 그에게 몸을 기대 왔다. 가라오케 연주자들이 들어와 흥을 살리고 아가씨들의 스트립쇼가 연출되고 있었다. 술이 들어가자 그의 옆에 있는 여자가 더 벼리로 보이기 시작했다.

"회장님, 제 술도 받으시죠."

"술? 그래."

눈꺼풀이 무겁게 내려오고 있었다.

"오빠, 나랑 놀아요."

"벼리야."

그의 눈에 벼리가 보이기 시작했다. 이렇게 쉽게 술에 취하는 그가 아니었다. 이러면 안 되는데 자꾸만 눈꺼풀이 무겁게 내려오고 있었다. 그리고 마침내 그는 깊은 잠에 빠져들었다.

눈이 너무 부셔서 눈을 겨우 뜬 그는 목이 말라 물을 먹기 위해 침대에서 일어나 앉았다.

"윽!"

머리가 깨질 듯이 아픈 것이 어제 술을 너무 마신 모양이었다. 언제 필름이 끊긴 건지 알 수가 없었다. 술을 몇 잔 마신 건 기억이 나는데 그 뒤로 집에 어떻게 왔는지 전혀 기억이 없었다.

"……."

그가 겨우 고개를 들어 주변을 보니 그의 침실이 아니었다.

"뭐지?"

그리고 그의 옆에는 어떤 여자가 옷을 다 벗은 채 잠이 들어 있었다.

"누구야?"

"오빠……. 일어났어?"

"뭐야? 뭐냐고?"

"오빠랑 나랑 어제 잔 거 기억 안 나요?"

"……."

술김에 여자와 잔 모양이었다.

"오빠, 너무하네요."

여자가 그에게 매달려 애교를 부렸다.

"나가."

"왜에……."

"나가라고!"

그가 소리를 버럭 지르자 여자가 부리나케 옷을 입고는 호텔 방에서 나갔다.

"어떻게 된 거지?"

Rrrrrrr—

벼리의 전화였다.

"여보세요?"

[여보세요? 괜찮아요?]

벼리의 목소리에 걱정이 묻어나고 있었다.

"괜찮아."

미안한 마음에 그의 음성이 떨렸다.

[무슨 일 있는 건 아니죠?]

"아니야. 어제 일이 좀 있어서."

[전화했어야죠.]

그에게 아무 일이 없다고 하니 그다음부터 화를 내는 벼리였다.

"걱정했어? 미안해."

[이렇게 외박을 자주 할 건가요?]

"아니야. 화 풀어."

그가 처음으로 그녀에게 화를 풀라는 말을 했다. 그는 누구에게도 이렇게 저자세인 적이 없었다.

[이제 집에 들어오는 거예요?]

"응."

[술 마셨어요? 콩나물국 끓여 놓을 테니 빨리 오세요.]

전화를 끊고 나니 더 미안했다.

"어떻게 된 거지?"

그는 주섬주섬 옷을 입고는 호텔 방을 나왔다. 그리고 집으로 향하는 길에 화원에 들러 커다란 꽃다발을 샀다. 미안한 마음에 도저히 그냥 들어갈 수는 없었다. 그녀의 정열을 닮은 붉은 장미 꽃다발이었다.

"어머!"

집에 들어서자마자 강아지들과 놀고 있는 벼리와 마주쳤다.

그리고 꽃다발을 내밀자 벼리의 얼굴에 웃음꽃이 피었다.

"예뻐요. 가끔 외박도 허락해야겠어요."

그녀는 농담을 건넸지만, 그는 전혀 농담할 기분이 아니었다.

"어서 들어가서 샤워하고 식사하세요."

"……."

"그리고 너무 섹시한 거 아니에요?"

그녀가 그의 검게 자란 턱수염을 만졌다.

"어머!"

그가 그녀를 꼭 끌어안았다.

"다시는 안 그럴 거야."

마치 자신에게 하는 말 같았다.

집 안으로 들어가는 시원의 처진 어깨를 보니 벼리의 마음이 좋지 않았다.

"무슨 일이지?"

어제 그가 들어오지 않아서 허 실장에게까지 전화를 건 벼리였다. 허 실장은 잠시 당황해하더니 바이어를 만난다는 말을 했다. 벼리의 직감으로는 허 실장도 모르는 것 같았다.

Rrrrrrr—

허 실장이었다.

"여보세요?"

[네, 사모님. 회장님께선 혹시 아직…….]

"들어오셨어요."

[휴…….]

"걱정하지 마세요. 어제 너무 술을 많이 마신 것 빼고는 괜찮아요."

[알겠습니다.]

"주말 잘 보내세요."

[네, 감사합니다.]

여러 사람을 걱정시킨 것 같아 미안한 마음이었다.

"애도 아닌데 내가 너무 유난을 떨었어."

그녀는 주방으로 가서 도우미들이 상을 차리는 걸 도왔다. 그리고 말끔해진 그가 내려오자 그의 앞에 앉아서 밥을 먹는 걸 보았다.

"밥은?"

"간단히 먹었어요."

"그래?"

"어서 드세요."

그녀가 콩나물국을 그에게 살짝 밀어 주었다. 미운 놈 떡 하나 더 주는 기분으로 말이다. 외박이라니 이건 계약이고 뭐고

간에 안 될 말이었다.

"많이 드세요."

"알았어."

그가 밥이 잘 넘어가지 않는지 숟가락을 내려놓았다. 그의 행동에 벼리는 불안했다. 무슨 일이 있었던 걸까? 괜히 안 좋은 생각이 들었다. 이건 순전히 여자의 촉이었다.

"어제 나한테 잘못했죠?"

"……."

어제의 잘못을 들킨 것 같아 그는 뭐라 답을 못하고 있었다. 한마디로 벼리의 말에 뜨끔한 그였다.

"우리 사이가 어떻든 간에 다시 한 번 외박을 한다며 용서가 안 될 것 같아요."

"미안해……."

그가 진심 어린 표정으로 사과했다. 벼리도 기분이 썩 좋지는 않았지만 더는 화를 내고 싶진 않았다.

"나에게 용서받으려면 다 먹어요."

"……."

그녀가 숟가락을 다시 그의 손에 쥐여 주었다. 그는안 넘어가는 밥을 억지로 집어넣으며 다 먹었다.

"참 잘하셨어요."

그녀가 너무나 아름다운 미소를 지어 보였다. 어제 그녀와 비슷한 여자가 지어 보이는 가식적인 웃음과는 확실하게 달랐다. 그는 방으로 돌아오기 전에 도우미들이 있건 없건 벼리를 품에 안았다.

"사람들이 봐요."

"보면 좀 어때."

"뭐 그렇긴 하네요. 부부인데."

부부라는 말이 사람을 더 미안하게 만들었다. 어찌 되었건 어제의 일은 큰 실수였다. 좀처럼 그가 안 하는 행동이었다. 두통약을 챙겨서 2층으로 올라온 그는 약을 먹고는 침대에 누웠다. 침대에 누우면서도 뭔가 석연치 않은 느낌이 너무나 강했다.

"뭐지?"

두통도 일반적인 두통과는 다른 두통이었다. 그리고 아무리 기억하려고 해도 어제의 일이 조금도 기억나지 않았다. 그렇게 필름이 끊긴 적은 맹세코 단 한 번도 없었다.

그때 그의 핸드폰에 문자가 떴다. 아침까지 그와 함께했던 여자였다. 어젠 그렇게 좋아해 놓고 오늘 아침엔 왜 그랬냐며 다음번엔 더 잘해 주겠다고 문자를 보냈다. 어떻게 그의 번호를 알았을까?

"여보세요?"

그가 여자에게 전화를 걸었다.

[오빠.]

“내 번호는 어떻게 알았어?”

[오빠가 어제 내 핸드폰에 찍어 줬잖아.]

여자의 음성은 여전히 졸린 목소리였다.

[오빠 어제 완전히 죽여 주더라. 우리 다음 주에 만나기로 했는데 기억하지?]

정말 환장할 노릇이었다.

“다신 만날 일 없어.”

[그렇게 단정 지으면 내가 너무 마음 아프지.]

여자는 끝까지 그에게 애교를 부렸다.

“다시는 연락하지 마.”

그는 이렇게 말을 하고는 전화를 끊었다. 전화를 끊고 나자 문 앞에 벼리가 서 있는 게 보였다. 내용을 들은 모양이었다.

“몸이 안 좋으면 자요.”

“아니야.”

“아닌 게 아닌 것 같아요. 어서요.”

그녀가 그에게 다가와서 이불을 목까지 올려 주었다.

“벼리야 할 말이…….”

“자고 나서 해요.”

그는 말 잘 듣는 아이처럼 눈을 감았다. 급작스럽게 피곤이 몰려들었다. 그는 그렇게 잠이 들었다.

눈을 떠 보니 신기하게도 아침이었다. 어제의 일이 마음에 쓰이는 시원은 가운만 걸친 채로 1층으로 내려왔다. 일요일 오전이라서 오늘은 모두가 쉬는 날이었다. 그는 벼리와 있는 시간을 방해받는 게 싫어서 2주 전부터 일요일 하루는 다 집으로 가라고 했다.

1층에 내려가 보니 벼리가 노천탕에서 따뜻한 목욕을 즐기고 있었다. 아쉽게도 타월을 두르고 있긴 했지만 말이다.

그가 가운을 벗고는 맨몸으로 그녀가 앉아 있는 탕 안으로 들어갔다.

"어머, 일어났어요?"

"응."

"너무 과감하신 거 아니에요?"

"싫어?"

"그건 아니지만……. 헉."

시원이 벼리의 아름다운 몸을 가리고 있는 타월을 빼 버렸다.

"이런 거 걸치지 마."

"다른 사람들이……."

"오늘 아무도 없는 거 알잖아."

"장군, 멍군이가 봐요."

녀석들이 멀리서 그들을 보고 있었다.

"성교육을 빨리 시키는 것도 나쁘지 않아."

"뭐라고요?"

그녀의 항의에 웃으며 그는 벼리의 목에 키스했다. 그리운 벼리였다. 그 어떤 여자도 벼리를 대신할 수 없다는 걸 시원은 알고 있었다. 그의 입술이 집요하게 그녀의 목을 빨고 있었다. 그녀의 목에서 뛰는 맥박이 그를 미치게 했다.

"벼리야."

그녀의 가슴을 만지며 손가락으로는 유두를 만지고 있었다.

"으으음."

"너무 예뻐."

"미치겠어요."

그는 벼리를 자신의 몸 위로 마주 보게 앉혔다. 그리고 그의 페니스를 단번에 그녀의 질 안으로 밀어 넣었다.

"윽!"

여전히 벼리의 질은 좁았다.

"너무 좋아."

"언제쯤 안 아플까요?"

"벼리가 너무 좁아서 그래."

"시원 씨가 큰 거예요."

그런데 오늘은 벼리가 그의 가슴에 손을 얹더니 허리를 움직이기 시작했다.

"으윽, 벼리야."

그의 온몸을 자극하며 벼리가 움직이고 있었다. 그녀 때문에 시원은 미칠 것만 같았다.

"으으윽!"

그는 빠르게 그의 씨앗들을 그녀의 몸 안에 뿌렸다. 그는 거친 숨을 몰아쉬며 벼리를 끌어안고는 고개를 들어 오늘따라 유난히 파란색의 하늘을 보았다.

"내가 꿈꾸던 집이 된 것 같아."

"아이들이 있어야죠."

"너무 조급하게 생각하지 마."

"편지 내용도 궁금하고……."

"하긴 그건 나도 궁금하긴 해. 고집스러운 차 변호사님이 보여 주지 않아서 그렇지."

그 안에 무슨 내용이 있을지 지금은 솔직히 궁금하지 않았다. 이렇게 벼리와 함께 있는 것 자체만으로도 행복했기 때문이었다.

"오늘은 확실하게 아기를 만들어 볼까?"

"네?"

그가 벼리를 안아 들고는 2층의 침실까지 그대로 직행했다. 그들은 종일 누구의 방해도 받지 않고 뜨거운 시간을 보냈다.

아침의 새소리가 오늘따라 맑게 들렸다. 벼리는 상쾌한 기분으로 오랜만에 아침을 맞이했다. 어제 그와의 섹스는 마치 전쟁을 치른 기분이었다. 하지만 오늘은 몸살기가 있는 게 아니라 유독 상쾌했다.

지방공장 시찰에 나가는 날이라서 시원은 새벽에 나갔다. 그녀 같으면 절대로 일어나지 못했을 텐데 그는 정말 대단한 체력의 소유자였다.

"안녕히 주무셨습니까?"

"네."

황 집사가 커튼을 걷어 주며 인사를 했다.

"아침 식사는 간단하게 양송이 수프와 커피, 그리고 좋아하시는 베이글 준비했습니다."

"감사해요. 곧 내려갈게요."

그녀는 힘차게 기지개를 켜고는 욕실로 향했다. 그런데 그때 핸드폰이 요란하게 울리고 있었다. 하진이었다.

"여보세요? 아침부터 웬일이냐?"

[사실 아니지?]

"어? 또 뭐가?"

하진이 잔뜩 긴장한 목소리로 말했다.

[아침에 인터넷 안 봤어?]

"내가 또 세상일과는 담쌓은 지 오래라서……."

그때였다. 다솜에게도 전화가 들어오고 있었다.

"하준아, 시누이한테 전화가 들어와서 조금 있다가 다시 전화할게."

전화를 끊고 다솜의 전화를 받은 벼리였다.

"아가씨, 아침부터 어쩐 일로……."

[언니 오늘 인터넷 검색 안 했어요?]

"다들 아침부터 왜 그렇게 난린지 지금 볼게요."

[아뇨, 언니 내가 말할 테니까…….]

갑자기 불길한 예감이 들었다.

"아가씨, 내가 조금 있다가 할게요."

직접 확인하고 싶은 마음이었다. 그리고 그녀는 핸드폰으로 인터넷에 접속했다.

"뭔데 다들 이렇게 난리야."

괜히 센 척하며 그녀는 화면을 보았다. 그리고 그녀는 눈을 의심하지 않을 수 없었다. 시원이 어떤 여자와 호텔에 들어가는 장면이 카메라에 찍힌 것이었다.

"'한밤중 은밀한 밀회'."

라는 타이틀이었고 내용은 더 충격적이었다. 상대가 영화배우 지망생이고 그가 그녀의 스폰서라는 이야기였다.

"스폰서……."

어이가 없어서 말이 나오지 않았다. 그녀가 경멸하는 게 바로 스폰서였다. 한번 안 좋은 일을 당한 후라서 그녀는 그런 인간들을 경멸했다. 그런데 시원이 그런 일에 연루되다니 실망스러웠다.

"왜?"

벼리의 얼굴에 핏기가 사라졌다. 벌써 두 번이나 시원이 그녀의 뒤통수를 쳤다. 처음 만났을 땐 아버지의 여자로 오해를 했고, 지금은 다른 여자를 만나고 있었다. 그것도 단순히 불륜이 아니라 자신의 돈을 이용해 여자에게 섹스를 사는 아주 파렴치한 인간이었다.

"아닐 거야."

아니라고 하기엔 기사의 내용이 너무나 디테일했다.

"제발 아니라고……."

벼리는 너무나 충격에 휩싸여 말을 잇지 못하고 있었다. 여전히 그녀의 눈은 기사에 난 사진에 가 있었다.

"그럼, 어제는 왜 그렇게 뜨겁게 안은 건데?"

그녀의 눈에서 눈물이 쏟아져 나오고 있었다.

Rrrrrrr—

이번엔 시원의 전화였다. 벼리는 그의 전화를 받지 않고 그대로 욕실로 들어갔다. 그리고 샤워기를 틀어 놓고는 소리 내 울기 시작했다. 속이 상했다. 아무리 사랑이 없는 결혼이라고 해도 남편이 바람이 났다면 그건 아내에겐 커다란 충격이었다.

"흑흑흑……."

눈물이 그치지 않았다. 이대로는 그와 마주할 수가 없다고 판단한 벼리는 장군, 멍군을 데리고 집을 나왔다.

시원의 입술이 바싹바싹 마르고 있었다. 서울에서 하는 회의가 아닌 지방의 공장 계열사에서 하는 회의였다. 회의를 진행하는데도 거의 들리지 않았다. 사실 오늘 회의는 그에게 좋은 기회였다. 신사옥 건축 확정을 위한 회의였기 때문이다. 숙부의 소개로 만난 땅 주인이 땅을 팔기로 했고 숙부도 건축에 찬성했다.

물론 숙부의 자화자찬이 이어지고 있었지만 그건 어디까지나 성과이기 때문에 그도 별다른 거부감 없이 들을 수 있는 내용이었다.

"회장님."

허 실장이 은밀하게 그를 불렀다.

"왜?"

"언론사에서 계속해서 인터뷰를 요구하고 있습니다."

"말도 안 되는 소리라고 잘라 말해."

"사진 속의 여자가 오늘 방송에 출연해서 인터뷰한다고 합니다."

"뭐?"

그의 소리가 컸는지 모두가 그를 바라보았다.

"아닙니다. 진행하세요."

그가 말하자 다시 회의는 시작되었다. 오늘 창원에 온 건 오랜만에 계열사 점검을 하기 위한 것이었고 사장단이 다 모인 상황이 되어서 임시회의도 진행하게 되었다. 하지만 갑작스러운 언론 보도로 그가 검색어 1위를 차지하게 되면서 회의 분위기가 좋지 않게 바뀌어 버렸다.

"회장님, 오늘 보도가 사실입니까?"

숙부의 사람인 효산통운 사장이 그에게 물었다.

"아뇨, 그리고 제 개인적인 문제를 여러분에게 이야기할 이유는 없습니다."

"기업 이미지란 게……."

"그런 건 신경 안 쓰셔도 됩니다."

그는 지금 누가 건드리기만 해도 폭발을 할 것 같았다. 회의가 끝이 나고 다솜이 영욱과 함께 그에게 왔다.

"내가 새언니에게 전화했어."

"뭐래?"

다른 때는 묻지도 않은데 시원은 지금 벼리의 상태가 걱정이 되었다.

"언니 지금 본가에 가 있어."

"뭐?"

"장군이, 멍군이 데리고 집으로 갔다고."

하긴 지금 벼리가 갈 수 있는 곳이 없었다. 그녀가 결혼 전에 살던 집은 얼마 전에 처분한 걸로 알고 있었다.

"어머니는?"

"당분간 오빠 보고 집에 올 생각도 하지 말라고 했어. 엄마, 진짜 많이 화나셨어. 도대체 왜 그런 거야?"

"기억이 안 나."

"그게 말이 돼?"

다솜이 너무 흥분하자 영욱이 다솜을 다른 쪽으로 데리고 갔다.

"회장님."

허 실장이 얼굴이 창백해져서 나타났다.

"주주들이 난리가 났습니다. 회사의 이미지가 실추됐다고요. 잘하면 주주총회를 열어 회장 신임 여부를 묻겠다고 난리입니다."

"알았어."

머리가 아프기 시작했다. 기억에도 없는 일이었다.

"송 회장님."

숙부였다.

"그날 도대체 무슨 일을 하신 겁니까? 그렇게 하시면 제가 뭐가 됩니까?"

그가 오히려 난리였다. 마치 이번 일은 자기와는 아무 상관이 없는 일인 것처럼 말하고 있었다.

"……."

"회장님?"

"알아서 처리할 테니 너무 걱정하지 마시고 신사옥 건축에 대해서만 생각하세요."

"사람이 또 그게 되나……."

말을 끝까지 듣지 않고 돌아서서 나왔다. 더는 숙부의 이야기를 듣고 싶지 않았다.

"회장님."

이번엔 영욱이었다.

"오늘 저녁에 저랑 술이나 한잔하시죠."

"싫어."

"오늘은 제가 이야기를 들어드리겠습니다. 우리 집으로 오시죠. 여자 없는 아주 청정지역입니다."

"미친놈."

그는 이렇게 말하고 자리를 떴지만, 서울로 돌아가서 일을 처리한 후에 영욱의 집으로 갔다.

"혼자 사는 거야?"

시원의 눈에는 작은 집이었다.

"아직은요?"

"우리 다솜이가 살려고 할까?"

"아마 저와 함께 살 겁니다."

"지나친 자신감은 큰 실망을 가져오지."

"잔말 말고 앉으세요. 우리나라에서 돈이 가장 많은 사람의 눈엔 뭐든 작게 보이니까요."

그는 영욱의 이런 마인드가 좋았다. 그가 재벌이라고 해서 기가 죽는 법이 없었다.

"왜 오라고 한 거야?"

"답답하면 털어놓으시라고요."

영욱은 그의 학교 후배였다. 영욱이 비서를 한다고 했을 때 그는 쌍수를 들고 환영했었다. 총수에겐 그에 맞는 인재가 필요했다. 하지만 놈은 여자를 택했다.

"왜 내가 아니라 다솜이었어?"

"네? 화풀이를 왜 저한테 하십니까?"

눈치까지 빠른 녀석이었다.

"작은 사모님에게 미안하면 미안하다고 말씀하세요."

"……술 없냐?"

"준비하고 있지 않습니까? 너무 보채신다."

오늘은 술이 고픈 날이었다. 그리고 이 녀석의 말대로 영욱이 필요한 날이기도 했다.

"다른 사람 집에서 소주 드신 적 있으십니까?"

"없어."

"친구는 있으십니까?"

"없어."

"오늘은 제가 친구해 드리겠습니다."

"넌 후배야."

"암요, 그럼 친한 후배라도 해 드리겠습니다."

"친한은 빼고."

"네, 네."

오늘은 녀석이 그의 비위를 잘 맞춰 주려고 한다는 걸 알 수 있었다. 그게 고맙기도 했다.

"어떻게 된 일이에요? 왜 아침에 여자가 선배 옆에 있었냐고요?"

"나도 몰라. 술에 너무 취했거든. 그런데 말이야, 좀 달랐어."

"뭐가요?"

"사람마다 주량이란 게 있는데 난 그날 첫 잔부터 어지러웠어. 술이 아닌 약에 취한 것처럼……."

그날 그는 첫 잔부터 취해 있었다. 술이 아닌 약에 취한 게 분명했다.

"송철민 사장하고는 술 드시고 하는 사이는 아니지 않나요?"

"맞아, 하지만 그날은 그렇게 반대하던 신축사옥을 찬성한다는 거야. 그리고 땅 주인까지 소개해 준다고 해서 나간 거지."

"그게 더 이상해요."

하긴 안 하던 짓을 할 때는 분명 이유가 있었다.

"제가 알아보겠습니다."

"뭘?"

"그 여자와 송 사장의 관계를요."

"하지만 의심 갈 만한 짓은 안 했어. 이상하게도 그날은 그랬어.”

“정말 철저하게 준비했나 보죠. 알아볼게요.”

“고맙다.”

“뭘요, 식군데.”

“우리 다솜인 어림도 없어.”

“전 회장님에게 이미 승낙을 받은 사람입니다. 그날 같이 계셔 놓고 딴소리를 하십니까?”

영욱이 아버지에게 다솜이를 달라고 했고 아버진 네 능력이 되는 때에 찾아오라고 하셨다. 그건 엄연히 승낙은 아니었다. 다만 녀석이 나가고 난 뒤에 아버지는 영욱이 너무 탐이 난다고 하셨다. 다솜을 향한 마음이 변하지 않기를 바란다고도 하셨다. 사실 시원도 찬성이었다. 영욱처럼 남자가 인정하는 남자는 많지 않았다.

“그렇게 좋으십니까?”

술이 머리끝까지 차오른 것 같았다. 벌써 둘이 앉아서 6병째였다.

“좋아.”

“사랑하십니까?”

“응.”

시원의 고개가 바닥으로 떨어지고 있었다.

“내가 너무 벼리에게 상처를 줬어.”

“사랑한다고 고백하세요.”

“미안해서 말 못해.”

그의 고개가 바닥으로 떨어져 버렸다. 그건 영욱도 마찬가지였다. 그들은 그대로 잠이 들어 버렸다.

9. 거짓 안에 숨다

본가의 정원은 개판이었다. 아름다운 정원을 똥 밭으로 만들고 있었다. 담당 정원사는 30년 동안 이 집의 정원을 가꾼 가운데 가장 더러운 정원이 되었다고 투덜거리고 계셨다.

"똘이, 장군. 자꾸 싸우지?"

둘이 노는 게 점점 거칠어지자 멍군이가 그녀에게 이르려고 쪼르르 날려왔다.

"멍멍."

"알았다."

"야! 똘이, 장군! 잡히면 죽는다."

그녀가 화를 내며 뛰어가는 척을 하자 두 녀석이 정원사 아저

씨가 일하는 쪽으로 도망갔다.

"거기 가면 더 죽는다."

"왜 아침부터 소리를 질러."

"똘이, 장군이 때문에요."

"강아지들이 다 그렇지 내버려 둬."

"전 수컷들하고 안 맞나 봐요. 개들까지 수컷들이 속 썩이네요."

벼리가 얌전히 앉아서 그녀를 보고 있는 멍군이를 만져 주었다.

"하긴 우리 집 수컷들이 좀 문제긴 하지. 아직도 마음이 안 풀린 거야?"

"아뇨……."

시어머니가 그녀의 얼굴을 살피며 한숨을 쉬었다.

"안 그래도 없는 살이 더 빠졌어."

"아니에요."

"아니긴, 일주일째 녀석이 얼굴도 안 보이는데 당연히 열 받지."

"아니라곤 못하겠네요."

"몸이 아픈 건 아니지?"

"그럼요, 아가씨가 매일 전화해서 저 대신에 송 회장님 욕을 바가지로 해 주세요."

"지나 잘하고 다니라고 해."

어머니는 아가씨 걱정까지 하시니 더 몸이 안 좋아지셨다.

"영욱이 녀석도 가만히 보면 헛똑똑이야."

"왜요?"

"이 정도 했으면 사귄다던가, 결혼한다던가 해야 하는데 너무 말이 없어."

"김 비서가 마음에 드세요?"

"그만한 사람은 없지."

어머니는 요즘 우울증 증상이 많이 좋아졌다.

"저는 반대하셨으면서."

"만약에 스캔들만 없었어도 반대 안 했을 거야."

"재벌가 며느리 원하시지 않으셨어요?"

"난 그런 거 안 따져. 우리 아들, 딸이 좋아하는 사람이면 그만이지. 굳이 내가 재벌인데 사돈까지 그럴 필요가 있을까?"

"역시, 트인 생각을 하고 계시는 멋진 분이십니다."

벼리가 엄지를 척하고 들어 올렸다. 시어머니와 벼리는 요즘 부쩍 친해진 상황이었다.

"오늘 병원에 가는 날이야. 다른 곳에 가지 말고 집에 있어."

"저도 갈까요?"

"아니, 지금 언론에 노출되었다가는 더 복잡해져. 아주 질긴 놈들이거든."

"알겠습니다."

오늘 어머님의 종합 검진일이었다. 그녀가 본가로 들어오자 기자들이 그녀를 찍겠다고 본가 앞에서 살다시피 하고 있다는 이야기를 들었다. 끈질긴 기자들은 지금도 집 앞에서 대기 중이란 말도 전해 들었다.

그녀도 배우이다 보니 동료 배우의 스폰서인 남편에 관한 이야기가 사람들의 궁금증을 자극하고 있긴 한 것 같았다.

"잘 다녀오세요."

시어머니가 병원에 간 사이에 벼리는 강아지들과 놀다가 책을 읽기 위해 본가의 서재로 향했다. 그녀는 본가에서 서재가 가장 마음에 들었다. 대도서관 같은 곳이었다. 그녀는 서재의 한쪽 구석에 자리를 잡고 앉아 책을 읽기 시작했다.

소파에 앉기보다는 보통 바닥에 쭈그리고 앉았다. 그러고 있으면 아무도 그녀가 어디에 있는지 알지 못했다. 오늘 그녀가 고른 책은 고전이었다. 책도 두껍고 해서 한참 읽을 것 같았다.

그때 청소를 하려는지 누군가 서재 안으로 들어왔다.

"없다니까요?"

여자의 음성이었다. 누군가와 이야기를 하는 것 같아. 벼리는 저도 모르게 몸을 낮추었다.

"호호호, 아니에요."

젊은 도우미였다. 그리고 그녀는 명예회장의 책상 주위를 돌며 통화를 하고 있었다.

"한벼리 침대에 뒀어요."

그녀의 침대에 뭔가를 둔 모양이었다.

"좀 놀라겠죠. 남편이 여자와 뒹굴고 있는 사진인데 누가 좋아하겠어요. 사진 예술이던데요?"

벼리는 마치 첩보 영화의 한 장면처럼 고개를 들고는 누구인지 확인했다. 이곳에 도우미들이 하도 많아서 다 알 수는 없었지만 몇 번인가 본 얼굴이었다.

"알았어요. 대기하고 있을게요."

그리고 청소를 하는 척을 하더니 다시 밖으로 나갔다. 벼리는 잠시 후 자신의 방으로 올라가서 문제의 서류를 보았다. 정말 남편이 다른 여자를 품에 안고 자는 모습이었다.

그리고 그 안에 편지도 들어 있었다. 시원과 헤어질 테니 3억 원을 달라고 말이다. 벼리는 멍하게 시원의 사진을 보고 있었다.

"왜 이러는 거예요?"

그녀가 조용하게 살아 줄 거라 생각한 모양인데 그건 벼리를 잘못 봐도 한참이나 잘못 본 것이었다.

벼리는 욕실에 가서 샤워했다. 그리고는 곧바로 집을 나섰다. 집사님이 말렸지만, 소용이 없었다. 그녀는 명품 숍에서 옷을 구매하고 유명 헤어숍에서 머리와 메이크업을 받았다. 거울 속의 벼리는 완벽했다.

"여보세요?"

[……벼리야.]

"바빠요?"

[아니.]

일주일 만에 시원의 목소리를 듣게 되었다.

"점심시간에 약속 있어요?"

[아니.]

"그럼 나하고 먹을래요?"

[어디야? 내가 데리러 갈게.]

"아뇨, 제가 회사로 갈게요."

[알았어……. 기다릴게.]

그녀는 머리를 하면서 주문한 초밥과 김밥을 들고는 그의 회사로 향했다. 이제부터 철저하게 가면을 써 줄 생각이었다.

철민은 비서와 함께 거들먹거리며 본사의 로비로 걸어 나오고 있었다. 조만간 그가 본사를 접수하게 되면 모두가 그를 회장님이라고 부르며 고개 숙일 것이다. 그런 생각을 하자 목에 더 힘이 들어갔다. 철민이 형님보다 못한 건 아무것도 없었다.

다만 어머니가 그를 형님보다 늦게 나은 것뿐이었다. 그는 실력도 더 있었고 사람들에게 인기도 많았다. 사람들은 젊은 시원이 회장이 되는 것보다 그가 회장이 되는 걸 더 원할 것이다.

"좋아들 할 거야."

그는 눈앞에 직원들을 보며 중얼거렸다. 점심시간이라 로비가 직원들로 붐비고 있었다. 수천 명이 밥을 먹으러 이동하다 보니 그는 보통 복잡한 시간대를 피해 10분 정도 일찍 나왔다. 그런데 오늘은 말이 길어지는 바람에 점심시간에 맞춰 나오게 되었다.

"정말 예쁘다……."

하지만 오늘은 붐비는 로비가 조금 이상하게 술렁이고 있었다.

"찍었어?"

"응, 근데 사진이 다 못 담아낸다."

"저러니 재벌과 결혼하는 거야."

그가 옆에 있는 줄도 모르고 직원들은 로비를 내려다보며 웅성이기 시작했다.

"뭐야?"

철민이 비서에게 물었다.

"한벼리 씨가 회사에 오신 모양입니다."

"뭐? 어디?"

그가 사람들을 헤치고 옆을 보자 벼리가 사람들에게 인사를 하며 안으로 들어가고 있었다.

"매너도 좋네, 역시 사람은 직접 봐야 안다니까. 루머 때문에 마음고생이 많았을 것 같아. 난 팬은 아니었는데 오늘부터 팬이야."

"그런데 회장님 스캔들이 났는데도 두 분은 사이가 좋으신가 봐. 회사까지 오시고."

"그러네."

"그림이 되는 커플 아니냐? 동화의 실사판."

"맞아."

직원들의 말에 철민이 인상을 썼다. 둘이 갈라서라고 뿌린 씨앗인데 오히려 둘이 더 탄탄한 관계로 사람들의 눈에 비치고 있었다.

"만만한 상대가 아니었어."

철민의 인상이 묘하게 굳어졌다.

"제길! 일 처리를 어떻게 하는 거야?"

"……."

그가 낮게 욕설을 내뱉자 옆에 있던 비서의 동공이 흔들렸다.

"너 말고."

그의 주변엔 똑똑한 녀석이 없는 것 같았다.

철민은 점심을 먹기 위해 본사 근처의 식당으로 향했다. 식성 또한 느끼한 철민은 중국요리를 굉장히 좋아해서 매일 중국집에서 식사를 했다.

그런데 오늘은 철민 혼자가 아니었다. 그가 매일 찾는 방에 낯익은 사람이 와서 앉아 있었다.

"박 사장!"

"안녕하십니까?"

박 사장이 의자에서 벌떡 일어나더니 그에게 구십 도로 인사를 했다. 반갑지 않은 얼굴이었다.

"어쩐 일이지?"

철민이 자리에 앉으며 물었다.

"송 사장님께서 아주 흥미 있어 할 만한 물건을 가져왔습니다."

"내가 흥미를 느낄 만한 물건?"

"네."

"그런 게 있을까?"

"저같이 버러지 같은 놈들은 함부로 건드리는 게 아니죠. 왜냐하면, 전 잃을 게 없는 놈이라서 물불을 안 가리고 덤비거든요. 잃을 게 많으신 분들은 이런 놈은 그냥 무시하고 내버려 두는 겁니다."

"사설이 길군."

"10억."

물건에 얼마나 자신이 있으면 당당하게 돈부터 부르는 박 사장이었다.

"물건에 따라 다르지."

"현금으로."

아주 자신이 있는 모양이었다.

"물건 줘."

"이건 첫 번째 장입니다."

원본이 아닌 복사본이었다. 종이를 손에 든 철민의 손이 떨리고 있었다.

"다 합쳐 4장의 편지죠. 효산그룹의 치부가 그대로 드러난."

"다 가져와."

"내일 가져다 드리죠."

"아니 오늘 5시까지 내 사무실로 와. 그리고 원본도."

"원본은 아직 변호사 사무실에 있죠. 우리가 편지를 찍어 온 걸 모를 겁니다."

"어떻게 알았지?"

"그것까지 아실 필요는 없고요."

"점심이나 먹지."

"네."

철민은 풀코스로 점심을 시켜 주었다. 그가 아주 기분이 좋을 때 먹는 요리들이었다. 오늘은 그 기쁨의 맛을 박 사장과 함께 나누고 있었다. 그리고 철민은 박 사장의 얼굴을 보고 있었다. 이 인간은 건드리면 골치 아프겠다는 생각이 들었다.

약속대로 그는 10억을 현금으로 준비했고 그들이 찍었다는 문서를 받았다.

"형님의 편지라……."

이 내용은 알지 못했다. 하지만 왜 아기를 낳은 후에 읽어 보라고 했는지 이유를 알 것 같았다. 철민은 형님이 효산그룹을 어떻게 이루고 얼마나 아끼는지 잘 알았다. 효산은 형님의 자식 같은 그룹이었다.

그런 효산그룹을 형님이 어떻게 차지하게 되었는지에 관한 내용이었다.

"우리 형님에게 나 같은 면이 있었네."

비열하고 잔혹한 면이 그에게만 존재할 줄 알았는데 아니었다.

"인간은 다 똑같아. 돈에 약하지."

그는 사무실에 혼자 앉아서 편지를 몇 번이나 읽고 또 읽었다.

"하하하."

그리고는 아주 크게 웃었다.

"하늘이 준 기회야."

떨리는 마음으로 회장실 앞에 서 있는 벼리였다. 사람들의 시선을 받는 것도 버거운 일이었지만 그를 이렇게 만나러 온 게 더 떨렸다.

"사모님, 기다리고 계십니다."

"네."

허 실장이 그녀에게 이야기를 해 주었다. 허 실장을 따라 사무실로 들어간 벼리는 오랜만에 만난 시원을 넋을 잃고 바라보았다. 그를 보니 더 마음이 아팠다. 왜 이렇게 그녀의 사랑은 힘이 들까? 라는 생각이 들었다.

그도 벼리를 보고는 놀란 눈치였다.

"허 실장 나가 봐."

"네."

단둘이 있게 되자 더 어색한 분위기가 되어 버렸다.

"잘 지내셨어요?"

"아니."

서로가 잘 지낼 리가 없었다. 그녀도 몸무게가 많이 빠졌지만, 그의 얼굴도 핼쑥하기는 마찬가지였다.

"앉아."

"네."

그녀가 앉아서 준비해 온 도시락을 풀었다.

"드세요. 점심시간이잖아요."

"같이 먹어."

"네."

초밥을 소파 테이블 위에 펼친 벼리는 나무젓가락을 그에게 건넸다.

"마음고생 시켜서 정말 미안해."

"……."

차마 괜찮다는 말이 입에서 나오지 않았다.

"어머님은?"

"오늘 건강 검진 받으러 병원에 가셨어요."

"벼리는 어떻게 지냈어?"

"힘들게 지냈죠. 우리 집도 아닌 곳에서 편할 리가 없잖아요."

벼리가 담담하게 말했다. 그는 초밥을 먹지도 않고 벼리만 보고 있었다.

"그렇게 미안해할 것까지는 없어요."

"벼리야……."

"다른 사람들 앞에서 기죽는 시원 씨 보는 거 싫어요. 난 내 위치에서 최선을 다할 거니까 당신도 어깨 펴요. 그리고 그 여자와 그날 무슨 일이 있었든지 이제 상관 안 할 테지만, 이제부터 나랑 사는 동안에는 다른 여자와의 스캔들은 사양할게요."

"……알았어."

"식사하세요. 몸이 많이 상한 것 같아요."

벼리는 최대한 감정을 섞지 않고 말했다.

"벼리야."

그가 벼리의 손을 잡았다. 여전히 시원은 벼리의 심장을 두근거리게 하고 있었다. 하지만 그녀의 그런 마음을 말하기엔 시기가 안 좋았다.

"이번이 나도 처음이야. 기억이 전혀 없어서 아무런 일이 없었다고는 말은 못하지만……. 널 만난 이후에 난 다른 여자는 안지 않았어."

"……."

"이것만은 믿어 주면 좋겠어."

그는 이렇게 말하고는 초밥을 먹기 시작했다. 아직 마음이 풀린 건 아니었지만 그가 미운 건 아니었다.

식사를 마친 그는 벼리와 커피를 마셨다.

"오후에 일정 있는 거 아니에요?"

"1시부터니까 10분 정도 여유 있어. 아니면 안 갈 수도 있고."

그가 농담이 아닌 진지한 표정으로 그녀를 보고 있었다.

"아니에요. 일해요. 저도 본가에 들어갔다가 우리 집으로 돌아가야죠."

"오늘 올 거야?"

"네."

"고마워, 앞으로는 노력할게."

그가 벼리의 손을 잡았다. 이렇게 손만 잡아도 좋은 사람인데, 라는 생각에 벼리는 마음이 아팠다. 그녀의 마음이 너무나 그에게 기울어 있었다.

10분 후에 미안한 표정의 허 실장이 사무실로 들어왔다. 둘의 시간을 방해한 것 같다고 생각하는 것 같았다. 그렇게 시원은 오후 회의에 참석하기 위해서 나갔고 그녀는 본가로 향했다. 이제 집으로 돌아가기 위해 장군, 멍군을 데려오고 또 시어머니께 인사도 해야 했기 때문이었다.

"돌아가려고?"

"네."

"잘 생각했어."

시어머니의 얼굴에 모처럼 화색이 돌았다.

"우리 시원이 한 번만 용서해 줘. 나처럼 오해일 수도 있고……."

"알겠어요."

그녀는 시어머니의 두 손을 꼭 잡아 주었다. 아들을 생각하는 어머니의 마음이 그대로 느껴졌기 때문이었다.

오랜만에 돌아오니 역시 집이 편하다는 걸 알았다. 강아지들을 강아지 하우스에 넣어 두고는 벼리는 방으로 향했다. 샤워하기 위해 방으로 들어가는 순간 벼리는 침대 위에 불길하게 보이는 서류봉투를 보았다.

"뭐지?"

지난번에 그 도우미는 내보낸 상황이었다. 그런데 이번에 또 다시 침대에 봉투가 놓여 있었다. 불안한 마음에 선뜻 뜯어보지 못하고 있는데 황 집사가 그녀를 찾았다.

"네?"

"회장님께서 오셨습니다."

"그래요?"

그녀는 침대 밑에 서류를 감추고는 얼른 1층으로 내려갔다.

"오셨어요?"

그녀는 시원의 재킷을 자연스럽게 받아 들었다. 벼리도 노력해 볼 생각이었다.

"식사는 하셨어요?"

"아직."

그의 얼굴은 아직 미안함으로 가득 차 있었다.

"그럼 같이 먹어요. 얼른 옷만 갈아입고 나오세요."

"응."

그와 같이 2층으로 올라간 시원은 방 안에 들어서자마자 벼리의 입술을 삼켰다.

"너무 그리웠어."

"읍!"

그는 미안해서 그런지 어느 때보다도 더 깊은 키스를 했다. 그 바람에 벼리는 결국 서류를 보지 못하고 말았다.

다음날 아침, 벼리는 시원이 출근하자마자 침대 아래의 서류를 뜯어보았다. 그리고 멍하게 넋을 놓고 앉아 있었다. 서류에는 명예회장이 시원에게 보낸 편지 내용이 들어있었다. 왜 그녀가 유산의 상속자가 되었는지에 관한 내용과 함께, 효산상회가 어떻게 그에게 가게 되었는지에 관한 내용이었다.

"어떻게…… 날 속일 수가 있지?"

벼리의 손이 부르르 떨렸다. 그리고 혹시나 자신이 내용을 잘못 이해했을까 싶어 다시 한 번 더 차근차근 서류를 읽기 시작했다.

처음부터 미안하다는 내용이 적혀 있었다. 살아오면서 마음속에 빚으로 남아 있다는 말이었다. 아버지를 꼬여 어머니와 도망가게 만든 그는, 나중에 할아버지가 돌아가셨을 때 딸이 돌아오면 주라는 내용을 평생 말하지 않았다고 했다.

그러니까 중간에서 어머니의 재산을 가로챈 것이었다. 그렇게 효산상회가 밑거름이 되어 지금의 효산그룹이 되었다는 내용이었다. 하지만 더 충격적인 건 나중에 아버지가 그를 찾아갔을 때 문전 박대했다는 내용이었다.

가진 재산을 빼앗길까 봐 그는 그녀의 아버지에게 약간의 돈을 주고는 다시는 그의 근처에 오지 말라는 말도 했다는 것이었다. 한때 돈에 노예가 되어 그랬으니 이해하라는 말이었다. 하지만 그녀는 어린 시절 엄마와 아빠가 경제적으로 많이 어려웠다는 걸 알았다. 그래서 그녀가 아역 배우가 되었고 어릴 때부터 생계에 나선 것이었다.

거기에 경제적으로 어려운 아버지가 극단적인 선택까지 하면서 그녀는 13살이란 어린 나이에 생계를 위해 배우의 길을 택할 수밖에 없었다. 그런 배경에 송석민 회장이 있었다.

효산그룹을 지키기 위해서 그는 아버지와 어머니를 속이고 아버지를 죽음으로 내몰았다. 그리고 더 마음을 아프게 하는 건, 그런 엄마가 아팠을 때 돈이 없어서 제대로 손을 써 보지도 못했다는 것이었다.

배우란 직업이 겉보기엔 화려해 보여도 실상은 그렇지 않았다. 수입이 불규칙하기 때문이었다.

"이건 아니잖아……."

은인이라고 생각했던 송 명예회장은 그녀의 재산을 빼앗은 원수였고, 마음을 빼앗긴 남자는 알고 보니 원수의 아들이었다.

"나더러 어떻게 하라는 거야!"

마음이 진정이 되지 않자 손이 떨리기 시작한 벼리였다. 이대로 이곳에, 아니 그와 한 공간에서 살 수는 없었다. 벼리는 뭔가에 홀린 것처럼 가방 하나만 들고 집을 뛰쳐나왔다. 다행히 그녀에겐 집을 팔고 남은 돈이 있었다.

그가 준 신용카드와 그녀가 가진 모든 걸 두고 벼리는 그렇게 시원과 작별을 고했다.

10. 너 없는 나

불도 켜지 않은 채 시원은 술병과 함께 며칠째 침실에 처박혀 나오지 않고 있었다. 다솜은 걱정스러운 눈길로 황 집사에게 물었다.

"얼마나 된 거죠?"

"3일째 저러고 계십니다."

시원은 회사에 나오지도 않고 집 안에만 있었다.

"후……."

한숨이 절로 나왔다.

"언니한테 연락은요?"

"없습니다."

"왜 그런지 이유는요? 둘이 싸웠어요?"

"아뇨, 너무 좋으셔서 걱정이었는데……."

황 집사가 답답한지 말을 잇지 못하고 있었다.

"뭔가 수상합니다."

"뭐가?"

영욱이 인상을 쓰며 말했다.

"회장님께서 전에 없이 여자와 술을 마시고 잠자리를 한 그 사건부터, 갑자기 사모님이 집을 나가신 것도. 모두 너무 이상해서요."

"왜 이상한데?"

"그걸 찾아야겠죠."

"지금 장난해?"

하나 있는 오빠가 어떻게 될까 봐 걱정인 다솜에게 영욱의 추상적인 말은 화를 돋울 뿐이었다.

"지난번 회장님과 함께 있던 여자에 대해 조사 중입니다."

"그래?"

"네."

그때, 옆에서 그들의 이야기를 듣고 있는 도우미를 다솜이 발견했다.

"이봐요!"

"네?"

도우미가 당황한 표정을 짓더니 뒷걸음질을 쳤다.

"이리 와 봐요."

"저요?"

"거기 당신뿐이 더 있어요?"

도우미가 그들을 향해 왔다.

"뭐예요?"

"무슨…… 말씀이신지?"

"왜 우리 얘기 엿들어요?"

"아닙니다."

"아니긴. 아까부터 들어 놓고?"

어릴 때부터 다솜은 집 안에 수많은 첩자를 보고 자랐다. 회사의 비밀을 알고자 그녀의 집에 도우미로 위장해서 들어온 사람들이 많았다. 그래서 신분 조사를 철저히 하는 본가였다. 하지만 이곳은 본가의 분위기와는 다르게 도우미들을 아르바이트처럼 며칠씩 쓰는 때도 있었다. 그러면 반드시 사달이 나게 되어 있었다.

"강희주 씨, 빨리 말씀드려요. 청소 시간도 아닌데 이곳엔 왜 왔죠?"

황 집사가 엄한 목소리로 물었다.

"제가 잘 몰라서, 그래서 그냥……."

"황 집사님, 여기 CCTV 좀 돌려 볼까요?"

"네, 아가씨."

황 집사도 난감한 표정으로 그녀에게 말하고는 서둘러 그들을 안내했다. 역시나 벼리가 사라지기 전날 그 도우미가 뭔가를 침실에 두고 나오는 게 보였다.

"뭐야? 도대체 뭘 두고 온 거야."

"그게……."

"빨리 말해."

"저도 시키는 대로만 해서 내용은 잘 몰라요."

"누가 시켰는데?"

"직업소개소에서 일당을 세 배로 준다고 해서……."

"도우미 데리고 직업소개소 가 봐."

"네."

영욱이 도우미를 데리고 그녀를 소개한 직업소개소로 향했다.

"황 집사님은 오빠 방에서 그 서류 좀 찾아봐 주세요."

"네."

다솜은 머리가 아파 오기 시작했다. 하지만 일단은 벼리를 찾는 게 급선무였다.

"여보세요?"

[네, 아가씨.]

"새언니 찾는 데 인원을 더 늘려야 할 것 같아요. 경찰에게 알리지 말고 조용하게 처리해 주세요. 돈은 얼마든지 들어도 좋으니까, 빨리 찾아요."

[네.]

"언니…… 도대체 어디에 있는 거예요?"

여기저기 전화를 하고 있는데 황 집사가 황급하게 그녀에게 다가왔다.

"찾았어요?"

"네."

구겨진 서류봉투 안에는 복사되어 있는 편지가 들어 있었다. 두려운 마음이 들기는 했지만 다솜은 빠르게 편지를 읽어 내려갔다.

"아빠!"

다솜은 왜 벼리가 이 집을 떠날 수밖에 없었는지 그 이유를 알아 버렸다. 오빠에게 말을 하려고 했지만, 시원은 지금 인사불성인 상황이었다.

"일단 주치의 불러서 오빠 술부터 좀 깨게 만들어 봐요."

"네."

주치의도 어쩔 수 없겠지만 일단 빠르게 오빠가 정신을 차려야 뭔가가 될 것 같았다.

"여보세요?"

회사에서 걸려 온 전화였다.

"유 사장님, 어쩐 일로?"

[큰일 났습니다. 송 사장님이 임시 주총을 열려고 하고 있어요.]

"숙부가요?"

[네, 지금 회장님이 며칠째 자리를 비우시는 틈을 타서 행동할 모양인데…….]

틈을 노리는 숙부였다.

"알았어요. 제가 회장님 모시고 처리할게요."

"오빠!"

속이 상한 다솜이 소파에 널브러져 있는 시원을 향해 소리쳤다.

"이러고 있을 때가 아니라고!"

속에서 천불이 났다. 그리고 벼리가 걱정되기 시작했다.

"언니, 미안해요."

송 명예회장이 벌인 일은 무서운 일이었다. 벼리가 효산그룹을 원수로 생각할 수도 있는 문제였다. 아버진 벼리가 행복하면 자신의 잘못은 용서가 될 거라고 생각한 모양이었다. 하지만 그건 아버지의 계산 착오였다.

3년 후.

별이 쏟아진다는 게 이런 것이구나를 생각하며 창식은 잔디밭에 누워 별을 보고 있었다. 이렇게 전원생활을 한 지 5년이 되어 가고 있었다. 소설을 쓴답시고 집을 뛰쳐나와 벌인 일이었다.

하지만 지금 그는 이 자연과 더불어 살며 영화 시나리오를 쓰고 있었다. 가끔 드라마도 쓰는데 행운이 따르는지 연속해서 히트였다. 그래서 지금은 몸값 좀 한다는 작가가 되어 있었다.

머리가 복잡할 때면 이렇게 정원의 잔디밭에 누워 하늘을 보는 게 그의 취미였다.

그가 누워서 보는 건 밤하늘의 별만이 아니었다. 그와 3년째 같은 집에서 사는 벼리도 그의 별이었다. 잡을 수 없는 건 밤하늘의 별이나 인간 벼리이나 매한가지였다. 그의 가슴을 뛰게 하는 것도 마찬가지고, 그에게 영감을 주는 것도 똑같았다.

"공기가 차요."

벼리가 무릎 담요를 가지고 나왔다.

"여름인데요, 뭐."

"그래도 감기 걸리시면 작가님 고생하시니까, 덮으세요."

"벼리 씨!"

"네?"

"푸름이는요?"

"자요."

"그럼 우리 커피 한잔할까요?"

"제가 타 올게요."

벼리가 커피를 타서 정원으로 가지고 나왔다.

"안 피곤해요? 종일 집안일 하면 피곤할 텐데."

"글 쓰시는 작가님보다는 나아요."

"벌써 3년이네요."

"그러게요. 처음에 작가님이 아니었다면 정말 힘들었을 거예요."

"아니에요. 다 하진이 녀석이 꾸민 일이죠."

하진이는 그의 후배였다. 강원도 산골에 사는 그에게 아름다운 천사를 보내 준 것 말고는 득이 될 게 하나도 없는 녀석이었다. 거의 매일 전화를 걸어서 벼리가 어떻게 지내냐고 묻는 통에 마감이 가까울 때면 인연을 끊어 버리고 싶은 심정이었다.

하지만 솔직히 벼리와 푸름을 보고 있으면 그깟 짜증쯤은 순식간에 사라졌다.

"으으윽!"

그리고 그의 집엔 방해꾼이 또 하나 있었다.

"난 없냐?"

머리를 긁적이며 나오는 이는 바로 작사가 유나였다.

"진상!"

저런 거지꼴을 하고 어떻게 그렇게 아름다운 가사를 쓰는지 창식은 정말 하나도 이해가 되지 않았다.

"여기 있어요."

"땡큐, 사랑한다. 쪽!"

부러운 것. 언제나 벼리의 볼이 제 볼인 양 뽀뽀를 서슴지 않는 유나를 볼 때마다 창식은 부러움에 몸을 떨었다.

"떨어져."

"왜?"

"벼리 씨, 바이러스 옮아."

"뭐?"

"너, 언제 씻었어?"

"그제."

아주 당당하게 말하는 유나 때문에 창식은 고개를 흔들었다.

"언니, 냄새 안 나요. 원래 예술가는 다 그런 거예요."

거기에 벼리는 언제나 유나 편이었다.

"여기는 서울하고 다르게 별이 쏟아지는 것 같네. 펄 파우더를 하늘에 뿌려 놓은 것 같아."

사람들이 예뻐지기 위해 얼굴에 화장한다면, 유나는 표현에 화장을 시키는 여자였다. 자신의 감정을 이야기할 때는 예쁜 말들을 많이 했다.

"나한테도 그렇게 말해 주면 안 돼?"

"뭘?"

"예를 들어. 얼굴에 빛이 나서 눈이 부신다든지? 너무 멋지게 생겼다든지 뭐 그런 거."

"너는 표현력이 그 정도밖에 안 되는데 어떻게 글을 쓰냐?"

"그래서 스릴러만 쓴다."

"그래, 좀 잔인한 성향이 없지 않아 있지. 벼리야, 저 녀석 조심해라."

"뭐?"

"흑심이 가슴 한가운데 가득 찼다. 조금 있으면 기어 나올 것 같아."

"야!"

유나가 새끼손가락으로 귀를 팠다.

"들어가자. 시끄럽다."

"네."

유나가 벼리를 끌고 안으로 들어가 버렸다.

"저건 친구도 아니야."

Rrrrrrr—

꼴 보기 싫은 하진의 전화였다.

"왜? 내가 벼리 씨 잡아먹을까 봐 또 전화야?"

[응.]

김새게 대답이 간결했다.

[벼리는?]

"내 배 속에 있다."

[좋은 말 할 때 꺼내.]

"왜?"

[우리 벼리 뭐 하고 있나 해서 걸었지.]

"넌 여자 없냐?"

[있어.]

"그러면 제발 벼리 씨는 놔 줘라."

[형이나 벼리한테 흑심 품지 마. 형이 흘린 침이 서울까지 흘러오니까.]

"지랄, 잘 있으니까 너도 그만 전화해."

그는 전화를 뚝 끊어 버렸다. 다들 도움이 안 되는 녀석들이었다.

벼리는 아기 침대에 잠들어 있는 푸름을 보며 긴 한숨을 쉬었다. 아빠를 닮아서 그런지 또래보다 훨씬 큰 푸름이었다.

"침대가 좀 작지 않아?"

유나가 벼리와 나란히 서서 침대를 살폈다.

"그런 것 같아요."

"내가 모레에 서울에 가니까 그때 가서 사서 올게."

"네, 감사해요."

"마음에 드는 거 인터넷으로 찾아보고 말해 줘."

아빠를 똑 닮은 푸름은 올해 두 살인데도 키가 또래보다 컸다.

"매번 신세를 져서 어떻게 하죠?"

"그렇게 하려고 같이 사는 건데 너무 미안해하진 마. 나도 벼리가 해 준 밥 공짜로 먹고 있잖아."

처음에 이 집에 오게 된 건 하진이 덕분이었다. 그녀는 집을 나와서 갈 데가 없었다. 아무 생각 없는 그녀를 하진이 도와주었다. 그리고 이곳에 온 지 얼마 되지 않아서 그녀는 임신 사실을 알게 되었다.

지금 푸름의 호적은 유나의 아들로 되어 있었다. 만약에 그녀의 이름으로 되어 있다면 벌써 시원이 그녀를 찾았을 것이기 때문에 나름 또 신세를 지고 있었다.

유나는 한 번 결혼한 적이 있는 이혼녀였고 창식은 상처(喪妻)를 한 사람이었다. 둘은 대학 동기로 서로 앙숙이지만 서로를 아끼는 아주 이중적인 친구들이었다.

그들은 그녀가 오기 2년 전에 이곳에 집을 짓고 살고 있었고 그녀가 이곳에 이사 오면서 집은 한 채가 더 생겼다. 이곳은 정원을 공유하고 각각 세 채의 집에서 따로 살림하면서 살았다.

이웃은 소나무였고 택배도 오지 않는 오지였다. 그래서 모든 생활용품은 창식이나 유나가 서울을 갈 때나, 아니면 시내에 갈 때 사 왔다. 벼리는 아기 병원에도 직접 가지 않았다. 얼굴이 알려진 벼리가 아기를 데리고 가면 안 된다고 해서 유나와 창식이 푸름을 병원에서부터 놀이공원까지 다 데리고 다녔다.

고마운 사람들이었다. 그들은 벼리에게 제2의 가족이었다.

"우리가 너무 자연인의 삶을 사는 것 같아."

"그런가요?"

"응, 아직 도시로 나가고 싶은 마음은 없는 거야?"

"아직은요. 하지만 푸름이가 유치원이나 학교에 다니려면 도시로 돌아가든지 아니면 외국으로 가야겠죠."

"나도 외국에서 살고 싶어. 푸른 바다가 펼쳐지는 곳도 좋고. 아름드리나무가 가득한 숲 속의 생활도 좋고."

"한번 생각해 봐요."

"알았어. 오늘도 고생했고, 잘 자."

"네, 언니도요."

푸름의 얼굴을 다시 한 번 쓰다듬은 벼리는 자신의 침실로 향했다.

효산그룹의 신사옥의 오픈일이었다. 기존의 사옥은 외국계 기업에 비싼 값으로 팔았고 이번의 신사옥은 벌써 땅값이 들썩이고 있을 정도로 입지 조건이 아주 좋은 곳이었다. 유달리 부동산 운이 좋은 시원은 이렇게 건물로만 많은 차익을 얻고 있었다.

"3년간의 대장정이 오늘로 끝이 났습니다."

계열사 사장들이 그에게 이렇게 말하며 박수를 보냈다. 다들 기쁜 표정으로 있는데 유일하게 철민만이 벌레 씹은 얼굴로 혼자 떨어져 있었다.

"회장님 행사 시작입니다."

허 실장이 그를 안내했다. 행사가 진행되는 동안 시원은 만감이 교차하고 있었다. 그에겐 어느 때보다 치열하게 살았던 3년의 세월이었다.

벼리가 떠나고 그는 모든 걸 놔 버리고 알코올에 의지하며 살았다. 왜 그녀가 그를 버리고 갔는지 몰랐기 때문이었다. 하지만 그녀가 왜 떠났고 그 편지를 준 사람이 다름 아닌 숙부였다는 것에 놀라 그는 3년 동안 정말 일만 하면서 살았다.

물론 벼리를 찾기는 했지만, 하늘로 솟았는지 땅으로 꺼졌는지, 벼리의 행방이 묘연했다. 그는 3년 동안이나 대규모로 전문가들을 동원해서 벼리를 찾는 중이었다.

그의 눈이 이 사건의 발단인 숙부에게로 향했다. 숙부만 아니었다면 벌써 경찰에 넘겼을 테지만 그는 그렇게까지는 하지 않았다. 다만 3년 전 숙부의 편을 들었던 모두를 가지치기하듯이 다 잘라 버렸다. 대대적인 숙청이었다.

그 후로 숙부는 말없이 살고 있었다. 하지만 언제까지 얌전히 있을지 그건 아무도 몰랐다.

"회장님, 축하드려요."

다솜이 그의 옆에 와서 앉았다.

"고맙다."

다솜은 작년 결혼과 동시에 효산통신의 사장이 되었다. 물론 영욱은 여전히 다솜의 비서지만 말이다. 영욱에게 다른 부서로 발령을 내 준다고 했지만 거절당했다. 그는 다솜을 지키고 싶다고 말했다.

아주 지독한 사랑이었다.

“김 실장이 오늘 축하주 한잔하자고 하던데?”

“그럴까?”

“퇴근하고 와.”

영욱과 다솜은 본가에서 어머니를 모시고 살았다. 그게 영욱의 아파트에서 사는 것보다 여러모로 좋기 때문에 그렇게 결정했다.

“그리고 아직 연락 없어?”

“응.”

어머니는 벼리가 그렇게 사라지고 나서 아버지의 편지 내용을 듣고는, 마음에 걸리는 부분이 있으신지 더욱더 애타게 벼리를 찾고 계셨다. 집안 식구들이 모두 벼리를 걱정하고 있었다. 그리고 그는 아직도 벼리가 그리웠다.

퇴근 후에 그는 영욱과 술 한잔하기 위해 정원의 야외테이블에 앉았다.

“오랜만에 오셨네요. 형님.”

"그러게. 그동안 너무 바빠서."

영욱이 그의 잔에 위스키를 따랐다.

"오빵!"

오글거리는 콧소리를 내며 다솜이 영욱의 옆에 착 붙었다.

"덥다."

"영욱 오빠는 괜찮다고 하는데 오빠가 왜 그래?"

"내 앞에서 그러고 싶어?"

"응, 자극을 줘야지."

"가라."

시원이 몸서리를 치며 말해도 다솜은 아직도 영욱에게 찰거머리처럼 붙어 있었다.

"형님, 기분 나쁘게 듣지 마시고……."

"기분 나빠."

무슨 말을 할지 뻔히 알기에 그가 영욱의 말을 잘랐다.

"오빠, 우리나라가 무슨 대륙도 아니고. 외국으로 출국하지 않은 이상 언니를 못 찾을 이유가 없을 것 같아."

"조금 더 인원을 늘리든지 아니면 업체를 바꾸든지 해야 할 것 같습니다."

다솜과 영욱이 걱정되는지 조심스럽게 말을 꺼냈다.

"내가 안 했다고 생각해? 우리나라에 더는 바꿀 업체가 없어."

화가 난 그가 자리에서 일어났다.

"다시는 말 안 꺼낼게요. 앉으세요."

"……."

"저희도 답답해서 그러죠. 어머님도 걱정하시고."

"아직은 아니야. 절대 포기 안 해."

"오빠!"

"그러니까 너도 그만해."

시원이 정말 화를 내자 다솜이 꼬리를 내렸다.

"미안해."

"후……."

"형님, 받으세요."

영욱이 빨리 화제를 전환했다.

"이번에 신사옥은 너무 멋지던데요? 서울 외곽이라서 문제가 될 줄 알았는데 지하철이 놓이질 않나 어쨌든 대박 예감이 듭니다."

"나도 그런 것 같아."

다솜도 영욱의 말을 거들고 있었다. 술에 취해 가자 더욱 더 벼리가 생각이 나는 시원은 술만 계속해서 마시고 있었다.

"오빠 천천히 마셔."

"느는 건 술밖에 없는 것 같아."

"다솜이는 들어가."

영욱이 다솜을 방으로 들여보냈다.

"술 더 드시고 싶으시면 드세요. 제가 방까지 친절하게 모셔다드리겠습니다."

"영욱아."

"네, 형님."

"여기가 아프다."

그가 가슴을 손으로 쳤다.

"……꼭 찾으실 겁니다."

영욱이 다시 그의 잔에 술을 부어 주었다. 시원은 위스키를 마시고 또 마셨다. 술에 취해도 벼리가 그리운 건 변하지 않았다.

"엄마."

"응, 푸름아."

"서울에 나 혼자 가?"

또래보다 말도 빠른 푸름은 요즘 뭐든지 궁금한 게 많았다.

"다녀와, 이모가 푸름이랑 놀이동산 가 준다고 했으니까."

오늘 유나가 푸름을 데리고 서울의 놀이동산에 가 주기로 했다. 유나의 친동생네 식구들과 같이 가는 모양이었다.

"난 엄마랑 같이 가고 싶어."

요즘 부쩍 그녀를 찾는 푸름이었다.

"오늘은 유나 이모랑 다녀와. 푸름이는 씩씩하니까 잘할 수 있지? 거기에 사자도 있다고 했어."

"정말?"

"응."

요즘 푸름은 사지와 공룡에 푹 빠져 있었다.

"부탁할게요."

"알았어."

"창식아, 가자."

오늘은 그녀 혼자 집에 있는 날이었다.

"잘 있을 수 있죠?"

창식이 걱정 가득한 얼굴로 그녀를 보고 있었다.

"그럼요."

"빨리 와. 푸름이가 빨리 가자고 난리야."

"알았다. 알았어."

"이거."

시내에 나가는 길에 들어오면서 사 올 물건의 목록이었다. 그리고 그에게 봉투 하나를 주었다.

"이건 저녁 식사하시라고."

"아니에요."

"제가 미안해서 그래요."

그녀는 억지로 창식의 주머니에 돈을 넣어 주었다. 그렇게 사람들을 보내고 버리는 이불 빨래를 시작했다. 조용할 때 하는 일이었다. 이불 빨래를 하고 나면 시간도 잘 가고 저녁에 잠도 잘 왔다.

이곳엔 다행히 전기가 잘 들어왔다. 도시가스는 들어오지 않아서 기름보일러를 가동시키고 있었지만, 지하수도 잘 나오고 특별히 불편한 건 없었다.

"빨래나 해 볼까."

그녀는 이불을 가져다가 커다란 통에 세제와 함께 넣고는 다리로 밟기 시작했다. 하늘을 지붕 삼아 이렇게 있으니 가슴이 탁 트이는 기분이었다. 거기다가 라디오까지 틀어 놔서 혼자라는 생각은 들지 않았다.

라디오에서 뉴스가 흘러나왔다. 음악도 아닌데 사람 목소리가 들리니 그것 또한 듣기 좋았다.

[오늘 효산그룹 송시원 회장이……]

이름만 들어도 심장이 벌렁거렸다. 이래서 뉴스를 잘 안 듣는데 오늘은 실수한 것 같았다. 그녀는 맨발로 라디오가 있는 평상까지 부리나케 가서 전원을 꺼 버렸다. 그리고 평상에 한참을 앉아 있었다.

“3년이나 지났다고…….”

하지만 지금까지 그를 향한 마음은 변하지 않은 것 같았다.

“미쳤어.”

벼리는 이렇게 말하며 한동안 그렇게 멍하게 앉아 있었다.

다솜은 오늘 효산통신의 행사에 참석하기 위해 HS랜드에 왔다. 요즘 아이들이 예뻐 보이는 게 빨리 아기를 가져야겠다는 생각을 하고 있었다. 오늘은 아이들이 좋아하는 캐릭터들과 함께 효산통신의 홍보행사를 하고 있었다. 솔직히 그녀는 이런 가식적인 일을 하는 걸 싫어했지만 사장의 임무 중에 하나가 가식이었다.

“으으으…….”

“왜 그러십니까?”

“오글거려서.”

한참을 돌아다닌 다솜이었다. HS랜드가 얼마나 넓은지 다리가 아파 죽을 지경이었다.

“츄러스 하나 먹을까?”

잠깐 쉬는 시간에 그녀는 평소에 먹어 보지 못한 놀이동산에

서만 먹을 수 있는 음식이 먹고 싶었다.

"그러지 뭐."

"츄러스 하나 주세요."

영욱과 함께 무리에서 빠져나온 다솜은 츄러스를 파는 매점 앞에서 주문했다.

"어?"

그런데 그때 누군가 그녀의 바지를 잡아당겼다.

"이모, 내가 먼저야."

그녀의 허리에도 안 오는 조그만 남자아이가 자신이 먼저라고 말했다.

"어? 미안. 대신에 이거 이모가 사 줄게."

"싫어. 나도 돈 있어."

"어머, 얘 좀 봐."

다솜은 어린 꼬마가 말을 너무나 잘해서 놀랐다. 옆을 보니 엄마와 아빠가 그들을 보고 있었다. 다솜이 쪼그리고 앉아서 아이를 보았다.

"……."

그런데 아이를 본 다솜은 소름이 끼쳤다. 아이가 시원의 어릴 때 모습과 너무나 판박이였기 때문이었다.

"너, 이름이 뭐야?"

"푸름이."

"엄마 이름은?"

"죄송해요. 우리 푸름이가 원칙 주의자라서."

"이모."

아이의 엄마가 아니었다. 아이는 자신이 산 츄러스를 손에 들고 이모란 여자에게 안겼다. 그리고는 아빠가 있는 곳으로 향했다.

"우리 엄마 이름은 한벼리야."

"……."

아이는 시키지 않았는데도 술술 말을 했다.

"아이가 말한 소리 들었어?"

"응……."

그렇게 말하더니 영욱이 그들을 따라가기 시작했다. 다솜은 머리가 터질 것 같았다. 그런데 왠지 그 아이가 시원의 아들이자 그녀의 조카일지 모른다는 막연한 생각이 들었다.

"새언니……."

오빠를 위해서 반드시 벼리를 찾아야 했다. 안 그랬다가는 오빠가 제 자식도 못 본 채 늙어 죽게 할 것 같았기 때문이었다.

"어디야?"

그녀는 영욱에게 전화를 걸었다.

[지금 놀이공원을 빠져나갈 것 같아.]

"그럼 미행해. 분명히 뭔가가 있어."

[알겠습니다. 마눌님.]

영욱은 아직도 그녀의 비서였다. 언제나 그녀의 옆을 지켜주고 싶다고 임원 자리를 마다하고 결혼 후에도 여전히 그녀의 비서로 남아 주었다. 한결같은 영욱의 마음이 고마운 다솜이었다.

유나는 머리가 아주 복잡했다. 사실 오늘 푸름을 데리고 나온 건 핑계였다. 이게 다 창식과 데이트를 하기 위함이었다. 유나는 창식을 짝사랑했다. 이 집에 둘이 내려오기 전부터 그를 좋아하고 있었다.

그리고 전원주택 생활을 하면서 더욱 그가 좋아졌다. 그도 그녀가 싫지는 않은 것 같았다. 하지만 벼리가 온 후부터 그의 시선이 벼리에게로 향해 버렸다.

"나쁜 놈."

"뭐?"

"왜?"

"욕했잖아."

귀도 밝았다.

"그냥 혼자 한 말이야."

멋쩍은 마음에 유나는 카시트에 앉아 졸고 있는 푸름을 보았다.

"피곤했나 봐."

"오늘 많이 걸었으니까."

"그런데 생각보다 HS랜드엔 푸름이가 놀 게 없더라."

"다음엔 다른 곳에 가 보자. 아쿠아리움도 좋을 것 같아."

"그것도 괜찮을 것 같다."

이렇게 이야기를 하니 꼭 아기를 가진 부부 같았다.

"넌 결혼 안 해?"

창식이 뜻밖의 질문을 했다.

"그러는 창식이 넌?"

"난 그런 아픔을 다시는 겪고 싶지 않아."

"못 잊은 건 아니고?"

"그건 아닌 것 같아. 하지만 미안한 마음이 들긴 해."

"너도 그런 사고가 날지 몰랐잖아."

창식의 부인은 교통사고로 세상을 떠났다.

"비밀 하나 말해 줄까?"

"뭔데?"

"내가 더 미안한 건, 그때 이미 마음이 돌아서 있었다는 거야. 그런 나 때문에 미애가 술을 마시고 오다가…… 사고가 난 거고."

"아니, 그건 순전한 사고였어."

"그럴까?"

"응."

그들은 그렇게 한참을 이야기를 나누며 집으로 돌아가고 있었다.

"그런데 저 차, 길 잘못 든 것 같아."

"그러네, 우리 집이 막다른 곳인데."

"알려 줘."

"어차피 차를 돌리려면 집 있는 곳까지 가야 해."

그렇게 말을 하는 동안 그들은 집에 도착했고 차는 창식의 말대로 차를 돌렸다.

"우리 왔지요. 혼자 괜찮았어?"

"이불 빨래하고 청소하니까 금방 해가 져서 쉬고 있었어요."

"밥은?"

"아직."

"그러면 삼겹살이나 구워 먹을까?"

"좋죠."

창식과 유나가 장을 봐 와서 오늘은 식재료가 아주 풍부했다. 그렇게 네 사람은 밖에서 누군가 그들을 보고 있다는 것도 모른 채 즐거운 식사를 하고 있었다.

11. 숨바꼭질의 끝

서울의 공기와는 차원이 다른 곳이었다. 뭐라고 해야 하나, 코가 뻥 뚫리는 느낌이라고나 할까? 시원은 깊게 호흡을 한 번 더 했다. 이건 공기가 좋아서라기보다는 긴장을 했기 때문이었다.

어제 영욱의 말을 듣자마자 시원은 모든 일정을 취소하고 달려왔다. 우리나라의 소나무는 다 이곳에 있는 것같이 곳곳이 다 소나무였다.

그와 함께 서울에서 강원도로 내려온 차만 스무 대가 넘었다. 하지만 그녀가 있는 곳으로는 그의 차만 들어왔다. 혹시나 놀란 그녀가 또다시 어딘가로 갈까 걱정이 되었기 때문이었다.

"후……."

"긴장되십니까?"

"아니라면 거짓말이겠지."

오늘은 영욱이 같이 내려와 주었다. 길도 알려 주고 그의 긴장도 풀어 주기 위해서였다. 허 실장도 잔뜩 긴장하고 있었다. 그렇게 노력을 했는데도 못 찾았는데 영욱이 찾았기 때문일 것이다.

허 실장은 일 처리를 못하는 걸 싫어했다. 본인이 모든 일을 다 처리하고 싶어 하는 스타일이었다.

"가시죠."

"아니, 나 혼자 가고 싶어."

"네?"

"다들 여기 있어."

"네."

그는 조용히 벼리의 모습을 보고 싶었다. 그리고 그를 너무나 닮았다는 아이도 조용히 만나고 싶었다.

다다다다!

그가 올라가고 있는데 무언가가 빠르게 달려오는 소리가 났다. 소리가 나는 쪽을 보니 언덕에서 아이가 넘어질 것 같은 포즈로 빠르게 내려오고 있었다. 아니 내리막길이라 속도 조절을 못하는 것 같았다.

"잡았다."

넘어질 것 같은 아이를 시원이 잡았다.

"놔 줘요!"

아이가 울 것 같이 말했다.

"넘어질 것 같아서……."

"으앙!"

갑작스럽게 아이가 울음을 터뜨리는 바람에 시원이 당황했다.

"왜 울어?"

"꼬꼬가 죽었어."

"어?"

"아찌가 죽였어."

아이는 닭똥 같은 눈물을 흘리고 있었다. 시원은 저도 모르게 아이의 눈물을 닦아 주다가 멈추었다. 다솜이 잔뜩 흥분한 채 말하던 그 아이인 것 같았다. 그의 어린 시절과 완전히 복사판이었다.

"푸름아!"

한 번에 알아들을 수 있는 목소리가 들렸다. 그립고 또 그리운 목소리였다.

"푸름……."

그녀도 그를 보고 있었다. 시간이 정지된 듯 모든 것이 사라지고 그녀만이 보였다. 예전 모습 그대로였다. 아니 더 건강해 보였다. 살이 찐 건 아니지만 왠지 탄탄하게 느껴졌다. 그리고 여전히 아름다웠다. 그의 심장이 터져 버릴 만큼.

"푸름아 이리 와."

"싫어."

아이가 그의 턱을 만지고 있었다. 그리고 흥미로운 눈으로 그를 보고 있었다.

"푸름아, 너 그러면 혼나."

"안 가."

아이는 단호했다.

"왜?"

벼리가 애가 타는 목소리로 아이에게 물었다.

"아빠?"

"……."

아이가 그를 아빠라고 불렀다.

"송시원, 우리 아빠지?"

갑자기 가슴을 강하게 맞은 것처럼 아프기 시작했다.

"푸름아……."

벼리가 그의 곁에 오더니 아이를 빼듯이 데리고 갔다.

"푸름아, 아찌가……."

닭을 잡은 녀석인 것 같았다. 손을 물로 씻었는지 물을 털면서 열심히 달려오고 있었다.

"후……. 올 것이 왔네."

남자도 그가 누군지 아는 모양이었다.

"푸름아."

이놈이 끝이 아니었다. 처음 보는 여자가 그들에게 다가왔다. 다행히 이번엔 여자였다.

"벼리야, 너 푸름이 데리고 들어가 있어."

정신이 온전한 건 이 여자뿐인 것 같았다.

"송시원 씨, 생각보다 늦게 찾으셨네요."

"……."

"그런데 어쩌죠? 벼리는 송시원 씨가 필요 없는데."

"누구시죠?"

"나요? 저까지 아실 필요는 없고요."

남자가 벼리의 어깨를 감싸고 집으로 가는 게 시원의 눈에 거슬렸다.

"우리는 아주 행복하니까."

"아빠!"

푸름이 아빠를 찾으며 보채기 시작했다. 시원의 가슴이 무너져 내렸다.

"이야기를 좀 해야 할 것 같습니다."

"안 돼요."

"3년간 찾았습니다. 이해해 주세요."

시원은 여자를 지나쳐 벼리에게로 빠르게 걷기 시작했다. 여자도 시원을 막지는 않았다. 아마 아이가 아빠를 찾는 게 마음에 걸린 모양이었다.

"벼리야, 잠깐 얘기 좀 해."

"전 할 얘기가 없어요."

"내가 할 말이 많아."

시원의 표정을 본 벼리가 아이를 창식에게 맡기고는 그의 앞에 섰다.

"아이가 우는데……."

그를 찾으며 울고 있는 게 마음에 걸렸다.

"아이가 아빠는 알아야 할 것 같아서 사진을 보여 줬더니 기억하고 있었나 봐요. 아주 똑똑한 아이예요."

"이름도 알려 줬어?"

"네."

"왜 나에게 말하지 않았는지 알아."

"……."

"두고 간 아버지의 편지는 다 읽어 봤어."

"……."

그는 벼리 앞에 무릎을 꿇었다.

"시원 씨!"

"아버지가 잘못했다는 거 알아. 용서받지 못할 일이라는 것도 알고. 그런데 벼리야, 용서해 줘."

"일어나요."

그는 일어나지 않았다. 일어날 염치가 없었다.

"뭐 하는 거예요? 이런다고 없었던 일이 되지는 않아요."

벼리는 단호했다.

"그래도 사과를 받아 줘. 평생 갚으면서 살아갈게."

"송시원 씨!"

"벼리야……."

"가세요."

그녀가 그를 두고 가 버렸다. 하지만 다시는 오지 말라고는 하지 않았다. 그는 집으로 향하는 벼리의 뒷모습을 멍하니 바라보았다.

"으아앙."

푸름은 울음을 그치지 않고 있었다. 어른 셋이서 아이 하나를 달래지 못하고 있었다.

"푸름이 너 진짜 계속 울 거야?"

벼리는 처음으로 푸름에게 목소리를 높였다. 그녀에게 혼이 난 푸름은 더 서럽게 울며 창식에게로 도망가 버렸다.

"이리 안 와?"

"왜 애한테 그래?"

벼리도 울음이 터질 것 같았다. 그를 막상 보니 변한 건 아무것도 없었다. 그를 향해 미친 듯이 뛰는 심장 때문에 벼리는 죽을 것 같았다.

"벼리야."

유나가 창식에게 푸름일 데리고 나가라고 눈치를 주자 창식이 푸름을 안고는 밖으로 나갔다.

"도대체 벼리답지 않게 왜 그래?"

"흑흑흑……."

참았던 눈물이 터지고 말았다.

"용서하면 안 되는데……."

"그런데?"

"자꾸 용서하고 싶어져요."

"무슨 일인지 대충 눈치는 챘다마는, 누구나 실수는 할 수 있어. 그리고 아까 보니까 여자들이 줄을 서긴 하겠더라. 나도 예전에 그 기사 본 기억이 나. 스폰서인지 뭔지.”

“그것 때문이 아니에요.”

“아니긴, 딱 그거고만…….”

아무도 그녀가 왜 이렇게 집을 나올 수밖에 없었는지 알지 못했다. 하진에게도 왜 나왔는지 말하지 않았다.

“푸름이가 아빠를 많이 그리워했나 봐.”

“…….”

그건 벼리도 느꼈다.

“아빠와 같이 사는 게 낫지 않을까?”

“…….”

그녀는 푸름을 핑계로 그에게 돌아갈까 봐 걱정이었다. 자꾸만 약해지는 마음을 다잡아야 했다.

시원이 가고 난 후에도 푸름은 한참을 아빠를 찾다가, 아침에 잡은 닭으로 좋아하는 백숙과 닭죽을 먹고 나서야 아주 즐거워졌다.

“맛있어?”

“응.”

“아침엔 날 잡아먹으려고 하더니.”

“어?”

"아니다. 많이 먹고 커 알았지?"

"응. 아니, 네."

요즘 말이 많이 는 푸름에게 벼리는 존댓말을 가르치고 있었다. 집에서는 단백질 보충을 위해 닭을 기르고 있었다. 아침이면 신선한 달걀을 얻을 수 있고 때로는 이렇게 백숙도 먹을 수 있으니 일거양득이었다.

"닭이 몇 마리나 남았어?"

"지금 15마리."

"늘었네?"

"몇 마리 늘었어."

"우리 치킨 해 먹을까?"

벼리도 유나의 말에 고개를 끄덕였다.

"가끔은 도시 음식도 먹어 줘야지."

"안 돼."

창식이 고개를 흔들었다.

"왜?"

"푸름이가 날 살인마 쳐다보듯이 봤어."

"아주 잘 먹잖아."

"이게 그건지 모르는 거겠지."

"그럼 내가 잡을게."

"내가 있는데 왜 네가 해?"

"그런가?"

오늘도 여전히 투덕거리는 두 사람을 벼리는 미소를 지으며 보고 있었다.

일요일 오전, 효산 본가에 심각한 기운이 흐르고 있었다. 어머니는 소파에서 열심히 아이의 사진을 보고 계셨고 다솜과 영욱, 그리고 시원은 그런 어머니를 말없이 바라보고 있었다.

"내 손자란 말이지?"

"네."

"안 돌아온데?"

"네, 아직은 돌아올 마음이 없는 것 같아요."

"그럼 나중엔 오고?"

어머니의 물음에 시원은 확실하게 답을 내놓지는 않았다. 그도 자신이 없었기 때문이었다.

"어떻게 해서든지 데려와."

처음으로 어머니는 눈물을 보이셨다.

"네 아버지가 큰 잘못을 저지르셨어. 시원이 네가 가서 용서를 빌어. 벼리의 마음이 풀릴 때까지 계속해서 가."

"네, 어머니."

대답은 했지만, 시원은 솔직하게 자신은 없었다. 벼리를 데려올 자신은 없었지만 벼리를 보고 싶은 마음이 너무나 컸다. 거기에 푸름이 울던 게 너무나 마음이 쓰인 그는 그대로 강원도로 향했다.

그가 도착하자 벼리를 감시하고 있는 사람들이 보였다. 벌써 며칠째 그들은 밖에서 생활을 하며 그들 모자를 지키고 있었다. 그는 직접 자신의 마이바흐를 몰고 왔다. 피곤하긴 했지만 그래도 벼리와 푸름을 본다는 생각에 좀 나은 것 같았다.

강원도의 작은 별장 같은 집은 그가 보기에도 예뻤다. 그의 눈에 평상에서 스케치북에 뭔가를 열심히 그리고 있는 푸름과 그 옆에서 열심히 빨래를 널고 있는 벼리가 보였다.

탁탁!

벼리가 빨래를 털며 열심히 널고 있었다. 그 모습이 너무 낯선 시원이었다. 서울에선 모든 일을 도우미들이 해 주고 있기 때문이었다.

"푸름아, 얼른 그리고 들어가서 간식 먹을까?"

"아니, 이거 다 그리고."

"뭘 그리는데?"

"……."

푸름은 그림에 너무 푹 빠져 있었다. 그가 푸름의 뒤로 가서 보자 푸름은 말도 안 되는 낙서를 하고 있었다. 그의 눈엔 종이와 정신없는 선만 보였다. 푸름이 똑똑하긴 한데 그림엔 소질이 없어 보였다.

"푸름아 대답해야지?"

"엄마, 푸름이, 그리고 아빠."

"……."

빨래를 널다가 말고 벼리가 푸름이 쪽을 보았다. 그리고는 그가 온 것을 그제야 알아차렸다. 둘의 시선이 또다시 뜨겁게 부딪치고 있었다.

"……왔어요?"

"어."

"아빠!"

푸름은 낯도 가리지 않고 그에게 달려들었다. 그는 푸름을 꼭 끌어안았다. 아이가 제법 묵직했다.

"왜 왔어?"

"푸름이 보고 싶어서."

"정말? 그런데 왜 갔어!"

"……."

아이는 그가 가 버린 게 서운했던 모양이었다.

"아빠는 돈 벌러 간 거야, 우리 푸름이 장난감 사 줘야 하니까."

"사자."

"어?"

"사자 사 줘."

푸름은 아빠가 정말로 사자를 사 줄 수 있는 사람이란 걸 아는지 모르는지 계속해서 사자 타령이었다.

"사자 사 줄게."

"사자 인형이에요."

벼리가 그의 생각을 읽었는지 그렇게 말했다.

"사자 인형 사 줄게."

"네."

"푸름아, 유나 이모한테 과자 좀 주세요, 라고 해."

"네."

푸름이 들어가자 벼리와 마주한 그는 기분이 아주 묘했다. 마치 첫사랑을 만난 설렘이 있었다.

"어쩐 일이세요?"

"언제까지 여기 있을 거야?"

"생각 중이에요."

"더는 안 돼."

"뭐가요?"

"이렇게 내 곁에서 떨어져 있는 거."

그는 만약 벼리가 또다시 사라진다면 이제는 무너져 버릴 것 같았다.

"3년 동안…… 너무 힘들었어."

"……."

"매일 밤 술이 아니면 잠을 이룰 수가 없었어."

"……돌아가세요."

그의 말에 그녀가 돌아섰다. 순간 화가 나서 참을 수가 없는 시원이 벼리의 손을 잡고는 그의 차로 데리고 갔다.

"뭐 하는 거예요?"

"대화."

"이게 대화예요? 끌고 가는 거지."

"조용한 곳이 필요해."

그는 자신의 차에 벼리를 태웠다.

"아파요."

차에 탄 벼리가 손목을 만지며 말했다. 시원은 벼리의 가는 손목을 다시 잡았다. 하지만 이번엔 손목에 입술을 맞췄다.

"……."

놀란 벼리가 손을 빼려 했지만, 그가 놓아 주지 않았다. 놓을 수가 없었다. 그들의 시선이 뜨겁게 얽히고 있었다.

"이러지 말아요."

"왜?"

"그냥…… 이러지 말아요."

"난 벼리를 원해. 지금도 키스하고 싶어서 죽을 것 같아. 내 모든 자제력을 모아서 참고 있는 중이야."

그녀가 그를 보고 있었다. 검은색 눈동자 안에 그가 가득 자리 잡고 있었다.

"난 아직……. 읍!"

시원은 더는 참을 수가 없어서 그녀의 입술을 삼키고 말았다. 미친 듯이 그리웠던 입술이었다. 석고대죄해도 모자랄 상황이었지만 그의 이성은 벼리를 보는 순간 무너져 버렸다. 키스가 깊어질수록 자세가 불편했다. 그래서 그는 벼리를 안아서 그의 무릎에 앉혔다. 지금 벼리는 핸들과 그 사이에 있었다.

"으으음."

그녀가 신음하는 사이 그의 혀가 그녀의 입안으로 들어갔다. 그리고 미친 듯이 입안을 휘젓고 다니기 시작했다. 그의 손은 이미 벼리의 가슴에 가 있었다. 그녀의 면 티셔츠가 그렇게 야릇해 보일 수가 없었다.

"그만해요."

그녀가 거부했지만, 그의 손을 치우진 않았다. 시원은 그만두는 대신에 벼리의 티셔츠를 들어 올렸다. 찢지 않으려고 노력한 건 하늘만이 아실 것이다. 그리웠던 가슴이 그의 눈앞에 있었다. 망설일 필요가 없었다.

"하앗!"

그가 단번에 브래지어를 가슴 위로 올리고 유두를 빨기 시작했다.

츄읍츄읍——

"아흐, 사람들이……."

그가 의자를 뒤로 젖혔다. 그리고 그녀와의 위치를 바꾸었다. 그녀가 그의 밑에 있었다. 그는 서둘러 그녀의 치마를 걷어 올리고 팬티를 단번에 찢어 버렸다.

쫘악!

"시원 씨!"

"헉헉, 욕을 해도 좋고 원망을 해도 좋아. 3년 동안 너만 생각한 난 지금 널 갖지 않으면 죽을 것 같아……."

"……."

바지를 내리고 페니스를 빼낸 시원은 이미 촉촉하게 젖어 있는 그녀의 질 안에 자신의 페니스를 밀어 넣었다.

"아악!"

"윽! 너무 빡빡해."

그녀의 질은 3년 전과 다름없이 좁았다. 그동안 남자가 없었다는 것이다. 그는 너무나 기쁜 나머지 그녀의 입술을 거칠게 삼켰다. 그리고 그녀를 뜨겁게 안기 시작했다. 그의 현란한 허리짓에 벼리는 뜨거운 신음을 내고 있었다.

그의 페니스를 빨아들이는 질 때문에 정신이 혼미해지고 있는 시원이었다. 거기다가 눈앞에서 흔들리는 그녀의 풍만한 가슴은 3년 동안 꿈속에서 그리던 것보다 더 탐스러웠다.

"벼리야……. 윽!"

그녀의 질이 그의 페니스를 조이고 있었다. 터질 듯한 욕망이 그의 이성을 잡아먹은 것 같았다.

츄읍츄읍!

그가 정신없이 그녀의 유두를 빨기 시작했다. 유두는 푸름을 낳아서 그런지 예전의 핑크색보다 더 진한 색이 되어 있었다. 그리고 유두의 크기도 커졌다. 모든 게 예전보다 더 좋았다. 농염해진 벼리의 몸에 그는 미칠 것 같은 욕망을 느끼고 있었다.

"아흐."

벼리가 신음을 내뱉으며 리듬을 타기 시작했다.

"으윽!"

벼리의 움직임에 그의 페니스는 곧 터질 것처럼 반응하기 시작했다.

"벼리야……."

그가 벼리의 이름 수없이 부르며 그녀를 차지하고 있었다. 시원은 지금 뜨거운 열기에 타 버릴 것 같았다. 차 안이 그들의 열기로 후끈했다.

"으윽, 더는 힘들어."

"아아앙."

벼리의 신음과 함께 그는 자신의 분신들을 그녀 안에 모조리 쏟아냈다.

"헉헉."

기분 좋은 숨소리가 그의 입에서 계속해서 나오고 있었다. 이렇게 멋진 섹스는 오랜만이었다. 그는 자신의 무릎 위에서 늘어져 있는 벼리를 꼭 끌어안았다.

"흑흑흑……."

거친 숨소리인 줄 알았는데 벼리가 울고 있었다.

"벼리야."

"흑흑흑……."

"내가 미안해……. 용서하란 말은 차마 못하겠어."

그가 벼리를 꼭 끌어안았다. 그들은 아직 연결된 상황이었다. 그도 벼리도 떨어질 생각이 없는 것처럼 그렇게 꼭 달라붙어 있었다.

"벼리야, 네가 원하는 대로 다 해줄 테니까. 또 사라지지만 마."

"……."

"제발 부탁이야……. 너가 없는 동안 난 거의 죽은 사람 같았다."

"시원 씨……."

"난 여전히 널 사랑해. 그리고 또…… 너와 푸름이를 지켜 주고 싶어."

벼리는 그의 가슴에 얼굴을 묻고는 한참을 더 울었다. 시원의 가슴이 찢어질 것 같았다. 벼리가 진정이 되고 몸을 일으키려고 했다.

"시원 씨?"

"윽, 벼리야."

시원은 고통에 얼굴을 일그러트리고 있었다.

"녀석이……."

그의 페니스가 다시 그녀의 질 안에서 부풀어 있었다. 너무 오랜만이라서 그런지 미친 듯이 벼리를 원하는 그의 페니스였다.

"벼리야……."

"흡!"

그가 다시 벼리의 입술을 물었다. 처음보다 더 그녀를 원하고 있었다. 그녀의 입술을 미친 듯이 빨고 그녀의 유두를 손으로 자극하기 시작했다. 그의 페니스는 촉촉하게 젖어 있는 그녀의 질을 차지하고 있었다.

시원은 벼리의 몸을 또다시 탐하고 말았다. 또 한 번의 섹스 후에 그들은 차에서 내렸다.

"내일은 출장이 있어."

"……."

"모레 다시 올게."

"일하세요. 그리고 어디 안 도망가니까 길가에 계시는 분들은 철수시켜 주시고요."

"그건 안 돼."

시원은 불안했다. 벌써 2번이나 도망을 간 벼리였다.

"안 돼, 절대로. 2번이나 내 곁을 떠났어."

"……."

"또 숨기는 얼마나 잘 숨는지……."

그의 말에 벼리가 피식 웃었다.

"제발, 이번은 내가 하는 대로 놓아 둬. 이번에도 사라지면 난 정말 죽을 것 같아."

그는 진심이었다.

"가요."

"알았어."

그가 다시 벼리를 안았다.

"데려가고 싶다. 널 내 주머니에 넣어 가고 싶어. 그럼 이렇게 불안하지는 않을 것 같아."

"아무 데도 안 갈 테니까. 가요."

"믿을게."

그는 떨어지지 않는 발걸음으로 서울로 향했다.

12. 행복으로 가는 길

벼리는 요리를 하다 말고 창밖을 멍하게 보고 있었다. 창밖엔 시원과 푸름이 신나게 뛰어놀고 있었다.

"여기가 정글이네."

유나가 기가 막힌다는 듯이 사자 인형들을 발로 밀며 그녀 곁으로 왔다.

"다음엔 금은보화를 좋아한다고 말해."

"뭐요?"

"사자 좋아한다고 이렇게 집 안을 사자 소굴로 만들어 놓았는데 금은보화가 좋다고 하면 그렇게 해 줄 거 아냐?"

"그럴 사람이긴 하죠."

“난 마당에 있는 사자 미끄럼틀하고 사자 그네에 두 손 두 발 다 들었어.”

“저도 그런 모양이 있다는 거 이번에 알았어요.”

“올 때마다 저런 걸 가지고 오니 푸름이가 아빠라고 하면 눈동자가 하트로 변해. 알아?”

“알아요.”

“재벌 아빠가 좋긴 좋구나.”

유나의 말에 벼리가 웃었다.

“창식이는 아주 꼬리를 내렸어.”

“왜요?”

“상대가 안 되니까.”

“괜히 그런 말 하지 말아요. 작가님은 절 그렇게 생각하는 게 아니에요. 불쌍해서 연민을 느끼시는 거지.”

“…….”

“그리고 두 분이 더 잘 어울리세요.”

“어?”

“제가 볼 땐 두 분은 서로의 마음을 확인하실 필요가 있어 보여요.”

“앗, 찌개 탄다.”

김치찌개가 타는 줄도 모르고 떠들고 있었다. 저녁은 평상에

차렸다. 푸름이 밖에서 먹는 걸 좋아해서였다. 오늘은 시원도 함께했다. 푸름이 아빠를 놓아주지 않고 있기 때문이었다.

"맛있는데?"

시원이 그녀의 김치찌개 맛을 보고는 깜짝 놀란 얼굴을 했다.

"우리 벼리가 음식 솜씨가 좋아요. 그래서 저도 창식이도 다 살이 쪘죠. 안 그래?"

"……."

입이 튀어나와 있는 창식은 대꾸도 하지 않고 있었다.

"원래 까칠한 녀석이니까 이해하세요."

"작사가시라고요?"

"네, 아 참 저 효산엔터테인먼트 소속이에요."

"아……."

"이제 회장님께 잘 보이면 작사료가 좀 뛰려나?"

유나가 농담했지만, 역시나 창식은 웃지 않았다.

"맛이 없어?"

"아, 아니."

유나의 질문에 창식이 서둘러 답했다.

"오늘 속이 안 좋아서 그래."

"집에 소화제 있는데 줄까?"

"아니, 나도 있으니까 있다가 챙겨 먹을게."

창식이 그녀를 좋아한다는 건 알고 있었다. 하지만 벼리가 보기에 유나와 창식이 훨씬 더 잘 어울렸다.

점심 식사 후에 시원은 푸름과 함께 집 안에서 사자를 가지고 놀았다.

"푸름아, 낮잠 잘 시간이야."

"싫어……."

"푸름아!"

"아빠랑 같이 잘래."

푸름의 말에 벼리는 마음이 아팠다. 사진으로만 보던 아빠가 있으니 푸름은 그를 놓아 주고 싶지 않은 것이었다.

"푸름아, 아빠 가셔야 해."

"아빠……."

푸름은 금방 울 것 같은 표정을 짓고 있었다.

"아냐, 같이 자자."

그가 푸름을 안아 들었다.

"어디가 방이야?"

벼리가 손짓으로 가리키자 그가 푸름을 안고 방으로 들어갔다. 벼리는 뒷정리를 하고 또다시 청소를 시작했다. 가구가 많지 않던 거실이 사자 우리가 되어 정신이 하나도 없었다.

"후……."

벼리는 한숨을 쉬며 거실을 정돈했다.

"어머!"

그때 누군가 뒤에서 그녀를 안아 들었다.

"뭐 하는 거예요?"

"푸름이는 자."

조용히 하라는 의미였다. 그리고는 어떻게 알았는지 그녀를 안고는 푸름의 방 맞은편의 침실로 갔다.

"시원 씨……. 읍!"

그가 벼리의 입술을 단번에 삼켜 버렸다. 이번엔 벼리도 그의 입술에 거칠게 키스했다. 그와 섹스를 하지 않으면 미칠 것 같았다. 요즘 온종일 섹스만 생각하는 벼리였다. 이건 다 그가 그녀의 잠자던 욕망을 깨웠기 때문이었다.

누가 먼저랄 것도 없이 그들은 온전히 나체가 되어 있었다. 그리고 작은 침대 위로 쓰러졌다.

"으으음."

서로의 입술이 하나가 되고 타액이 오가며 그들은 정신을 차릴 수 없는 키스를 나누었다. 그동안 참았던 욕망의 문이 열리자 시원은 완벽한 짐승이 되었다.

"헉헉, 미치겠어."

"으으응."

"가슴이 너무 탐스러워."

"아아."

츄읍츄읍—

그의 타액이 그녀의 가슴 전체에 발라지고 있었다.

"유두도 너무 예쁘고."

"아앙."

"벌려 봐."

그가 갑자기 그녀의 다리를 넓게 벌렸다.

"빨고 싶어."

"시원 씨……."

"너무 참았어."

"흡!"

그는 빠르게 벼리의 여성을 삼켜 버렸다. 굶주린 사자처럼 그렇게 그녀의 여성을 거칠게 빨아들이고 있는 시원이었다.

츄읍츄읍—

그녀의 클리토리스를 혀로 건드리며 그녀의 질 안에 손가락을 찔러 넣은 그 때문에 벼리는 미칠 것 같았다. 커튼을 쳤어도 햇볕이 방 안을 가득 비추고 있었다. 그래서 벼리의 여성이 그대로 다 보였다.

"핑크색이 너무 예쁘다."

그의 말에 마치 대답이라도 하듯이 그녀의 클리토리스가 움찔거리고 있었다.

"부끄러운 말 그만해요."

"말 대신 행동으로 보여 주지."

그가 다시 그녀의 여성을 빨았다. 벼리는 몸을 활처럼 휘며 반응을 보였다. 한참이나 그녀의 여성을 빨던 그가 몸을 일으켰다. 그리고 거대한 페니스를 그녀의 여성에 대고 문질렀다.

"넣어 줄까?"

"으응."

신음소리와 섞여 묘하게 답을 한 벼리였다. 하지만 그녀의 답과는 무관하게 그가 자신의 페니스를 그녀 안에 밀어 넣었다.

"으으으윽!"

"아악!"

여전히 그의 페니스는 그녀가 감당하기엔 너무나 컸다.

퍽퍽퍽!

요란한 소리가 방 안을 울리고 있었다.

"으윽, 미치겠어."

그가 엉덩이에 힘을 주며 더 깊이 그녀 안으로 파고들었다.

"아아앙."

벼리의 입에서 절로 신음이 터지고 있었다.

"더는 힘들어."

그는 마지막을 위해 열심히 허리를 움직였다. 그리고는 자신의 분신들을 그녀 안에 쏟아냈다.

"하악, 하악!"

거친 숨을 몰아쉬며 그녀 위로 무너진 시원은 그렇게 한참 동안 있었다.

"무거워요."

"미안."

그가 아쉬운 듯 그녀의 위에서 내려와 침대 옆에 누웠다.

"여기는 천국 같아."

"참 좋은 곳이에요."

"여기 땅을 샀어."

"네?"

"별장을 옆에 지을 거야."

"시원 씨!"

"푸름이도 마음껏 뛰어놀 수 있게 아주 멋지게 지을 거야. 그러니까 서울로 올라가자."

뭐라고 말을 할 수가 없었다. 그가 자꾸만 그녀의 마음을 약하게 하고 있었다.

"뭐 해?"

유나가 소주와 안주를 들고는 창식의 거실에 들어왔다.

"일."

"넌 일을 멍 때리면서 하냐?"

"네가 글에 대해 알아?"

"안다."

유나는 어수선한 그의 거실 테이블의 한쪽에 안주를 놓고는 소주병과 잔을 내려놓았다.

"넌, 벼리가 안 치워 주면 청소를 안 할 거냐?"

"아니……."

시원의 등장으로 풀이 죽은 창식이었다.

"남자가 봐도 멋지냐?"

"응."

"게임도 안 돼?"

"응."

"둘은 처음부터 하나인 사이야. 누가 끼어들 수 있는 사이는 아닌 것 같아."

"맞아."

그러면서 창식이 술을 연거푸 마시고 있었다.

"예술가들이 안 좋은 게 뭔 줄 알아?"

"……."

"상상력, 때로는 현실과 혼동을 하는 몹쓸 상상력 말이야."

이번엔 유나도 소주를 마셨다.

"오늘 우리 잘래?"

"……."

그녀의 말에 창식이 눈을 동그랗게 떴다.

"취했어?"

"아니, 취한 척하고 싶은데 빌어먹을 정신이 멀쩡하다. 그러니까 거절하지 마라. 쪽팔리니까."

"안 거절해."

그의 말에 유나가 더 놀랐다.

"왜? 많이 하고 싶었어?"

"아니, 유나 너랑 하고 싶었어."

"미친."

"한다고 해도 지랄이야?"

"놀라서 그렇지."

너무 오래 알던 사이라서 그들은 기분이 좋아도 싸우는 것 같았다.

"괜히 하자고 했……. 읍!"

창식이 유나의 입술을 삼켜 버렸다. 그리고 그대로 거실 바닥에 누운 두 사람이었다.

"허억, 헉. 왜 이러는 거야?"

"뭐가?"

"왜 이렇게 적극적이냐고?"

"야릇한 장면을 쓰고 있었거든."

"뭐?"

"19금이야. 몇 년간 굶주린 이혼녀와의 정사 장면이었지. 이혼녀의 풍만한 가슴에 입을 맞추고……."

그가 그녀의 가슴에 입을 맞추었다.

"그리고 짙은 갈색 유두를 거칠게 빠는 장면이었어. 츄릅츄릅."

그가 유나의 유두를 빨기 시작했다.

"그리고 손을 내려 그녀의 청바지 버클을 여는 거지. 그리고 그 팬티 안으로 손을 넣고는 젖어 있는 클리토리스를 만지는 거야."

"아아앙."

그는 이야기하는 것과 동시에 손을 움직였다. 유나는 그의 색다른 자극에 미칠 것 같았다.

"넣어 줘……."

"뭐?"

"그 이혼녀가 남자의 커다란 페니스를 젖은 질에 넣어 달라고 애원하고 있어."

"유나야……."

"흡!"

그들의 입술이 맞닿고 혀가 얽히고 있었다.

"넣어 줘."

유나의 말에 창식은 자신의 페니스를 유나의 안으로 집어넣었다.

"으윽!"

"아아앙!"

오랜만의 섹스에 둘은 영혼을 불태우고 있었다.

퍽퍽퍽!

그가 빠르게 움직이고 있었다. 창식이 이렇게 섹스를 잘하는지 유나는 처음으로 알았다. 전남편이 이혼 사유로 그녀에게 불감증이라는 말을 했는데 오늘 보니 그녀는 아주 잘 느끼고 있었다.

둘은 속궁합이 너무나 잘 맞았다.

"유나야!"

"아아앙!"

"으윽!"

그가 마침내 유나의 몸 위로 부서져 내렸다.

“무릎 아프다.”

“뭐?”

“바닥이 너무 딱딱해.”

“우리 사이에 로맨틱은 없어?”

“응. 로맨틱은 없지만, 에로틱은 있을 것 같아.”

그가 몸을 일으키더니 유나도 일으켜 세웠다.

“난 너 못 안는다.”

“알아.”

키가 비슷한 둘이었다. 창식이 작은 게 아니라 유나가 컸다. 창식이 유나의 손을 이끌고는 이 집의 자랑인 욕실로 향했다.

“여기만은 네가 재벌이다.”

사우나 시설까지 완비한 그의 욕실이었다.

“노천탕이나 즐길까?”

“좋지.”

작가다 보니 앉아 있는 시간이 많았고, 그래서인지 사우나를 즐기는 창식은 이 집을 짓고 나서도 막대한 돈을 들여 욕실과 노천탕을 만들었다.

“여긴 처음이지?”

“응, 공사할 때 보기만 했지. 이렇게 멋진 곳일지 몰랐네.”

"자주 와."

"섹스 자주 하려고?"

"응."

창식은 솔직했고 그런 면이 유나의 마음을 사로잡았다.

"밤에 노천탕은 처음이다."

"가끔 뱀이 나오거나 짐승들이 보여서 문제지."

"뭐?"

그녀가 창식에게 바짝 붙었다.

"괜찮아, 내가 있잖아."

그들은 그렇게 노천탕에서 또 한 번의 진한 어른들의 사랑을 나누었다.

시원의 성격이 급하다는 걸 벼리는 처음으로 알게 되었다. 그가 간 지 며칠 되지도 않아서 그녀의 옆에 별장이 지어지고 있었다.

"재벌은 스케일이 남다르다."

"저도 몰랐는데 성격도 급해요."

"그런 것 같네요."

유나와 벼리, 그리고 창식이 집 앞의 공사장을 보며 한마디씩 하고 있었다.

"아빠!"

푸름의 말에 모두가 출구 쪽을 보았는데 푸름은 하늘을 보고 있었다.

"오, 대단하다."

"그러게요."

"대박!"

대형 풍선이 그녀의 머리 위에 떠 있었고 그 풍선엔 사자 인형을 안고 있는 시원의 사진이 매달려 있었다.

"아빠!"

푸름이 좋아서 방방 뛰고 난리였다.

"푸름이 한동안 하늘만 보고 있겠어."

"고도의 전략이네."

"그러게요."

다들 넋이 나간 표정으로 인자하게 웃고 있는 시원의 사진을 보고 있었다.

"무슨 일인지 몰라도, 그만 용서하고 집으로 들어가."

"안 돼!"

유나의 말에 창식이 태클을 걸었다.

"왜?"

"푸름이 보고 싶어서 안 돼."

"그건 나도 그러네."

둘의 말에 벼리는 너무나 고마움을 느꼈다. 하지만 벼리도 알고 있었다. 시원이 이렇게 끈질기게 용서를 빌고 그녀를 원한다면, 자신도 어쩔 수 없이 끌려갈 수밖에 없다는 것을 말이다.

시원이 바쁜지 며칠째 오지 않고 있었다. 그래도 일요일엔 꼭 찾아오는 그였다.

"아빠!"

푸름은 날이 갈수록 아빠를 더 찾았다.

"내일 오실 거야."

"와?"

"응, 올 거야."

푸름이 사자 인형을 들고 방방 뛰기 시작했다.

"푸름아, 그렇게 좋아?"

"네."

"같이 살까?"

"정말?"

푸름은 정말 좋아서 팔짝 뛰다가 그만 넘어지고 말았다.

"조심해야지."

그래도 푸름은 이를 악물고 아픔을 참았다. 어린이집에 가려면 울면 안 된다고 했기 때문이었다. 영특한 아이였다.

"푸름아, 오늘은 엄마하고 같이 잘까?"

"네!"

푸름이 그녀에게 달려들었다.

"내일은 와야 하는데……."

아이가 실망할까 봐 그런 건지 아니면 그녀가 그가 보고 싶은 건지 알 수 없었다.

다음날 아침, 푸름은 평상에 가서 아빠 풍선을 보고 있었다. 벼리와 유나는 정원에 이불 빨래를 널고 있었다.

"오늘은 안 오려나 보네."

"그러네요."

"우리 푸름이 눈이 빠지는데."

마음이 짠했다.

"그냥 이제 못 이기는 척하고 돌아가."

"언니……."

"그게 푸름이를 위해서도 좋아."

유나의 말이 맞기는 했지만 벼리는 아직 자신의 마음을 정하지 못했다.

"푸름이 없으면 우린 아마 상사병에 걸릴지도 모르겠지만."

"설마요."

"사실이야."

그들이 말을 하는 사이에 검은색 리무진들이 줄지어 들어오고 있었다.

"여기 땅 투기하려나 봐."

"네?"

"비싼 차들에서 사모님들이 내리잖아."

위에서 보니 시어머니와 다솜이 보였다.

"앗……."

"왜, 아는 사람들이야? 누군데 그래?"

"시어머니하고 시누이요."

"오 마이 갓! 푸름아, 이모하고 들어가자."

"아니에요. 어차피 아시고 온 걸 테니까요."

푸름은 아빠 풍선을 보느라고 정신이 없었다.

"아빠!"

시원을 보고 나서야 반응을 보이는 푸름이었다. 곧바로 푸름이 아빠를 향해 달려갔다.

"푸름아!"

벼리는 뒤에서 푸름을 보며 눈물을 흘리고 계신 시어머니를 보며 머리를 숙였다.

"벼리야……."

"어머님."

"내가 미안하다. 어떻게 하면 너의 마음이 풀릴지……."

"언니, 이렇게 고생하게 해서 미안해요……."

"아니에요."

시어머니와 시누이가 너무 미안해하는 바람에 벼리는 어떻게 해야 할지 알 수가 없었다.

"어떻게 해야 이렇게 얽히고설킨 상황을 풀 수 있을까 고민을 해봤는데……. 그건 네 마음이 풀릴 때까지 사과하고 또 사과하는 수밖에 없을 것 같았어."

"어머니."

"우리를 용서해라."

"……."

"기다리마……."

어머니는 그녀가 사는 집을 둘러보고는 유나의 손을 잡았다.

"우리 새아기 잘 돌봐 줘서 고마워요."

"아니요."

"우리가 지은 죄가 커서 우리 새아기가 나간 거지 새아기의 잘못이 아니에요."

그녀가 안 좋게 비칠까 봐 시어머니는 유나에게 자신들의 탓이라고 설명했다. 그리고는 푸름에게 애써 시선을 주지 않았다.

그녀가 부담을 가질까 걱정하신 것 같았다.

"어머니, 푸름이에요."

"아빠!"

푸름은 아빠에게 안겨 시원의 볼에 입을 맞추었다.

"푸름아, 할머니셔."

"할미."

"아니, 할머니."

"할미!"

푸름이 안아 달라고 시어머니에게 팔을 뻗었다. 제 배로 낳은 아들이지만 이렇게나 낯을 안 가리는지 벼리도 처음으로 알게 되었다.

"네가 푸름이니?"

"네."

"시원이 어릴 때랑 똑같구나."

"할미, 아빠 풍선."

시어머니가 하늘을 보고는 깊은 한숨을 지었다.

"오빠, 대단한 부성애야. 푸름이가 아빠 얼굴은 잊지 않겠어."

"송다솜."

"내가 좀 부끄럽다."

직설적이지만 성격 좋은 다솜은 여전했다.

"언니, 건강해 보여서 다행이에요."

다솜이 벼리에게 다가와 안아 주었다.

"보고 싶었어요."

"……."

"언니가 빨리 돌아와야 오빠가 술을 안 마실 것 같아요. 완전 알코올 중독이에요."

"네?"

"술이 없으면 잠을 못 잔다고 하더라고요. 다 늦게 상사병이 걸린 거죠."

"……."

"아 참."

다솜이 그녀를 끌고는 사람들이 없는 쪽으로 향했다.

"그거 모르죠?"

"뭘요?"

"그 스폰서 사건. 오빠랑 그 여자랑 아무 일 없었대요. 그 여자가 다 불었어요. 약 먹이고 연출한 장면이라고. 그리고 언니가 집을 나가고 매일 술과 함께였어요. 그러니 내가 아는 한 오빠는 언니 이후에 여자가 한 명도 없었던 거죠."

벼리의 시선이 푸름을 안고 시어머니와 함께 있는 시원을 향해 있었다.

“좀 2% 부족한 오빠라 부끄럽지만, 언니를 향한 마음은 진심이에요.”

“알아요…….”

“염치없는 소리란 거 아는데……. 언니 이제 그만 집에 들어와 줘요.”

“…….”

벼리는 푸름을 안고 행복해하는 시원을 말없이 바라보고 있었다.

집으로 돌아오는 내내 다솜은 차에서 맥을 못 추고 있었다.

“멀미해?”

엄마가 그녀를 보며 물었다.

“비포장도로라서 그런가 봐.”

“창문 열어 줘?”

“응…….”

“우리 푸름이는 어쩜 그렇게 예쁜지. 어릴 때 네 오빠랑 똑같더라.”

엄마는 푸름의 이야기를 하느라 정신이 없었지만 지금 다솜에겐 하나도 안 들렸다.

"차 좀 세워 줘."

갓길에 차를 세우자 밖으로 뛰어나간 다솜은 처음으로 구역질을 했다.

탁탁탁!

그녀의 등을 두드리는 영욱의 얼굴이 어두웠다.

"체한 거 아니야?"

"몰라……."

"아침에 토스트가 체한 것 같아."

"우욱, 그럴지도……."

"조금만 참아 병원 가게."

"싫어……."

다솜은 약간의 첨단공포증이 있었다. 주사만 보면 온몸에 식은땀이 나는 공포증이었다. 심하진 않았지만, 그래서 병원을 싫어했다.

"그럼 어떻게 할까?"

"주치의 불러 줘."

"알았어."

영욱은 다솜을 다루는 법을 알았다. 어르기도 하고 야단도 치면서 때로는 불타는 밤을 보내며 그녀의 마음을 잡고 있었다.

"다솜이 괜찮은 거야?"

"아니."

엄마도 걱정이 되는지 집에 갈 때까지 다솜의 손을 꼭 잡고 있었다. 집에 도착하자 미리 전화해 둔 주치의가 대기하고 있었다.

"어때?"

"그게……."

"소변을 좀 받아 오세요."

"네?"

갑작스러운 말에 다솜은 종이컵에 소변을 받아 왔다.

"깨끗한데요?"

"그게 아니라. 다른 검사를 할 겁니다."

주치의가 웃으며 말했다.

"뭐 안 좋은 거예요?"

"잠시만요."

뭔가를 종이컵에 담근 의사가 웃으며 말했다.

"아파도 되는 병입니다."

"네?"

"임신입니다."

모두가 탄성을 지르며 축하했다. 하지만 영욱의 표정은 그렇게 좋지 않았다. 그녀는 침실로 가서 영욱에게 물었다.

"안 좋아?"

"어."

뜻밖의 대답에 다솜은 당황했다.

"왜?"

"난 네가 아픈 게 싫어. 아까 토하는 것도 마음이 너무 아팠고."

"오빠!"

"그러니까 별로야."

영욱은 진심이었다.

"난 너만 있으면 돼."

"아니, 난 영욱 오빠 닮은 아이도 낳고 싶어."

"다솜아."

"난 또 우리에게……."

한 번 유산을 경험한 적이 있는 그들이었다. 그녀도 모르는 사이에 유산이 되어 버렸었다. 그때 그녀가 너무 힘들어하자 영욱이 곁에서 잘 달래 주었었다.

"난 너만 있으면 돼."

"알아, 하지만 우리 아기도 잘 낳고 싶어."

다솜이 영욱의 입술에 입을 맞추었다.

"사랑해. 나에게 언제나 넌 0순위야."

영욱의 고백에 다솜은 그를 꼭 끌어안으며 기쁨의 눈물을 흘렸다. 영욱은 그녀의 마음을 빼앗은 유일한 비서였다.

푸름의 빨래를 널고 있던 벼리에게 너무나 반가운 소리가 들리고 있었다.

"멍멍멍!"

이제는 너무 커 버린 장군이와 멍군이었다. 덩치가 너무 크니까 시원 혼자서 두 마리를 못 데려오고 황 집사님이 같이 오셨다.

"작은 사모님……."

황 집사님의 눈가가 촉촉했다.

"집사님……."

시원의 작전이 바뀐 것 같았다. 처음엔 혼자 오더니 이제는 올 때마다 다른 사람들을 하나씩 데리고 왔다.

"멍멍!"

장군이가 그녀를 알아보고 꼬리를 흔들며 달려들었다.

"장군아, 멍군아!"

항상 마음에 걸렸는데 아주 건강하게 자란 것 같았다.

"사자!"

푸름이 장군이를 보더니 사자라고 했다. 그도 그럴 것이 장군이의 얼굴에 사자 모양의 갈기를 씌어 가지고 왔기 때문이었다.

"누구 아이디어예요?"

"회장님이 도련님이 사자를 너무 좋아한다고 하셔서 제가 씌워 봤습니다."

"잘하셨어요."

"사자야, 개야?"

유나가 소란스러운 소리에 집에서 나오더니 장군이를 보며 말했다.

"라이온 리트리버예요."

"그러네."

"사자!"

푸름이 화를 냈다. 분명히 푸름의 눈엔 사자였다.

"맞아, 사자."

유나가 이렇게 말했다. 그런데 장군이 유나가 마음에 드는지 자꾸만 유나의 곁을 맴돌았다.

"친구, 난 개를 안 좋아해."

그러면서도 손은 장군이의 머리를 쓰다듬어 주고 있었다.

"어떻게 된 거예요?"

"애들이 너무 벼리를 찾아서."

"아……."

"푸름이도 보여 주고 싶고."

푸름은 장군이에게 벌써 반해 있는 것 같았다. 시원이 그녀의 옆으로 와서 어깨를 감쌌다. 이제 그도 어느 정도 자연스럽게 그녀를 대하고 있었다. 아직 집으로 돌아갈 마음은 정하지 않았다. 푸름에게 자연을 보여 주고 싶은 생각에서였다.

하지만 곧, 벼리는 시원의 집으로 들어갈 생각이었다. 그가 그녀를 얼마나 사랑하는지 알고 있었기 때문이었다.

푸름과 개들이 황 집사와 놀고 있는 걸 보고 있는 사이에 시원이 그녀의 손가락에 뭔가를 슬며시 끼워 주었다.

"이건."

그녀가 집을 나올 때 두고 나온 결혼반지였다. 그땐 아무런 의미가 없는 반지라서 그냥 두고 나왔었다.

"다시 끼워 줬으면 좋겠어."

"시원 씨!"

"널 너무 사랑하는데 어떻게 표현을 해야 내 마음을 다 표현하는 건지 모르겠어."

"난……."

"사랑해. 그리고 네가 돌아올 때까지 기다릴게."

그는 이렇게 말하고는 그녀의 정수리에 입을 맞추었다. 벼리는 가슴이 따뜻해짐을 느꼈다. 그리고 곧 다 같은 집에서 행복하게 살게 될 거란 생각이 들었다. 시원이 아들에게로 갔고 그녀는 조용히 시원을 바라보며 속삭였다.

"사랑해요."

언젠가는 큰 소리로 말할 날을 기다리며 벼리는 행복한 미소를 지었다.

에필로그

부드러운 벼리의 허리선을 따라 시원의 손이 움직이고 있었다. 아침 햇살이 그들의 침실을 따뜻하게 비추고 있었다. 창밖은 벚꽃들이 눈처럼 내리고 있었다.

"아흐."

벼리의 신음이 그의 욕망에 불을 지르고 있었다. 그의 손이 벼리의 커튼처럼 드리워진 긴 머리 사이로 들어가 풍만한 가슴을 손으로 잡았다.

"요물."

그의 말에 벼리가 피식 웃었다. 처음 벼리를 보았을 때보다 지금 벼리가 훨씬 더 자극적이었다. 세월이 더해져서 더 농익었기 때문이었다.

그의 위에서 벼리는 허리를 흔들며 욕망의 리듬을 타고 있었다.

"내가 너무 많은 걸 가르친 것 같아."

"왜요?"

"선생보다 더 나은 학생으로 만들어 버렸으니까."

"호호호."

벼리는 웃고 있었지만, 결코 허리를 멈추지는 않았다.

"아, 미칠 것 같아……."

그녀가 허리를 흔들 때마다 그의 페니스를 조여 오는 질의 느낌 때문에 시원은 미칠 것 같았다. 벼리는 그를 위해 태어난 비너스였다. 그는 벼리의 허리를 손으로 잡고 돌리기 시작했다.

"너무 좋아……."

"저도 좋아요."

그는 더는 참을 수가 없었다. 그래서 벼리와 위치를 빠르게 바꾸고는 더욱 빠르게 엉덩이를 움직이기 시작했다. 피스톤 운동의 속도를 높이며 그는 끝을 향해 달려가고 있었다.

"으으윽."

그의 분신들이 그녀의 안에 뿌려졌다.

"헉헉."

거친 숨을 몰아쉬며 벼리를 자신의 팔 안에 가두었다.

"너무 멋져요."

창밖을 보며 벼리가 감탄하고 있었다. 이곳은 그들의 강원도 별장이었다.

"우리는 벚꽃이 눈처럼 내리는 날과 많은 인연이 있는 것 같아요."

"그러네."

"이렇게 평화로운 날만 계속됐으면 좋겠어요."

"맞아."

똑똑똑!

"옆집 분들이 놀러 오셨습니다."

"알았어요."

"눈치가 없어……."

"난 눈치가 빠른 것 같은데요?"

벼리가 자리에서 일어나 욕실로 향했고 그가 바로 쫓아 들어갔다.

"내려가 봐야 해요. 금방 끝낼게."

둘째 하늘이까지 낳았는데도 벼리의 몸은 아직도 아가씨 같았다.

"오늘도 우글우글하겠네요."

“맞아, 다솜이네도 와서 더 그래.”

아기들만 다섯이었다. 거기다가 리트리버 새끼 다섯 마리까지 합하니 아주 난장판이었다.

“이게 다 장군이 멍군이가 새끼를 낳아서 그런 거야.”

“다음 달이면 분양해 줄 건데요. 뭐.”

“푸름이가 안 한다고 난린데 뭘 해.”

“푸름이는 이해해 줄 거예요.”

그의 손이 그녀의 여성을 만지고 있었다.

“시원 씨!”

“우리 셋째 만들자.”

“아흐.”

그가 손가락 대신에 자신의 페니스를 그녀 안에 넣었다. 한동안 욕실은 그들 때문에 뜨거웠다.

“너무 티 나.”

다솜이 시원을 보며 말했다.

“거기까지.”

“…….”

시원의 경고에 다솜이 입을 내밀었다.

“작가 양반들 오랜만입니다.”

“그러네요.”

"늘봄이는요?"

"푸름이 쫓아다니죠. 오빠랑 결혼할 거라고 난리예요."

"우리 푸름이 인기 최고네."

일곱 살이 된 푸름은 여동생들의 왕자였다.

"우리 딸들도 덩달아 결혼한다고 난리고."

"인기 절정이네."

아이들은 정원에서 강아지들과 놀고 있었고 어른들은 모처럼 모여 앉아서 맥주를 마시고 있었다. 오랜 세월 함께하다 보니 모두가 가족이었다.

"서울로 올라갈 거죠?"

다솜이 유나에게 물었다. 아이들 학교 때문에 걱정이 된 것 같았다.

"우리 아이는 홈스쿨 할 거예요."

"그래요?"

유나의 말에 다솜은 좀 충격을 받은 것 같았다.

"늘봄이가 학교를 원할 때, 그때 보내도 될 것 같아서요."

각자의 스타일이 다른 사람들이었지만 서로를 존중할 줄 알았다.

"아빠, 장군이 멍군이 새끼 줄 거예요?"

"응."

"왜요? 우리 집은 넓은데?"

"다 같이 살면 안 되는 이유는……. 엄마와 아빠가 다른 엄마와 아빠 밑에서 자라서 결혼했듯이, 개들도 서로 다른 엄마와 아빠 밑에서 자란 아이들끼리 결혼해야 하는 거야. 그런데 형제들이 한집에 있으면 개들은 인간과는 달라서 서로 결혼하고 싶어 하거든."

"결혼하면 안 돼요?"

"그러면 아픈 새끼들을 낳아서 안 돼. 그래서 보내는 거야."

"네……."

푸름이 말을 알아듣는 것 같아서 다행이었다.

"우리 애들 성교육은 송 회장님께 맡겨야 할 듯합니다."

창식이 감탄을 하며 말했다.

그들은 저녁으로 바비큐를 먹으며 즐겁게 지냈다. 시원은 고기를 굽다가 열심히 푸름에게 고기를 먹이고 있는 벼리를 바라보았다. 그의 영혼의 반려자이자 유일한 사랑이 벼리였다. 이렇게 벚꽃이 날리는 날이면 시원은 아버지를 생각했다.

벼리에게 매일 속죄하는 마음으로 사는 그였지만 이렇게 벼리를 만나게 해 준 아버지께 감사했다. 벼리에겐 그런 말은 하지 않았다. 또다시 그녀의 상처를 건드릴 것 같았기 때문이었다.

"뭐 해요? 빨리 와서 고기 먹어요. 그러다 고기만 굽다가 끝나겠어요."

벼리가 그의 입에 고기쌈을 넣어 주며 말했다.

"난 괜찮아, 벼리하고 푸름이, 하늘이만 배부르면."

쪽!

벼리가 그의 입술에 입을 맞추었다.

"내가 오늘 사랑한다고 했었나요?"

"글쎄……."

"사랑해요."

그녀가 웃으며 아이들 곁으로 갔다. 그는 복 받은 사람이었다. 돈이 많아서가 아니라 벼리를 만날 수 있어서, 그는 복 받은 사람이었다. 시원은 행복한 미소를 지으며 그 후로도 한참을 고기 굽는데 열중했다.

그렇게 그들의 따뜻한 밤은 깊어 가고 있었다.

『벚꽃 내리던 날』 완결.